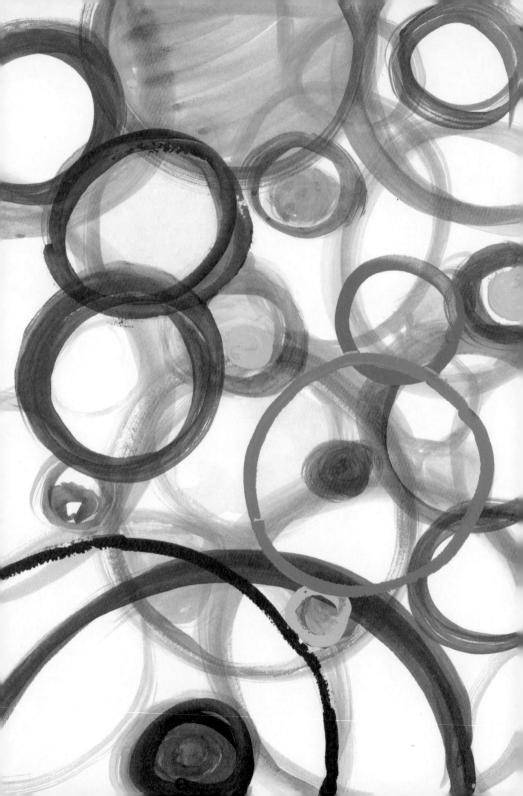

윤동환의 플라시보 요가명상

윤동환의 플라시보 요가명상

펴 낸 날/ 초판1쇄 2022년 11월 22일
지 은 이/ 윤동환

펴 낸 곳/ 도서출판 기역
펴 낸 이/ 이대건
편   집/ 책마을해리

출판등록/ 2010년 8월 2일(제313-2010-236)
주   소/ 전북 고창군 해리면 월봉성산길 88 책마을해리
         경기도 파주시 회동길 363-8
문   의/ (대표전화)070-4175-0914, (전송)070-4209-1709

ⓒ 윤동환, 2022

ISBN 979-11-91199-49-9 03810

길눈이밝은책 – 깨달음의 약도

윤동환의 플라시보 요가명상

윤동환 지음

ㄱ

요가 아사나, 명상, 그리고 플라시보 기도

이 책의 집필 의도는 깨달음으로 가는 약도를 만들어 그것을 대중들과 나누는 것이다. 인간이 깨달음을 추구하는 구도자가 되는 동기는 대개 세 가지이다. 첫 번째는 인생의 쓴맛을 보고 인생무상을 느껴 평화를 찾는 경우이다. 두 번째는 선천적인 진리와 학문에 대한 관심으로 공부해가는 경우이다. 세 번째는 어떤 성현(hierophany)의 경험을 통해 진리의 길로 가는 경우이다. 계시를 받는다거나, 파티마의 소녀들처럼 천사를 만나는 경험을 하는 경우에 해당된다. 나의 경우는 이 세 가지가 같이 있었던 듯하다. 나는 어린 시절 기독교 부흥회에서 열정적 경험을 했고, 철학과 종교를 공부하는 것에도 흥미를 느꼈고, 연기자의 길로 가다가 인생의 쓴맛을 보면서 억지로 떠밀려 수행하게 된 면도 있다.

우리의 삶은 드라마이고 우리는 각자의 삶에서 주인공이다. 우리는 자기의 삶을 살아가면서 질문하게 된다. '삶이라는 드라마의 핵심이 뭔가? 핵심 플롯은 무엇이고, 핵심 주제가 무엇이고, 핵심 의미가 무엇인가? 우리는 우리의 인생이란 드라마를 어떤 내용으로 채워야 하는가?'

가장 중요한 질문은 이것이다. '나는 무엇을 원하는가?' '나의 욕망은 무엇인가?'

나는 종교적 깨달음을 원했다. 길가메시처럼 불멸의 생명을, 싯다르타처럼 해탈을 원했다. 종교의 성자들이 전달하는 메시지의 요점을 찾으려 노력해 왔다. 배우 일을 하면서도 깨달음으로 가는 길을 찾았다.

목소리가 상하면서 배우 일을 접었을 때, 나는 태국에서 2년 동안 요가와 비파사나 수행을 같이 했다. 그런데 요가학원에서는 요가만 시키고, 절에서는 명상만 시키는 것을 보고, 안타까움을 느꼈다. '요가와 명상을 같이 하면 효과적인데 왜 따로 수행하는가?' 그래서 요가와 명상을 결합시켜 하나의 시퀀스로 만들었다. 그 결실이 '플라시보 요가 명상'이다.

플라시보 요가 명상은 기본적으로 요가와 명상을 합친 것이다. 그리고 거기에 플라시보 기도를 또 결합하였다. 요가 수행은 그 자체로도 놀라운 수행이지만 불교식 명상을 결합시킬 때 시너지 효과를 일으킨다. 몸이 유연해진 상태에서 명상의 효과는 매우 크다. 명상의 목적은 사마디(Samadi, 삼매) 상태의 깊은 심연으로 들어가는 것이다. 그러나 나는 하나를 더 추가했다. 그것은 '기도'이다. 고요의 상태에서 우리는 우리의 의식을 '선(善)'을 추구하는 데 사용할 수 있다. 고요함에 침잠하는

것 자체도 좋지만, 우리는 그 이상의 뭔가를 우리는 기원할 수 있나. 그
것이 '플라시보 기도'이다. 그래서 나의 시스템은 요가 아사나, 명상, 그
리고 플라시보 기도, 이렇게 삼 단계로 이루어진다.

이 책은 그 동안 여러 차례 수련회에서 강의한 '플라시보 요가 명상'
의 전체 개요를 알리는 것이 목표이다. 그리고 그와 더불어 내 수행의
역사를 소개하고자 한다. 나의 개인적인 삶의 과정을 미니 자서전 형식
으로 소개하면서 에세이와 미셀러니 등으로 책을 구성하였다.

나는 10억의 신앙인이 있다면, 10억의 신앙 방식이 존재할 것이라고
본다. 신은 인간에게 획일성을 강요하지 않으며, 인간과 일대일의 관계
를 맺는다. 모든 인간은 모두 유니크한 신의 유일한 독생자로서 자기의
삶에서 '영웅 신화'를 써 내려가고 있다.

세상의 영웅들에게 나의 '영웅 신화'를 소개한다. 내가 구성한 '플라시
보 요가 명상'과 내 삶에 대한 고백이 인연 있는 수행자들에게 참고가
될 수 있으리라 생각한다. 내가 나름의 수행 체계를 만들어 냈듯이 독
자 여러분들도 자신의 수행방식을 찾아낼 수 있을 것이다. 그 과정에서
이 책이 도움이 되길 바란다.

2022년 11월 윤동환

| 차례 |

프롤로그

가상인터뷰: '깨달음의 약도' 그리기

이 책을 쓰게 된 동기는 무엇인가요?

나는 청년시절 대학 선배님을 스승으로 모시고 여러 절을 다니면서 명상을 했습니다. 해인사 '약수암'에서 오래 있었는데, 거기서 철야 정진을 하던 중에 눈물이 터지면서 가슴이 뚫리는 경험을 했습니다. 일종의 깨달음이라 느꼈습니다. 그러나 그 기쁨은 점점 사라졌습니다. 이후에 그 기쁨을 다시 재현시키려고 노력했는데, 잘 안 되었죠. 프랑스 유학 생활을 할 때 또 기쁨을 경험했습니다. 그때 기쁨으로 가는 약도를 그려야겠다고 생각했습니다. 나 자신을 위해서요. 어쩌다가 도달하는 기쁨이 아니라 언제라도 가고 싶을 때 갈 수 있는 기쁨이 되기 위해서는 약도가 필요하다고 생각했습니다. 그리고 그 약도는 나뿐 아니라 다른 사람을 위해서도 필요하다고 생각했습니다. 누군가 그 약도를 보고 기쁨과 깨달음으로 보다 쉽게 갈 수 있을 테니까요.

나는 어린 시절부터 진리를 추구했습니다. 나는 질문했습니다. '삶이 뭔가? 인생이 뭔가? 왜 사는가? 삶의 진리가 뭔가? 인간은 살면서 무엇을 해야 하는가?' 그런 질문들은 그때도 나의 관심 대상이었고, 지금도 나의 관심 대상입니다. 그런 질문들에 대한 대답은 깨달음을 통해 알려집니다.

'깨달음'이란 무엇인가요?

'깨달음'이라는 개념을 대학 시절에 접했습니다. 종교학 수업 중에 '깨달음', '견성', 일본어로 '사토리'라는 말을 들었는데, 그때 그것이 삶의 목표라고 느꼈습니다. 나는 당시 기독교인이었는데, 기독교의 '구원'이 '깨달음'이라고 느꼈습니다. '깨달음'은 '자기 본질'을 자각하는 것이고, '자기 본질'에 계합(契合)하는 것이고, '자기 본질'을 터득하는 것입니다. 신선이 되는 것이고 부처가 되는 것이고 초인(超人)이 되는 것이고 성자(聖者)가 되는 것이고 각자(覺者)가 되는 것이고 진인(眞人)이 되는 것이고 인생의 의미를 터득하는 것입니다.

깨달음은 행복의 비결을 터득하는 것이고, 욕망의 완성을 이루는 것입니다.

깨달음은 마음 작용의 지배력을 벗어나는 것이고 마구니의 작용을 벗어나는 것이고,

깨달음은 타인의 영향력에서 벗어나는 것이고 진정한 내가 되는 것이고,

깨달음은 나를 신으로 인지하는 것이고 모든 것이 하나임을 자각하는 것이고,

깨달음은 자타가 하나임을 인지하는 것이고,

깨달음은 양극의 합일을 경험하는 것이고, 성령을 체험하는 것이고,

깨달음은 존재의 이치를 아는 것이고, 양지에 도달하는 것이고,

깨달음은 양심에 투철하게 되는 것이고, 내면의 신, 내면의 스승을 만

나는 것입니다.

무엇을 깨닫는 것인가요? 왜 깨달아야 하나요?

우리가 평범한 존재가 아니라 엄청난 존재라는 것을 깨닫는 것입니다. 우리가 단지 필사(必死)의 인간이 아니고 불멸의 신성이라는 것을 깨닫는 것입니다. 그것을 자각하는 것이고 알아차리는 것입니다.

정말 그러한가? 정말 그러합니다.

우리는 참된 우리 자신을 놓치고 있는데, 신성은 참된 우리의 본성입니다. 우리의 본질이고 우리의 본향입니다.

오늘날 우리가 남북통일을 바라는 것은 원래 남북이 하나였기 때문이죠. 통일은 본래성을 회복하는 것입니다. 본래 어떠했던 어떤 사물이 이후에 변화되어 다르게 되었다면, 그 사물은 본래성을 회복하려 하게 되죠. 남과 북은 본래 하나였기 때문에 합쳐져야 하는 겁니다. 이산가족은 본래 한 가족이었기 때문에 다시 만나야 하는 겁니다.

깨달음도 마찬가지입니다. 우리는 왜 본래의 신성을 깨달아야 하는가? 신성의 상태가 본래 상태이기 때문입니다. 변질된 상태에서 본래 상태로 돌아가는 것이 순리이기 때문입니다.

깨닫지 못한 삶은 어떠한가요?

통일되지 못한 상태로 있는 대한민국 국민의 삶은 어떠한가요? 불편합니다. 모순이 있습니다. 젊은이들은 불필요하게 군대에 가서 고생해야 합니다. 복지에 쓸 돈을 국방비로 낭비해야 합니다. 삶의 질이 떨어지게 됩니다.

자기 진아(眞我)에 계합하지 못한 깨닫지 못한 삶은 어떠한가요? 불편합니다. 모순이 있습니다. 고통이 존재합니다. 문제 상황에 처하는 것은 원하는 바가 아니죠. 질병이 있으면 몸을 회복시켜야 합니다. 마음도 마찬가지입니다. 깨닫지 못한 삶은 마음의 질병에 시달리는 삶입니다. 건강이 악화된 삶입니다. 건강과 행복을 위해 깨달음을 얻어야 합니다.

어떻게 깨달음을 얻는가요?

이제 핵심적인 질문에 도달하게 되었군요. 어떻게 해결하는가? 몸에 병이 걸렸다. 그럼 어떻게 회복시킬 수 있는가? 몸의 질병을 어떻게 고치나요? 의원을 찾아가 상담하고, 치료를 받고, 처방을 받고 따를 것입니다.

어떻게 마음과 영혼의 질병을 고치나요? 어떻게 깨달음을 얻나요? 마음의 의원을 찾아가 상담하고, 처방을 받고 따라야 할 것입니다. 영적 스승들을 찾아가 그들이 제시하는 깨달음의 방법을 실천해야 할 것입니다. 스승들이 말하는 깨달음의 방법은 무엇인가요? 성자들이 말하는 방법론의 공통점은 무엇인가요? '고요한 자기 관조(觀照)'입니다. 고요하게 상황을 수용하고 내려놓고 자기를 바라보는 것입니다. 그 고요 속에서 자각을 이루는 것입니다. 고요를 유지하면서 자기를 돌아보는 것이 명상입니다. 그러므로 '명상'이 답입니다.

그렇게 고요하게 자기를 관조하는 명상은 어떻게 하는 것인가요? 최선의 명상법은 무엇인가요?

이것에 대한 답을 얻기 위해 우리는 먼저 우리에게 주어진 여러 명상법을 둘러봐야 합니다. 우리는 여러 종교 유산을 가지고 있습니다. 우리는 그중에 한 종교만을 선택하여 배타적인 태도를 가지기 쉬운데, 여러 종교 전통이 모두 유의미한 유산을 전하고 있다는 것을 알 필요가 있습니다. 예를 들어 아버지도 유산을 남기고, 어머니도 유산을 남기고, 할아버지도 유산을 남기고, 할머니도 유산을 남기는데, 아버지의 유산만을 취하고 나머지는 거부할 이유가 없죠. 마찬가지로 여러 종교가 좋은 것을 우리에게 주고 있는데, 한 종교만 택하면서 나머지를 배격할 이유가 없습니다. 최선의 행복을 취하기 위해서는 여러 종교 유산들이 전하는 여러 명상법을 참고하고, 그 안에서 최선의 조합을 찾는 것이 필요합니다.

이제 그 이야기를 하려고 합니다. 깨달음으로 가는 최선의 방법에 대한 이야기입니다. 저에 대한 이야기를 하고, 제가 만든 수행 방법을 소개해 드리려고 합니다. 시작해도 될까요?

1부

나의 자서전

인생의 초기: 힘들었던 시절

나는 경상도 함안 출신의 아버지와 경기도 출신의 어머니 사이에서 서울에서 태어났다. 형이 하나 있고 여동생이 하나 있다. 서울의 북쪽 서대문구 갈현동 야산 밑에 살았다. 동네 산에 자주 오르던 기억이 난다. 다시 한 번 가보고 싶다. 집에는 정원이 있었고, 개를 키우고 있었다. 2층집이었고 외부에도 이층으로 올라갈 수 있는 나선형 계단이 있었다. 눈이 오면 눈사람 만들던 기억, 개한테 물려서 병원에 갔던 기억, 정원의 구조물에서 거꾸로 매달리며 운동하던 기억 등이 떠오른다. 아버지는 일을 열심히 하셨고, 우리는 나름 중산층 느낌으로 살았다.

예일초등학교를 거쳐, 불광중학교를 다니다가 강남 방배중학교로 전학 간다. 이후 경기고등학교에 가고, 졸업 후 서울대학교 종교학과에 들어가게 된다.

나는 어려서부터 해외여행을 하고 싶었다. 대학 1학년 때 대학생이 해외에 나가는 것이 처음으로 허락된다. 최초의 해외여행 대상국은 대만이었다. 방학 중에 중국어 공부 프로그램에 참가해서 한 달 정도 있었다. 군대를 마치고 복학 전 6개월 동안에는 미국, 유럽, 이집트, 이스라엘, 태국을 거치는 세계 일주를 했다.

복학하고 1992년에 대학을 졸업하는데, 그때 생각했다. 무슨 일을 하면서 살까? 나는 영화 일을 하고 싶었다. 감독도 하고 싶었고 배우도

하고 싶었다. 그래서 한양대 연극영화과에 들어가 연기를 배운다. 최형인 선생님이 잘 가르쳐 주셔서 그분을 통해 연기에 대한 기초를 배우게된다.

나는 내성적인 사람이었다. 예전부터 무대에 나가 남들에게 무엇을 전달하거나 표현할 때 무엇인가가 막고 있다는 느낌을 느껴 왔다. 그러므로 무대에서 자기를 표현하고 '끼 부리는' 것이 이러웠나. 그러나 동시에 어렵다고 생각되는 것에 도전하고 싶었다. 나의 연기 인생은 그런 마음에서 시작되었다.

나는 1993년도에 MBC방송국 21기 탤런트로 합격되어 연기 생활을 시작했다. 곧바로 주요 드라마에 캐스팅되었다. 그때의 드라마가 '억새바람'인데, 미국까지 가서 촬영한 미니시리즈였다. 그것이 히트하면서 나는 졸지에 '셀렙'이 된다.

그러나 당시 나는 나에게 주어진 커다란 복을 잘 소화할 수 없었다. 당시에 내가 명리학의 기초를 알았다면 좋았을 것이다. 혹은 호사다마 (好事多魔)와 새옹지마(塞翁之馬)의 이치를 꿰뚫고 있는 손웅정(축구선수 손흥민 부친) 같은 부모님이 계셨다면 좋았을 것이다. 복을 지키는 지혜가 없었기에, 이 시기의 복은 빨리 지나가게 된다.

당시 나는 한국이 싫었다. 현실에 불만을 가지면서, 수행을 위해 떠나야 한다고 생각했다. 세계를 누비면서 여행 속에서 인생을 배워야 한다고 생각했다. 우리는 세계 어느 곳에 있든 여행을 하고 있다는 사실을 깨닫지 못하고 있었다. '주어진 일과 주어진 상황을 감사히 수용하면서 살아가는 것'이 가장 잘 사는 삶이라는 것을 알지 못하고 있었던 것이다.

부모님에 관하여

어머니는 나를 유별난 놈이라고 했다. '다른 아이들은 안 그러는데, 너는 왜 그러니?' 그런 이야기를 자주 했다. 유독 나는 키우기 힘들었다고 했다. 듣기 싫은 얘기지만, 지금 보면 이해가 간다. 내가 골치 아픈 인간이라는 것을 요즘에서야 알게 되었다.

나는 반항적이었고, 불만을 품고 있었다. 어머니, 아버지에 대해서, 한국, 사회에 대해서, 신에 대해서, 교회에 대해서, 모든 것에 대해서 화를 내고 있었다. '다 때려쳐!'라고 속으로 무수히 외쳤다. 가출도 해 봤다. 청소년 시기의 나, 젊은 시절의 나는 행복하지 못했다.

가정은 괴로움의 온상이었다. 어머니는 무척 강한 분이셨고, 부모님의 부부 싸움은 일상이었다. 집 안에 큰소리가 나면 모두가 괴로웠다. 어머니는 지고 사는 사람이 아니었기에 충돌이 자주 일어났다. 어머니는 나름의 방법으로 아버지에게 당한 것을 복수하셨다. '아, 이럴 거면 이혼하지 왜 같이 사는가?' 의문이 깊었다.

내가 볼 때, 어머니는 상대에 대한 공감과 이해가 부족했다. 한번은 내가 커다란 테이블 유리를 깼다. 어머니가 오면 야단칠 것 같아 조마조마했다. 어머니가 오셨고, 생각대로 나를 심하게 야단쳤다. '내가 다친 곳은 없는지 걱정은 안 하시나?' 유리가 깨진 게 자식이 다치지 않은 것보다 중한 일인가 싶어 서운했다. 어머니에 대한 아픈 기억이 많았다. 충돌이 있을 때마다, 나는 어머니에게 심하게 분노했고, 속으로 소통을 끊으리라 다짐하면서 점점 더 소원해졌다.

아버지와의 기억은 어떠한가? 대학 일학년 때, 나는 식탁에 설계도를 펼치고 일하는 아버지에게 다가갔다. 아버지는 토목 설계 일을 하고 계셨다. 아버지에게 대학에서 독재반대 운동이 이어지는데, 어찌 접근해야 할지 의논하고 싶다고 했다. 그때 아버지는 말했다. "데모하는 새끼들, 다 탱크로 밀어버려야 해. 너는 데모하지 마라." 나는 멍해졌다. 그리고 아무 말도 못했다. 대화는 사라졌다. 물러가면서 생각했다. '대화를 시도한 내가 바보지.' 아들은 아버지에게서 더 멀어졌다.

중학교, 고등학교 시절에 나는 답답함과 괴로움에 미칠 듯했다. 교회 젊은 선생님에게 상담을 받기도 했다. 심리학을 전공하던 그분은 나름대로 고심하면서 '고등학교 졸업하는 것을 기다려라. 그리고 졸업하면 집에서 나가라'는 조언을 해주셨는데, 나는 그분 조언이 마음에 들지 않았다. '기다리라니. 당장 죽겠는데…' 나는 심각했다. 대화가 통하지 않는 서로 공감하지 않는 어머니와 아버지 밑에서 지낸 나의 슬픈 청춘이여.

나는 명리학에서 말하는 '효신살(梟神殺)'의 고통, 즉 어머니 영향을 지나치게 받는 고통을 온몸으로 겪었다. 형과 여동생도 효신의 고통을 겪었을 것이다.

다시 명리학적으로 오행과 관련해서 이야기할 것이 있다. 나는 오행적으로 불기운이 강하다. 나의 에너지는 불같다. 그것은 좋기도 하고 나쁘기도 한데, 불은 인간을 살리기도 하고 죽이기도 하므로, 잘 사용되면 좋은 것이고, 잘못 사용되면 나쁜 것이기 때문이다. 어린 시절, 나의 불 에너지는 잘 사용되지 못했다. 나의 환경과 조화를 이루지 못했다. 그로 인해 괴로움, 고통, 불만, 짜증이 당시 주요한 정서였다.

불 에너지는 '성 에너지'이기도 하므로, 성적인 차원에서 나는 힘들었다. 섹스는 나의 주요 이슈였다. 나는 성욕이 강했고 그것을 부드럽게 풀 수 없었다. 억압된 성욕은 변태적 상상력으로 이어졌다. 거기에 종교적인 금욕주의가 겹쳐지면서 죄책감이 발생했다. 이상한 상상을 하고 포르노를 보고 자위행위를 하고 자괴감과 죄책감을 느끼다가 참회하고 회개하는 과정이 반복되었다. 해방의 돌파구가 필요했다. 오쇼 라즈니쉬와 탄트라에 대한 관심은 그러한 맥락에서 가지게 된 것이다.

이 시점에, 나는 지금은 부모님에 대한 서운함과 앙금을 해소했다는 것을 말씀드리고 싶다. 현재 두 분 모두 돌아가셨다. 두 분에 대한 한은 이제 없다. 지금은 모든 것을 이해하고 받아들인다. 그분들은 그럴 수밖에 없었다는 것을 이해한다.

나의 인생드라마 '우리들의 블루스' 마지막 부분, 옥동(김혜자 분)과 동석(이병헌 분)의 에피소드를 보면, 어머니 옥동이 아들 동석에게 미안하다고 사과하지 않고 죽게 되는데, 나는 그것이 의문이었다. '왜 옥동이 동석에게 사과를 안 했을까?' 지인이 알려주기를, 드라마에 답이 있다고 한다. 옥동은 자기가 사과도 할 줄 모르는 '바보 천치'라 말했는데, 그것이 답이란다. 그렇구나. 옥동은 사과를 안 한 것이 아니라 못한 것이다. 그녀는 그런 사람이었던 것이다. 나의 부모님에 대해서도 마찬가지 생각을 한다. 그분들은 왜 그러셨을까? 그분들은 그런 분들이었다. 왜 우리와 커뮤니케이션을 잘하지 못하신 건가? 커뮤니케이션이 잘 안 되는 분들이었기 때문이다. 나 자신을 봐도 알 수 있다. 나도 내가 하고 싶어도 할 수 없는 것들이 있고 내가 어쩔 수 없는 것들이 있다. 그분들도 그럴 수밖에 없었기에 그렇게 산 것이다. 그들은 그렇게 살 수밖에 없었던 것이다. 그런 것을 나는 내 식대로, '저건 아니야. 저건 안 돼' 하고 판단한 것이다. 이제 나는 나의 부모님을 있는 그대로 본다. 나의 부모님들은 어려웠던 당신들의 인생을 최선을 다해서 사신 것이다. 그들은 나름대로 가정을 잘 보살피고 자식들을 잘 키우기 위해 노력하신 것이다. 지금은 그들에게 감사하고, 그들을 사랑한다.

성적 억압에 대해서

성(性)이란 무엇인가? '성'이란 것은 매우 중요하다. 우리의 존재 자체가 성을 통해서 생겨난다. 성은 존재가 현상계로 나타날 때 펼쳐짐의 방식이다. 성은 우리의 본질이다. 남녀의 교류, 음양의 교류는 존재의 본질적 양상이다.

그런데 우리에게 성에 대한 담론은 너무 부족하다. 돈 버는 것에 대한 담론은 그리 많으면서 성을 다루는 담론은 왜 그리 적은가? 우리는 제대로 된 성교육을 받아 본 적이 없다. 성에 대한 담론을 텔레비전에서 본 적이 있는가? 나의 기억으로는 구성애 님의 방송이 마지막이다.

나는 성에 민감했다. 성은 억압되어 있었다. 오쇼는 사회가 성에 대해 억압하는 것에는 일종의 음모가 있다고 보았다. 사람들을 성적 불만 상태로 만드는 기획이 존재한다는 것이다. 사람들은 욕구 불만의 상태가 될 때 노예화되기 쉽기 때문이다.

오쇼는 인간에게 성을 금지하는 것은 개에게 짖는 것을 금지하는 것과 같다고 말한다. 짖는 것을 금지당하면 개들은 모두 신경 쇠약에 걸려 버린다. 인간의 의식에 성에 대한 터부와 금지와 죄책감을 심는 것은 인간을 신경증 환자로 만들게 된다는 것이다.

종교적인 인간이면서 성적인 인간이었던 나는 이러한 책략에 걸려들었다. 나는 '성'과 '종교'를 조화시키는 것이 어려웠다. 교회에서는 성을 부정적으로 이야기한다. 사도 바울의 가르침은 성에 대한 죄책감을 키운다. 기독교는 성을 인간의 타락과 연결시킨다. 정욕은 사탄의 유혹이다. 성에는 긍정적인 면도 있을 터인데, 긍정적 이야기는 듣기 어렵다.

성과 관련된 문제의식과 강박과 죄책감은 동서고금을 막론하고 존재했다. 원인이 뭘까? 성과 관련된 죄책감의 원인은 무엇인가? 뭔가가 있는 것인가? 성은 무엇이고 성욕은 무엇인가? 어찌 다루어야 하고 어찌 상대해야 하는가? 성의 도는 있는가? 성의 도는 무엇인가?

성에 대한 열린 자세가 필요하다. 말리놉스키라는 인류학자가 쓴 『트로브리안드 섬의 사람들』이라는 책을 보면, 그곳의 소년 소녀들은 자유롭게 성교를 하다가 가장 맞는 사람과 결혼한다고 한다. 나는 그런 방식이 좋다고 생각한다.

성에 대한 논의가 필요하다. 성은 인간에게 중요한 부분이지만 우리가 성을 보는 시선은 부정적이다. 성 자체에 문제가 있는 것일까? 성은 우리가 생각하는 그런 것이 아닐지도 모른다. 성에는 우리가 모르는 엄청난 것이 있을 수 있다. 우리가 아는 것에 근거하여 성을 판단하지 말아야 한다. 성에 대한 열린 탐구가 필요하다.

종교성 강한 학생 대학에 보내기

나는 종교성이 강한 인간이었다. 초등학교가 기독교 학교여서 어려서부터 성경 공부를 했는데 그것은 나를 매료시켰다. 와우, 놀라운 예수님! 나는 열정적인 기독교인이 되었다. 고등학생 시절에는 교회 고등부를 열심히 다녔고, 신학교에 가서 목사님이 되려고 생각했다. 나는 진학을 상담해 준 선생님의 가이드를 받았다. 나는 당시 신학과 아니면 철학과에 가고 싶었는데, 나의 학력고사 점수가 애매하게 나왔다. 연세대 신학과, 연세대 철학과에는 들어갈 만했는데, 서울대 철학과에는 들어가기는 어렵고 종교학과에는 들어갈 만한 점수였던 것이다. 선생님께서는 서울대 종교학과에서도 내가 원하는 공부를 할 수 있을 것이라고 말씀하셨고 그렇게 서울대 종교학과에 가게 되었다.

그러나 종교학과에서 나는 내가 원하는 공부를 할 수 없었다. 당시

나는 나의 기독교에 관한 열정을 깊게 하길 원했지, 기독교를 비판적으로 연구하는 것을 원하지 않았다. 그러나 종교학은 기독교를 비판적으로 보라고 강요했다. 종교학에서 종교를 다루는 입장은 차가웠다. 종교학은 그때 나에게는 한 학기 들을 정도의 과목이었다. 그것을 4년 동안 붙잡고 공부해야 하다니! 전공을 바꾸는 것도 모색했지만 쉽지 않았다. '복수 전공'도 생각해 보았지만, 종교학과의 필수 과목은 이수해야 하고 거기에 새로운 전공의 필수 과목을 들어야 하니 좋은 대안이 될 수 없었다. 시험을 다시 쳐서 다시 다른 과목을 전공할까? 아니면 학교를 그만두어야 하나?

고민이었다. 대체 전공 선택을 왜 해야 하는가? 그게 왜 필요한가? 왜 대학 들어가기 전에 전공을 선택해서 거기에 묶여 있어야 하는가? 왜 전과는 금지하는가? 왜 한번 선택했다고 4년을 묶여 있어야 하는가? 마음은 바뀌고 성향도 바뀌는 것 아닌가? 왜 문과를 선택했다고 이과 공부를 해서는 안 되는가? 고등학교 때는 원하지도 않는 이과 공부를 마구 시키더니, 이제 와서는 이과 공부를 하고 싶어도 못한다. 이 시스템은 뭔가?

최선의 삶은 그 순간순간에 자기가 원하는 것을 하는 것

인간은 매 순간에 원하는 것을 할 때 행복하게 된다. 차가운 물을 마시고 싶을 때는 차가운 물을 마시고, 뜨거운 커피를 마시고 싶을 때는 뜨거운 커피를 마시는 것이 최선이다. 피아노를 배우고 싶은 사람은 피아노를 배워야 하고, 그림을 그리고 싶은 사람은 그림을 그려야 한다. 학생이 원하는 것을 배우게 하는 것이 최선의 교육이다. 그것이 기본이다. 교사는 학생에게 물어봐야 한다. '너는 뭘 하고 싶니? 뭘 배우고 싶니?' 선생은 학생의 욕망을 항상 체크해야 한다. 자기가 원하는 것을 시기적절하게 한 사람은 만족감을 경험하지만, 원하는 것을 시기절적하게 충족시키지 못한 사람은 불만감을 경험한다.

　요즘 학생들은 학원에서 선행학습을 한다. 유치원 학생은 초등학교에서 배울 것을 학원에서 미리 배운다. 1학년은 2학년 때 배울 것을 학원에서 미리 배운다. 그러나 질문해 봐야 한다. 1학년 때 배울 것을 1학년 때 배우고, 2학년 때 배울 것을 2학년 때 배우면 되는데 왜 군이 선행학습을 해야 하나? 그냥 제때 배우면 편한데 왜 그리 안 할까? 서로 경쟁하기 때문이다. 미리 배워서 석차에서 우위를 점해야 하기 때문이다. 다들 그리 생각하니 무한 경쟁이 발생하고, 학원은 장사가 되는 것이다.

　이런 문제를 해결할 방법이 있는가? 있다. 경쟁을 안 하면 된다. 경쟁은 왜 하는가? 좋은 일류 대학에 가고 싶기 때문이라고 한다. 그러나 생각해 보자. 왜 일류 대학에 가야 하는가? 일류 기업에 들어가, 일류 공무원이 되어 잘 살기 위해서라고 한다. 그러나 일류 기업에 들어가거나 일류 공무원 판검사가 되면 정말 잘살게 되는가? 일류 기업에 들어가거나 판검사가 되면 행복해지나? 아니라고 본다. 우리는 속고 있다. 부모들은 착각하고 있다. 자식들을 행복하게 해 주는 것은, 일류대 보내는 것도 아니고, 일류 기업에 가게 하는 것도 아니고, 일류 공무원이 되게 하는 것도 아니다. 자식들을 행복하게 해 주는 길은 하고 싶은 일을 하게 하는 것이다.

　내가 대학을 선택할 때, 지도 선생님이 이렇게 말을 해 주셨으면 좋았을 것이다. '동환아, 너는 어떻게 하고 싶니? 뭘 배우고 싶니? 관심있는 게 뭐니? 네가 원하는 것은 뭐니? 대학에 꼭 안 가도 돼. 너의 '진짜

욕망'은 뭐니? 너는 인생에서 뭘 하고 싶니? 뭘 이루고 싶니? 진짜 하고 싶은 것을 해라.'

만일 그 당시 내가 더 주체적이었다면 나는 다른 길을 선택했을 것이고 좀 더 효율적인 삶의 진행이 이루어졌을 것이다. 인간은 자기가 가장 원하는 것을 선택할 수 있어야 한다. 본인의 욕망이 가장 중요하게 여겨져야 한다.

대학 전공은 대학 졸업 때 정해야 한다

말 나온 김에 조금 더 하고 싶은 말이 있다. 나는 대학의 전공은 졸업할 때 정해야 한다고 생각한다. 대학에 들어간 학생은 대학에서 제공하는 모든 과목을 자유롭게 들을 수 있어야 한다. 전공 필수는 사라지고 공부에 대한 의무가 사라져야 한다. 왜 모든 선택을 학생에게 맡기지 않는가? 왜 미리 정한 방면의 과목만 들어야 하는가? 대학에 들어가서 생각이 바뀔 수 있는 것이다. 전공을 바꾸어 공부하고픈 마음이 들 수 있다. 왜 못 바꾸게 하는가? 자유롭게 공부하고 싶은 것을 공부하게 해야 한다. 고등학교, 중학교, 초등학교에서도 학생들이 공부를 선택하게 해야 한다. 왜 사회에서 써먹지도 못하는 수학을 배우게 하는가? 왜 원치 않는 것을 강제로 시키는가? 왜 원하는 것을 못 하게 하는가? 내가 볼 때, 교육 시스템은 정상이 아니다. 나는 그런 시스템 속에서 원하는 것을 시기적절하게 배울 수 없었다.

대학교 3학년 즈음, 나는 어머니에게 미국에서 영화를 공부하고 싶으니 유학을 보내 달라고 했다. 그런데 어머니는 말씀하셨다. "서울대는 졸업해야 하지 않겠니? 어떻게 들어간 대학인데." 나는 생각했다. '서울대가 아니면 유학을 갈 수 있었을 텐데.' 아이러니하지 않은가? 서울대

들어간 까닭에 그곳의 졸업장을 받아야 한다는 것에 묶여 나는 배우고 싶은 것을 배우지 못한 것이다. 우리의 인생살이가 이런 식이다. 언제나 현재의 무엇 때문에 욕망의 실현은 미루어진다.

대학에서 만난 스승들

이렇게 대학에 대해 비판적으로 말했지만, 대학 생활이 전부 부정적인 것은 아니었다. 대학에서 스승 역할을 해주신 좋은 선배들을 많이 만났다. 김 선배님. 전 선배님. 두 분이 먼저 생각난다. 김 선배와 좋았던 기억은 영화 '이집트인'을 보고 같이 공감한 것이다. 주말에 '이집트인'이라는 영화를 텔레비전에서 해 주었는데, 무심코 보던 나는 완전 감동의 도가니로 빠져들었다. 소리를 질렀다. 아, 이런 영화가 존재했다니! 다음날 학교에 가서 영화 이야기를 했는데, '너도 그 영화 보았니?' 하면서 공감해 준 선배가 김 선배님이다. 전 선배님은 기타를 가르쳐 주셨고, 밤새면서 같이 바둑을 두어주셨다. 유머 감각의 소유자, 넉넉하고 아름다운 선배님.

그리고 또 열 살 위인 김 형님은 내게 명상에 대해서 가르쳐 주신 분이다. 그분의 가르침을 받으며 졸업 후 함께 명상여행을 다니게 되었다.

탤런트 연기자인가, 떠돌이 구도자인가

1992년, 시국이 불안한 때 서울대를 졸업하고, 한양대 연극영화과에 편입하여 연기를 배웠다. 워크숍에서 처음으로 연기한 연극은 안톤 체홉의 '갈매기'였는데, 거기서 메드베젠코 역할을 맡았다.

같은 해에 MBC 21기 탤런트가 되어 장동건, 김원희 등 동기들과 같이 방송국의 연기 연수를 받던 시기는 즐거웠다. 연수가 끝날 무렵 나는 바로 드라마 '억새바람'에서 주연을 맡게 된다. 연기 햇병아리가 스타가 되었다. 이후 방황이 시작된다. 나는 유연하게 방송생활을 이어가지 못했다. 방랑벽이 작동했다. 방송국에서 번 돈으로 여행을 했다. 여행을 하면서 뭔가 해방감을 추구했지만, 집에서 새는 바가지가 밖에서도 샌다고, 국내에서 불만 덩어리였던 내가 외국에 나간다고 바로 행복해질 수는 없었다. 국내에서 괴로웠던 나는 외국에 나가서도 괴로웠다.

나의 첫 번째 해외여행은 대만 여행이었고, 두 번째 해외여행은 유럽으로 가는 어학연수였다. 대학교 2학년 때였던 것 같다. 영국 본머스의 영어학원에 가는 단체 코스였다. 덤으로 유럽의 여러 여행지를 관광하는 과정도 있었다. 프랑스에서는 대만에서 만났던 프랑스인 친구를 만나기도 했다.

세 번째 세계여행은 대학교를 휴학하고 6개월 동안에 이루어졌다. 먼저 하와이를 거쳐 미국으로 가서 주요 도시들을 다녔고, 유럽의 각국을 방문했고, 이집트, 이스라엘, 태국 등을 거쳐 한국으로 돌아오는 코스였다. 이후 한국에 돌아와서, 서울대를 졸업하고, 한양대로 가고, 이후 연기자가 되었다. 미니시리즈 '억새바람'을 했고, 이후 SBS 드라마 '결혼'을 했다.

그리고 네 번째 여행을 떠났다. 이번에는 먼저 인도에 갔다. 푸나의 라즈니쉬 아쉬람을 향했다. 그곳에서 요기 크리쉬나(Krishna)를 만났다. 그를 따르던 독일인 친구가 있었다. 셋이서 같이 히말라야 여행을 갔다. 쿨루 마날리까지 갔고, 거기서 나는 다시 푸나로 돌아왔다. 돌아와서는 적극적으로 아쉬람의 프로그램에 참가했다. 이후 미국 뉴욕으로 갔다. 그곳에서 미술을 공부하는 친구를 찾아가 그와 같이 지냈다. 뉴스쿨에서 영화 워크숍을 했고, 우타 하겐의 HB스튜디오에서 연기를 배우기도

했다. 뉴욕 대학의 영화 공부하는 분들을 만나기도 했다. 그 시기에 방송국에서 연락이 왔다. '전생과 사랑'이라는 대작이 기획 중이고 거기에 역할이 있으니 오라는 것이었다. 다시 한국으로 돌아가서 그 작품을 하게 된다.

다닌 곳 중 가장 좋았던 곳은 인도 푸나의 '라즈니쉬 아쉬람'이었다. 이후에 다시 방문해서 6개월 정도 있었는데, 매우 좋은 경험이었다. 그 이후에도 몇 번 더 갔는데, 모두 합치면 1년 정도가 된다. 오쇼는 이미 세상을 떠났지만, 그의 가르침은 매일 비디오 강연을 통해 들을 수 있었다. 그때 명상의 개념을 알게 되었다. 오쇼는 명상을 이렇게 설명했다. '명상은 몸과 감각과 생각과 감정을 긍정도 하지 않고 부정도 하지 않고 있는 그대로 주시하고 바라보는 것이다.' 그것이 불교의 비파사나 개념과 일치한다는 것은 나중에 알게 되었다. 붓다와 오쇼는 동일하게 몸과 마음을 있는 그대로 관찰하고 주시함으로써 이면에 존재하는 주시자 '참나'에 도달할 수 있다는 동일한 가르침을 전하고 있었던 것이다.

나는 또 오쇼의 '조르바 붓다(Zorba the Buddha)' 개념을 좋아한다. 그것은 그가 제시한 미래의 이상적 인간형이다. '붓다는 깨달음을 얻은 훌륭한 인간이지만, 그는 세속을 즐기지 않았다. 조르바는 세속을 즐겼지만, 그에게는 깨달음이 없었다. 우리는 붓다의 장점과 조르바의 장점을 결합시킬 수 있다. 영적으로도 깨달음을 취하면서 세속적으로도 즐기는 삶을 살 수 있다.'

그의 '조르바 붓다' 인간상은 탄트라적 성자의 인간상이다. 그것은 종교학에서 얘기하는 '역의 합일(coinccidentia oppositorum)' 모델이다. 반대되는 것은 충돌하면서 변증법적 합을 만들어낸다. 불교의 역사에서 소승에 대항해서 대승이 나온 것 자체가 '조르바 붓다'를 지향한 것이었다. 신라시대의 원효가 이미 조르바 붓다의 전형이었다.

외국에 나가고 다시 돌아오는 것이 반복되었다. 한국에 왔을 때는 대학교 선배이신 김 형님과 이 선배님과 같이 셋이서 국내 명상 여행을 다녔다. 스승님이셨던 형님은 주시 명상 방법을 알려 주었다. 티벳의 '마하무드라 명상법'이다. 촛불을 보면서 눈을 깜박이지 않고 집중하는 방법을 포함해서, 있는 그대로 주시하는 방법이었다.

프랑스로 유학 가다

2003년 3월 나는 프랑스 유학을 떠났다. 툴루즈(Toulouse)에서 어학 연수를 하고 몽펠리에3대학(폴 발레리 대학)에서 영화 이론을 석사 과정으로 공부했다. 당시 프랑스에서는 석사과정이 1년이었기 때문에 1년이 지나자 코스가 끝났다. 그런데 그 즈음 프랑스에서는 석사 과정을 2년으로 늘리려는 상황이었기 때문에 석사를 마친 나에게 제대로 된 석사 학위를 주지 않았던 것 같다. 어중간한 이름의 무언가를 주었는데, 그 때문에 나는 지금도 내가 석사인지 아닌지 헷갈린다. 어쨌든 몽펠리에 생활을 마무리하면서 그다음 박사 학위를 따기 위해 다음 학교에 진학할 것인지를 결정해야 했는데, 나는 진학하지 않기로 한다. 이후 스페인 바르셀로나에 가서 스페인어를 잠깐 공부했다. 바르셀로나에서는 도착하자마자 역에서 컴퓨터와 여권을 가방과 함께 날치기당한 가슴 아픈 일이 있었다.

알레한드로 조도롭스키(Alejandro Jodorowsky)를 만나다

프랑스 몽펠리에로 돌아와서 생각했다. 뭘 할까? 그러다가 파리로 가서 유명한 영화감독이면서 영성가인 알레한드로 조도롭스키를 만나기로 한다. 그가 일주일에 한 번 파리의 한 카페를 빌려서 사람들에게 타로카드를 봐 준다는 말을 들었다. 그래서 그를 만나기 위해 카페에 가서 그를 만난다. 그가 타로를 보아 주었는데, 대번에 나의 효신살 상황을 말해주었다. 어머니가 너무 강해서 나를 짓누르고 있다는 말이었다. 알레한드로 감독은 나에게 물었다. "뭘 원하는가?" 나는 용기를 가지길 원한다고 말했다. 그러자 스승은 물었다. "그것을 천천히 가지고 싶은가. 아니면 지금 당장 가지고 싶은가?" 나는 말했다. "지금 당장 가지고 싶다." 그러자 그는 말했다. "그렇다면 지금 당장 옷을 벗고 저기 가서 커피를 마시고 오라." 나는 이게 뭔 소린가 싶었지만, 그가 시키는 대로 했다. 옷을 벗고 알몸으로 커피를 시켜 마셨다. 그리고 다시 돌아갔다. 그가 옷을 입으라 해서 옷을 입었다. 주변에 있던 그의 제자들이 박수를 쳤다. 그가 웃으면서 말했다. "얼마나 쉬운가? 그대는 이미 용기 있는 사람이다." 시간이 지나도 기억에 남는 에피소드이다. 나는 물었다. "나는 영화를 하고 싶은 사람인데, 당신이 영화를 만든다면 조수가 되어 당신에게 배울 수 있겠는가?" 그런데 그는 '당장은 영화를 만들지 않고 있다'고 했고, '지금은 타로카드를 가르치는 스승'이라고 했다. 나는 프랑스를 떠나 귀국하게 되었다. 그와의 만남은 그날 하루가 전부인 셈이다.

내가 알레한드로 조도롭스키를 좋아하게 된 것은 그의 영화 때문이다. 프랑스 툴루즈에서 어학연수를 할 때 동료 학생들과 시네마텍에서 영화를 보게 되었는데 그때 본 것이 그의 '산타 상그레(Santa Sangre, 성스러운 피)'였다. '와우.' 그건 보통 영화가 아니었다. 깨달음을 경험하게 하는 영화였다. '왓 더 헬.' 나는 눈을 크게 뜨고 덜덜덜 떨면서 영화를 보았다. 그것은 죽음에서 생명으로 살아나는 이야기를 담은 혁명적 영화였다. 스토리는 아버지가 어머니를 죽이는 것을 목격한 한 어린아이가 정신병원에 있다가 탈출해서 여자들을 죽이는 사이코 킬러로 살아가다가 자기의 정신을 지배하는 어머니의 악령을 몰아내고 자유롭게 된 상태에서 경찰에 체포된다는 이야기이다. 실제 이야기에서 영감을 받았다 한다. 영화의 장르는 고어 호러 무비였는데, 그냥 일반적인 호러영화가 아니었다. 그 이상한 스토리에 이상한 영화 분위기를 사용하면서 인간의 보편적인 부자유의 문제와 해방이라는 소재를 다루는 철학적 영화였다. 나는 엄청난 충격에 사로잡혀 같이 영화를 보러 간 친구들에게 물었다. "너희도 내가 느낀 것을 느꼈니?" 모두 충격을 받긴 했지만 내가 느낀 것처럼 느끼는 사람은 단 한 사람도 없었다.

한국으로 귀국해 여러 경험을 하다: 주몽, 하비람, 강사 생활

한국에 돌아와서 얼마 후 참여한 드라마가 '주몽'이었다. 주몽에서 주인공 '주몽'의 적인 현토군 태수 '양정' 역할을 맡게 된다. 드라마의 주요 악역이었다. 당시 불교와 수행에 대한 공통 관심사를 가지고 이재용 형님도 만났다.

주몽 촬영 당시에 나는 카메라 공포증을 겪었다. 감독님과의 관계도 수월하지 못했기에 초반에 하차할 수도 있었는데 여차저차 넘어가서 끝까지 참여하게 되었다. 드라마는 히트를 기록해서 덕분에 나도 어느 정도 다시 알려지게 된다.

이 시기에 친구의 추천을 받아, '하비람' 영성 수련회에 참가한다. 하비람은 지금은 'ALP'로 이름을 바꾸었다. 거기서 장길섭 아침햇살 선생님의 지도를 받아, '깨어나기', '알아차리기', '살아가기'라는 3단계 프로그램을 경험하면서 성장의 기회를 가진 것은 커다란 은총이었다. 깨어나기 과정을 통해 생각으로부터 의식을 분리시키는 것을 배울 수 있었다.

이 시기에 나는 대학에서 강사 생활을 했다. 먼저 서울예대 인문학 부문 강사가 되었다. 우연히 만나게 된 서울예대 교수님의 추천을 통해 강사로 가게 된 것인데, '예술과 대중'이라는 과목을 맡아서 가르쳤다. 거기서 몇몇 도반들과 인연을 맺기도 하였다. 이후 서울대 종교학과 선배님이 계신 한신대에 강사로 나갔고, 서울대에서도 한 학기 강의를 맡았다. 그러나 학생들에게 학점을 주는 방식에 불합리함을 느끼면서, 강사 생활을 그만두었다. 그리고 나는 느끼게 되었다. 지금은 내가 대학을 그만두지만, 내가 그만두지 않더라고, 대학에서 일하기 어렵게 되었다는 것을. 무슨 말인가? 퇴임한 대통령의 죽음 이후, 대학에 대한 '손보기'가 시작된 것이다.

블랙리스트

그 당시에 나는 블랙리스트에 올려졌다고 느껴질 만한 일들을 겪게 된다. 내가 연기하려고 한 드라마와 영화에서 이상하게 잘리는 일들이 일어났다. 예를 들면 내일 당장 촬영인데 갑자기 캐스팅이 바뀌어서 죄송하다는 연락을 받게 된다. 그런 일이 한두 번이 아니었고. 한 일곱 번 정도 일어났던 것 같다. 연예계를 지배하는 보이지 않는 힘이 나를 향해 작용하고 있다고 느꼈다.

그 추측이 맞는 거라면, 그 보이지 않는 힘은 왜 나를 블랙리스트에 해당하는 인물로 보았을까? 몇 가지 이유가 있을 수 있다. 나는 그 당시 새로운 정부에 반감을 가지고 있었고 그것을 표현했다. 당시 정부는 미국 소고기를 수입하기 시작했는데 나는 국민적으로 일어난 수입 반대 데모를 지지했다. 총장이 압박을 받아 사퇴하게 된 한예종 사태에 대해서도 정부를 비판했다. 기름 유출 사건에 대해서도 비판적인 다큐를 만들었다. 또 당시 추진되던 운하 사업 혹은 4대강 사업에 대해서도 반대했다. 그리고 그러한 반정부 발언을 강화하기 위해 당시 6·2지방선거에 서울시의원 후보로 출마하여 그 과정을 다큐로 만들려 했다. 이런 것들이 종합적으로 작용하여 블랙리스트에 올랐다고 본다.

격동의 시기가 시작되었을 때, 나는 한예종 영상학과 석사과정에서 다큐멘터리를 공부하고 있었다. 총장이 압력을 받고 사임하면서 시작된 '한예종 사태'가 일어난 것은 내가 한예종에 들어가기 직전이었다. 정부는 진보적인 학교의 성격을 보수화시키려고 하였다. 나누어진 학과들을 유기적으로 연결시키려는 혁신적 프로젝트가 백지화되었다. 진보적인 강사와 교수가 학교에서 물러나게 되었다. 노무현 대통령이 퇴임하고 나서 돌아가시는 사건도 일어났다. 의문투성이 천안함 사건이 일어났고, 정부가 언론을 탄압하고 사장을 갈아치우면서 방송사들을 접수하는 일도 일어나고 있었다. 한강 운하 건설 프로젝트가 4대강 개발 프로젝트로 바뀌면서 추진되었다. 나는 '이건 아닌데' 하고 생각하며 이런 상황에서 뭔가를 해야 한다고 생각했다. 그러면서 내가 직접 선거에 나가 선거 운동을 하면서 그것을 다큐멘터리로 만들어보자는 프로젝트를 추진하였다. 학교에서 작품을 만드는 것의 일환이었다. 결과적으로 그것은 용두사미가 되었다. 다큐멘터리는 만들어지지 않았다. 나는 괜히 선거에 나갔다가 탈락한 후보자가 되었다. 나는 당시 혼란기였다. 사회와 자신에 대한 부정적인 생각이 나를 지배하고 있었다. 그 당시 내가 느낀 것은 '선관위'를 감시하는 '선관위 관리위원회'가 필요하다는 것이었다. 어쨌든 프로젝트는 유야무야되었고, 한예종도 중도에 그만두게 되었다.

돈은 날리고 영화감독은 되다

나는 영화를 만들어 보겠다고 결심한다. 나는 이미 '우리 읍내'라는 연극을 대학로에 올린 적이 있었다. 내가 삶에서 해보고 싶었던 것은 영화배우, 영화감독이었는데, 배우는 해 봤고, 연극도 연출했으니, 이제 영화를 연출하자고 생각한 것이다. 기존 시스템을 통해서가 아니고 독립영화로 만들기로 했다. 이미 전규환 감독님의 영화에 출연하면서 독립영화의 가능성을 보고 있었다.

그 시기 나는 문제적 친구를 만난다. 그는 사업을 한다면서 내게서 돈을 가져간다. 나는 내게 있는 돈을 그에게 투자하는데, 결과적으로 그 친구는 나의 돈을 증발시켰다. 나는 아버지 유산에 해당하는 돈을 날려버렸고, 증여세를 해결하지 못해 빚도 지게 된다. 여러 일이 꼬였다. 영화를 만들었던 것은 돈을 날리기 전이었다.

나는 무엇을 다룰까 생각했다. 소재를 고르다가, 실제 있었던 이야기에서 모티브를 가져왔다. 양아버지가 딸을 성적으로 지배하고 있었는데, 소녀는 학교에서 남자친구를 사귀게 되고, 이후 남자친구와 같이 양아버지를 살해하는 것이 줄거리이다. 소녀의 입장에서 보면 태어나면서 악연에 의해 가지게 된 억압의 환경이 존재한다. 왜 그런 양아버지가 나에게 걸린 것인가? 그런 현실 상황을 맞이하게 되었을 때, 나는 어떻게 해야 하는가? 내가 현실을 타개하기 위해 여러 방식을 취해 보지만, 예를 들어 경찰서에 가서 이야기해보기도 하지만 도움을 받지 못한다. 소녀의 양아버지가 검찰에서 일하고 있었기에 더 그러했다. 소녀의 상황은 일제에 의해 강점된 대한민국의 상황, 혹은 자본주의 국가에 의해 점령된 식민지 국민의 비참한 상황, 혹은 관료들에 의해 수탈당하던 조선 말 동학 농민들의 상황을 연상시키기도 했다. 소녀의 남자친구가 맞는 상황도 극적이다. 햄릿의 고민을 연상하게 된다. 내가 사랑하는 여자가 엄청난 고통 속에서 노예 생활을 하고 있는 것을 알게 되었을 때, 나는 어떤 선택을 해야 하는가? 여자를 포기할 것인가, 아니면 상황에 맞서 싸울 것인가? 비합리적이고 모순에 가득 찬 현실이 나에게 행동을 요구할 때, 어찌 대응할 것인가? 이것은 인간의 보편적 고민이다. 의미 있는 주제라고 생각했다.

　선거 활동에서 도움을 주었던 고마운 사람인 전 피디님에게 도와달라고 부탁했다. 그러나 그것은 형극의 길이었다. 영화 만드는 동안 많은 장애와 어려움을 겪었다. 피디님과의 관계에서도 문제가 생겼다. 나의 일처리 방식과 성격도 문제였다. 영화는 만들어졌지만, 만족할 수 없었다. 고민하다가 배급사 고영재 대표님과 상의하였고, 그냥 케이블 티비를 통해 개봉하는 것으로 결정했다. 적은 보수로 참여해준 스텝들과 거의 무료로 연기해 준 배우들에게 미안하다. 성공하면 빚진 것을 갚았을 텐데…. 지금도 그들에게 빚진 마음을 지니고 있다.

　여러 어려움을 겪으면서, 나는 내면에 스트레스를 축적시키고 있었다. 그 당시 결혼도 하게 되는데, 아내와의 관계에 있어서도 어려움이 있었다. 여러 면에서 스트레스를 받다가 터진 것이 갑상선 고장, 목소리 변형으로 나타났다. 목소리가 변성되니 당연히 배우 생활은 할 수 없다. 이제 어떻게 먹고 사나?

나의 인생의 문제 해결, 플라시보 요가 명상

목소리를 잃는다는 것은 배우 생활을 접어야 한다는 것을 의미한다. 절망적이었지만 나는 절망하지는 않았다. 배우 생활을 못한다면, 다른 것을 하면 된다고 생각했다. 나에게는 해야 할 다른 일이 있었다. 그것은 명상의 길이었다. 나는 운명이 나에게 명상의 길을 가라고 지시한다고 생각했다. 인간이 병에 걸린다는 것은 우주로부터 메시지를 전달받는 것이다. '너는 지금 잘못 살고 있으니 삶의 방식을 바꿔.' 나는 질병이 나타난 상황을 그렇게 해석했다. 그래서 병원 시스템을 따르지 않고 대체의학의 치유 방식을 따르기로 했다. 의무적이고 괴로운 생활은 정리하고, 즐겁고 건강하고 행복한 방식을 시작하기로 했다. 다시 나는 생각했다. 나는 무엇을 원하는가?

동남아의 낙원, 인도네시아 발리 우붓

인도네시아 발리를 택한 것은 부산영화제 기간에 만난 지인을 통해서이다. 그분은 발리로 이주해서 살고 있었는데, 발리의 좋은 점을 알려주었다. 그렇게 좋은 곳이라면 안 갈 이유가 없다. 나는 발리로 갔다. 덴파사르를 거쳐 요가 마을인 우붓으로 향했다. 그곳에는 '요가반(Yoga Barn)'이라는 유명한 요가스쿨이 있었지만, 거기에 등록하지 않고 우붓 제2의 요가스쿨인 '래디언틀리 얼라이브(Radiantly Alive)'에 한 달 코스로 등록을 했다. 그리고 아침부터 저녁까지 매일 요가를 했다. 시시때때로 요가반에 가서 듣고 싶은 수업을 골라 들었다.

발리는 음식도 좋고, 물가도 싸고, 공기도 좋고, 분위기도 좋은 완벽한 휴양지였다. 한 달을 지내고 난 뒤 다시 한 달을 연장해서 있었다. 다시 요가스쿨에 등록해서 또 요가 생활을 이어갔다. 그리고 또 다시 한 달 연장, 총 석 달을 살았다. 매일매인 요가 수행을 이어가던 행복한 나날들이었다.

치유의 길, '카미노 데 산티아고'

인생의 변화를 꿈꾸는 사람들의 필수 코스 '카미노 데 산티아고 (Camino de Santiago)'를 처음 경험한 것은 2015년 여름이다. 당시 서울에서 탤런트 정은수 선배를 통해 이중길 전직 교장 선생님을 만나게 되었는데, 그분은 고등학교 교직 생활을 하다가 교장 선생님으로 은퇴하신 분으로, 걷기의 대가이시다. 걸어서 유럽을 횡으로 횡단하시면서 이미 카미노를 경험하셨고, 이제 종으로 종단하시기 위해 준비하고 계셨다. 나는 그분의 과감하고 엉뚱한 도전에 매력을 느꼈고, 그분과 동행하게 되었다. 덴마크 코펜하겐에서 그분과 만나 맨 북쪽 해안에서부터 걷기를 시작했다. 그렇게 걷는 여행이 시작되었다.

이후 스페인 카미노를 먼저 경험하는 게 좋겠다는 조언을 받고 스페인으로 향했다. 그 과정에서 '카우치 서핑(couch surfing)'으로 쾰른, 파리, 툴루즈를 거쳤다. 나의 카미노 시작은 프랑스 서남부 올로롱(Oloron)에서 시작되었고 스페인 국경을 넘어 하카(Jaca)를 거쳐 푸엔테 라 레이나에 들어가면서 '카미노 프란세스' 즉 '프랑스 카미노'에 합류했다. 로그로뇨, 부르고스를 거치면서 타르다호스(Tardajos)에서 나는 '카미노의 구루', '맨발의 순례자' 달 형제를 만나게 된다. 그를 만나면서 여행은 변하게 된다.

달 형제는 나에게 '돈 없이 사는 것이 가능하다는 것'을 알려 주었다. 당시 나는 영화 만드느라, 또 국가에 진 빚을 갚느라 돈이 없었고, 그저 조금 있는 돈으로 여행을 온 것인데, 이제 돈 없어도 여행을 할 수 있다는 것을 알게 된 것이다. '말도 안 돼. 어찌 그럴 수 있지?' 독자들은 생각할 것이다. 그러나 그것은 가능했다. 그냥 돈 없이 살면 된다. 인간은 돈 없어도 살 수 있게 되어 있었던 것이다.

달 형제는 한국에서 수의사를 하던 사람인데 어느 날 차를 타고 가다가 성령 체험을 했다고 한다. 강렬한 영성 체험을 하면서 눈물이 하염없이 흘렀다고 한다. 옆에 타고 있던 분이 마침 기독교인이었는데, 그것에 신을 만난 것이라고 해석을 해 주었고 그런 연유로 기독교인이 되었다고 한다. 그리고 하던 직업을 치워버리고, 모든 돈을 아내에게 넘기고 자신은 무일푼이 되어 농촌에 내려가 농사를 지으면서 홀로 묵상하면서 영성 생활을 시작했다고 한다. 그렇게 생활한 것이 벌써 수년 전. 그리고 카미노를 걷기 시작했다고 한다. 나를 만나기 전에도 이미 다섯 번 정도 카미노를 걸었다고 한다. '와, 그게 가능해?' 그런데 그것도 맨발로, 신발을 신지 않고 말이다. 미친 거 아냐? 과연 그는 맨발이었다. 마침 또 나이도 나와 갑장. 바로 친구가 되었고, 나는 그를 따라서 걷기 시작했다. 그를 따라서 노숙을 하고, 그를 따라서 아침에 객들이 빠져나간 빈 숙소에 들어가 냉장고를 뒤져 남은 음식을 챙기고 혹은 재빨리 샤워도 하고 그렇게 생활하였다.

그는 나를 만났을 때, 나에게 용돈을 주었다. 얼마 전 그의 구도자적인 모습을 본 한 한국인 순례자가 그에게 100유로 정도의 돈을 주었다. 그는 그 돈을 함부로 쓰지 않았다. '도나티보 알베르게'에 일부러 찾아가 그곳에 보시를 했고, 자기보다 더 어렵게 여행하는 자들을 만나면 그들에게 돈을 주었다. 나는 그보다는 어려운 여행자는 아니었지만, 나도 돈이 별로 없이 여행한다는 말을 듣자, 그는 바로 20유로 정도를 나에게 주었다. '이게 뭐지? 주어도 내가 그에게 주어야 하는 거 아닌가?' 받으면 이상한 모양새였지만 그래도 받았다. 상징적인 의미가 있다고 생각했기 때문이다. 그리고 그와 같이 여행하게 되었다.

목적지인 산티아고 데 콤포스텔라에 이르기 한 사흘 전까지 한 달 정도를 같이 걸었다. 남들보다 늦게 출발해서 저녁때까지 걸었다. 어느 날은 어둑어둑해지는 노을을 보면서 걸었다. 광장에서 자고, 벤치 옆에서 자고, 나무 밑에서 잤다. 어느 날에는 공동묘지가 있는 오래된 성당 처마 밑에서 자면서 우리가 원효와 의상 같다고 농담하기도 했다. 한 달동안 삶은 멋졌다. 친구를 잘 만나 호강한 여행이었다.

목적지에 거의 와서 사소한 문제로 갈라서게 되었다. 내가 말도 안하고 먼저 걸어가면서 헤어진 것이다. 산티아고에서 다시 만났지만, 내가 별것 아닌 것에 화를 냈다는 것이 아직 부끄러움으로 남아있다. 이후 '피니스테라'까지 또 같이 갔고, 내가 먼저 산디아고로 복귀하면서 다시 헤어지게 되었다.

한국으로 돌아온 후 그의 농장을 찾아가면서 그와 재회했다. 그곳은 한영우 장로님이란 분의 농장인데, 그가 함께 농사짓는 곳이었다. 한영우 장로님은 유명한 이현필 성자님의 제자이셨던 분이다. 이현필 성자님은 그의 스승인 이세종 성자님과 더불어 한국 기독교 역사에서 독특한 지위를 차지하는 분이다. 이세종 성자님은 전라남도 화순 등광리에서 태어났다. 복음을 접하면서 자기에게 빚진 자들을 다 탕감해 주고,

수행자의 삶을 살면서, 가르침을 피셨다. 그분의 후계자가 되신 이현필 성자님은 남원에 공동체 동광원을 만드시고 고아를 돕고 병자를 돕는 사역을 하셨다. 달 형제가 머물고 있는 곳이 바로 이현필 성자의 제자인 한 장로님의 농장이었던 것이다.

　그곳에서 이세종 님의 기도처 등의 성지를 방문할 수 있었다. 그분의 구도의 삶을 상상하면서 나의 구도의 삶을 반성할 수 있었다. 달 형제가 그곳을 찾아간 것도 깊은 인연의 결과였으리라.

태국의 코팡안에서 요가와 명상을 결합하다

　한국에 오고 난 뒤, 태국의 '코사무이 섬' 옆의 '코팡안(Koh Phang-an)' 섬에 가서 2년간 머물면서 요가와 명상을 공부했다. 요가는 요가스쿨에서 명상은 절에서 수행했다. 코팡안 섬 안에는 수라타니에 근거하고 있는 유명한 붓다다사 스님이 만드신 '수안목(Suan Mokkh) 사원'의 말사 '왓 카오탐'이 있었다. 거기서 나는 '비파사나 수련회(vipassana retreat)'에 참여하였는데, 거기서 비파사나 안내자 안소니(Anthony)를 만나게 된다. 그는 호주인으로서 오랫동안 태국에서 스님 생활을 하다가 환속하여 명상 지도자가 된 사람인데, 서양인 수행자들 사이에 꽤 유명하다. 나는 수련 참가자이면서도 아침에 요가를 안내했다. 그는 하루에 두 번씩 강의를 했는데, 그때 초기불교 교리와 비파사나 수행을 제대로 배웠다. 열흘 정도의 짧은 기간이었지만 효과는 상당했다. 명상이란 것이 이렇게 유용하고 효과적이고 아름답고 훌륭한 것이었어? 감동이었다.

　그 시기에 요가학교에 초대된 좋은 명상 지도자가 있었다. 그의 이름은 사하자난다(Sahajananda). 그가 개발한 명상 시스템인 '흐리다야 요가(Hridaya Yoga)' 시스템에 따라 역시 열흘 정도 수련회가 진행되었다. 연속된 수련회를 하면서 나는 상태가 매우 좋아졌다.

이후 왓 카오탐에서 안소니가 떠나고 그의 빈자리를 다른 안내자로 대체하는 과정 중에 나는 수련회의 오전 시간을 맡게 된다. 아침에 요가 안내를 하는 것은 물론 앞에 나가서 명상 인도까지 하게 되었고, 안소니가 맡았던 담마토크(Dhamma Talk) 일부를 맡게 되었다. 오전 시간 전체를 담당하게 된 것이다. 일주일 정도 새벽 4시 반부터 정오까지의 시간은 내 시간이었다. 참여자들은 열두 명 정도의 서양인들이었다. 그 기간 동안 행복했다. 매일 요가와 명상과 강의를 반복했다. 적성에 맞았다. 명상 안내자는 나에게 맞는 옷이었다. 평생 이렇게 사는 것이 좋겠다고 생각했다. 나는 안소니, 사하자난다, 또 요가학교의 원장인 비베카난다와 같은 명상 지도자가 되는 것이 좋겠다고 생각했다.

아침에 하는 한 시간의 요가가 엄청나게 명상에 힘을 준다는 것을 느꼈다. 사원을 관리하는 태국인 보살님 뚝까타에게 요가 시간을 오후에도 한 번 더 갖자고 했는데, 보살님은 반대하셨다. 이유는 불교 사원 전통을 따라야 하므로 요가를 강조해선 안 된다는 것이었다. 나는 속으로 생각했다. '명상에 도움이 되는데, 전통을 왜 바꾸어선 안 된다는 것인가?'

요가학교에선 요가만 하고 명상을 안 한다. 절에서는 명상만 하고 요가를 강조하지 않는다. 나는 생각했다. '왜 요가와 명상을 적극적으로 결합하지 않지?' 왓 카오탐에서 일주일 동안의 쌩쌩한 경험은 바로 요가와 명상이 결합된 수행에서 나온 것이었다. 그것을 왜 보편화시키면 안 된단 말인가? 내가 수련회를 이끌게 된다면 나는 반드시 요가와 명상을 결합시키리라 다짐했다.

나의 각성의 길, 플라시보 요가 명상을 진행하다

한국에 왔을 때, 나는 요가 명상 수련회를 진행하고자 했다. 일단 나 자신의 수행을 위해 요가와 명상이 결합된 한 시간 반짜리 프로그램을 만들어, '플라시보 요가 명상'이라고 이름 붙였다. 그것을 서울 연화사에 머물면서 도반님들과 나누기도 했다. 연화사는 이전에 직지사에서 알게 된 장명스님이 계셨기에 가게 된 절이다. 그리고 법화림의 덕현스님을 알게 되어, 서울에 있는 선원에서 요가 프로그램을 진행했다. 이후 3박 4일 정도의 수련회를 음성의 법화림에서 두 번 했다. 그러나 코로나 사태로 계속 이어지지는 못했다.

코로나 시대를 맞아 어쩔 수 없이 개인수행으로 가야 했다. 그러다가 누군가가 '줌(Zoom)'으로 요가 명상 강의를 하라는 조언을 해 주어서, '줌'을 사용하게 되었고, 또 '유튜브'의 '실시간 스트리밍'을 사용하게 되었다. 플라시보 요가 명상 수행은 그렇게 지금까지 이어지고 있다.

내 명상 방법은 내가 정한다

플라시보 요가 명상은 내가 조합시켜 만든 내 스타일의 명상법이다. 먼저 요가와 명상을 결합시켰다. 요가 동작은 예전에 익혔던 국선도의 준비운동, 기혈순환유통법을 차용했다. 내가 인도식 요가를 배웠다고 꼭 그것을 수행할 필요는 없다. 빠른 시간에 몸을 푸는 데는 국선도 준

국선도 방식 기공

① 손 앞으로 오리궁둥이 심호흡　　② 손 위로 손바닥 하늘로　　③ 손 옆으로

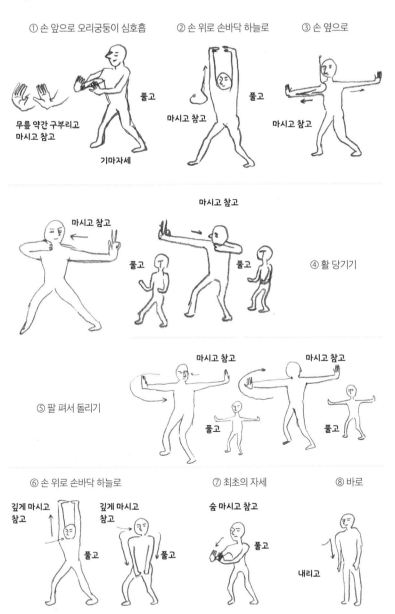

풀고

무릎 약간 구부리고
마시고 참고

기마자세

마시고 참고

풀고

마시고 참고

마시고 참고

마시고 참고

풀고

풀고

④ 활 당기기

⑤ 팔 펴서 돌리기

마시고 참고

마시고 참고

풀고

풀고

⑥ 손 위로 손바닥 하늘로　　　　　　⑦ 최초의 자세　　　　⑧ 바로

깊게 마시고
참고

깊게 마시고
참고

숨 마시고 참고

풀고

풀고

풀고

내리고

비운동이 최고였다. 명상은 태국에서 배운 비파사나 사념처 수행 방식을 따왔다. 그리고 거기에 자기 암시와 기도를 결합시켰다. 여러 테크닉들을 결합시켜 쉽게 효과를 볼 수 있게 만들었다.

태국에서 수행하고 귀국한 이후 여러 선원에서 수련회에 참석했다. 헝가리 청안스님의 절에 가서 한 달 넘게 수행하고, 이후 한국 절에서 수행하면서 내가 느낀 것은 굳이 기존 방식으로 수행할 필요는 없겠다는 것이었다. 나에게는 이미 나에게 적합한 실전적 명상 시스템이 장착되었기 때문이다.

지금의 세상은 급속하게 변화하는 세상이다. 과거 방식을 고집하는 것은 맞지 않을 수 있다. 현대의 영성 지도자들은 지금 세상에 맞는 명상 테크닉을 제시해 주어야 한다.

플라시보 요가 명상은 세 가지가 결합된 것이다. '요가'와 '명상'과 '플라시보 기도'가 그것이다. 나는 무언가를 정형화하는 것을 싫어하는 사람이기에, 나의 플라시보 요가 명상 시스템을 고정화하려는 생각이 없다. 참고하고 싶은 분들은 참고해서, 자기에 맞게 응용하면 된다. 명상을 길게 하고 싶은 분은 요가를 간단히 하고 바로 명상으로 들어가 길게 명상을 하면 되고, 요가를 길게 하고 싶은 분은 요가를 길게 하고 명상을 짧게 하면 된다. 요가의 동작도 자기에게 가장 필요한 동작들을 추려서 나름대로의 시퀀스를 만들 수도 있을 것이다.

내가 내게 맞는 비빔밥을 제조했듯이 사람들은 자기에게 맞는 비빔밥을 만들면 된다. 그것을 바라는 마음으로 나의 레시피와 경험들을 공개하는 것이다. 부디 참고하시면서, 여러 도반님들 각자의 수행 여정에 성과를 거두시길 바란다.

2부 · 명상 이론

1. 요가 이론

파탄잘리의 요가수트라(Yoga Sutra)의 첫 구절은 다음과 같다.

yogas chitta vritti nirodha.
요가는 마음의 움직임을 멈추는 것이다.
(Yoga is cessation of fluctuation of the mind.)

이것이 이루어질 때 수행자는 자기의 진정한 본질에 접속한다.

생각과 감정과 경험의 영향을 벗어나 진정한 성품에 머물게 됨으로써, 우리는 내면의 소리를 듣게 되고, 생명의 메시지를 받아, 우리의 육체와 생각과 에너지 장과 행동과 경험에 적용시키게 된다. 이렇게 우리는 삶에서 가장 깊은 목적을 이루게 된다.

요가는 건강과 미용에 좋다. 그러나 본디 요가의 목적은 명상과 깨달음이다. 나는 이렇게 말한다. '요가는 명상을 위한 것이다. 그리고 명상

은 삼매를 위한 것이다.'

삼매 상태에서 우리는 잠재된 '참나'를 다시 찾는다. '참나'는 왜 찾는가? 그것이 본질이고 신성이기 때문이다. 인간이 본질을 놓치고 표면적인 차원에서 살면 전도망상이 일어나고 그로 인해 고통을 겪는다. 그것은 질병 상태이다. 명상(meditation)은 그 질병 상태를 치유(medication)하는 치유 테크닉이다.

1_1. 요가의 여덟 기둥

요가의 여덟 기둥이 파탄잘리의 요가 수트라에 나온다. 야마(Yama), 니야마(Niyama), 아사나(Asana), 프라나야마(Pranayama), 프라티아하라(Pratyahara), 다라나(Dharana), 디아나(Dhyana), 사마디(Samadhi)가 요가의 여덟 기둥이다. 여덟 단계를 통해 요가는 완성된다. 종교 체계로서의 요가는 먼저 계율(금계와 권계)을 지키는 것을 근본으로 삼는다.

1) 야마(yama) 금계

야마는 금지하는 것이다. 우리가 영적인 차원에서 성과를 거두기 위해서 우리는 자제해야 하는 것들이 있다. 폭력을 자제해야 하고, 거짓말을 자제해야 하고, 도둑질을 자제해야 하고, 삿된 음행을 자제해야 하고, 집착을 자제해야 한다. 도덕적으로 잘못된 행위를 해서는 안 된다. 무언가 남에게 해가 되는 행위를 한다면 카르마의 원칙에 의해 그것을 갚아야 한다. 그렇게 되면 우리의 시간이 빚을 갚기 위해 소모된다. 문제가 해결되기 전에는 그 이상으로 나아갈 수 없다. 도덕적으로 잘못된 행위를 하는 것은 우리의 진화를 더디게 만든다. 야마 금계는 아힘사

(ahimsa), 사티얌(satyam), 아스테야(asteya), 브라마차리야(brahmacharya), 아파리그라하(aparigraha) 다섯 가지이다.

① 아힘사(ahimsa): 불살생, 죽이지 않기, non-killing

아힘사는 인간뿐 아니라 다른 생명체도 죽이지 말라는 계율이다. 피터 잭슨 감독이 만든 SF영화인 '고무인간의 최후'를 보면, 외계인들이 지구에 와서 인간을 잡아먹는데, 이것은 인간과 가축과의 관계에 대한 패러디이다. 인간들이 다른 종족인 외계인에게 잡아먹히는 것을 원하지 않듯, 소들도 우리 인간에게 잡아먹는 것을 원하지 않을 것이다. 인간을 먹는 외계인들이 인간에게 끔찍한 괴물들이라면, 소를 사육해서 먹는 인간도 소들에게 끔찍한 괴물이 아닐까? 피터 싱어는 그의 저서『동물 해방』에서 같은 고민을 했다. 인간이 같은 인간을 먹는 것은 안 되고, 다른 종인 소를 먹는 것은 괜찮은 걸까? 소를 안 먹으면 인간이 죽는 것도 아닌데, 왜 꼭 소를 먹겠다고 하는 걸까? 그런 질문을 하면 반론을 하는 인간이 있다.

"야, 너는 동물을 먹는 것은 도덕적이지 않다고 말하는데, 어차피 너도 식물은 먹잖아. 식물도 생명체야. 너도 생명체를 죽이고 있는 거야. 동물 먹는 것과 식물 먹는 것이 뭐가 달라?" 이런 질문에 대해 이 정도는 말할 수 있을 것 같다.

"본질적으로 생명체를 죽인다는 것은 같은 것이지. 그렇지만, 그렇다고 너는 집에서 키우는 치와와를 잡아먹지는 않잖아. 왜? 치와와를 안 먹어도 살아가는 데 아무 지장이 없으니까. 치와와를 먹어서는 안 된다는 법률이 있는 것은 아니지만, 우리는 치와와를 안 잡아먹지. 치와와는 우리와 친밀한 관계를 맺고 있는 동물이니까. 소도 생물이고, 쌀도 생물이지만, 쌀은 먹어도 소는 안 먹는 게 좋은 이유는, 동물은 인간과 더 친밀함을 가지기 때문이야. 그리고 소를 꼭 안 먹어도 인간이 살아가는 데 지장이 없기 때문이야. 소는 인간과 더 친밀하지. 벨 때 피가 나고, 비명을 지르지. 동일한 소화기관을 가졌고, 소에게도 마음이 있지. 그리고 소의 죽음은 우리 인간의 죽음을 연상시키지. 우리는 식물만 먹으면서도 살 수 있으므로, 동물을 먹지 않는 것을 생각해 볼 수 있는 거야. 그리고 우리가 소를 먹으려면, 누군가 소를 죽이고, 소의 시체를 처리해야 해. 그 일을 너는 하고 싶은가? 우리가 소고기를 먹으면 그건 우리가 하고 싶지 않은 일을 남에게 시키는 꼴이 되는 거야. 그리고 아무리 동물이라 해도 소가 도살당하고 싶을까? 우리는 누군가에게 죽임을 당하고 싶을까? 아니지. 우리가 원하지 않는 일을 소에게 행하는 것은 옳지 않을 거야."

② 사티암(satyam): 불망언, 거짓말하지 않기, non-lying

사티암은 거짓말하지 말라는 금계이다. 인간은 자기 입으로 말하는 것에 의해 화를 당하게 된다. 입으로 만드는 악업은 무섭다. 이것이 불교에서는 양설, 망어, 기어, 악구, 네 가지로 세분화된다. 양설은 한 입으로 두 말하며 이간질하는 것, 망어는 망령된 거짓말을 하는 것, 기어는 아첨하는 말을 하는 것, 악구는 소리지르거나 욕설을 하는 것이다.

'거짓말하지 말라'는 원칙은 '죽이지 말라'는 원칙의 하위 원칙이다. 예를 들어 산에서 나무를 하고 있는데, 사냥꾼에게 쫓기던 노루가 오더니 오른쪽 길로 갔다고 치자. 사냥꾼이 와서 노루가 간 방향을 물을 때, 사실대로 오른쪽 길로 갔다고 말한다면 거짓말을 하지 말라는 원칙은 지키는 것이지만 불살생의 원칙을 어기는 것이 된다. 그때 거짓말로 왼쪽으로 갔다고 말한다면, 거짓말을 하지 말라는 원칙을 어기는 것이 되지만, 불살생의 원칙을 지키는 것이 된다. 이런 경우에 상위의 원칙을 위해 하위의 원칙을 포기할 수 있어야 한다.

이런 논리는 임진왜란 때 일본군에 맞서 싸운 서산대사, 사명대사의 호국불교 전통에도 적용된다. 일본군을 죽이는 것은 불살생 계율을 어기는 것이었지만, 일본군에 의해 죽어갈 수많은 양민을 살리기 위해 계율을 어겨야 했던 것이다

말로 인한 악업은 실로 무섭다. 거짓말로 다른 사람을 죽게 만들 수 있다. 예를 들어 재판에서 거짓 증언을 함으로써 다른 사람을 해칠 수 있다. 언론에서 거짓 기사, 과장 기사를 쓰거나, 역사 날조, 사실 은폐·왜곡 등을 하는 것도 무서운 악업이다. 구업을 지은 자들은 준엄한 보응을 받게 될 것이다.

③ 아스테야(Asteya): 불투도, 도둑질하지 않기, non-stealing

아스테야는 남이 허락하지 않은 남의 물건을 취하지 말라는 것이다. 인간의 에고는 소유로 확장된다. 남의 소유를 감소시키는 것은 그의 존재를 감소시키는 것이다. 그것은 일종의 살인이다. 살인의 죄보다 더 크지는 않겠지만, 살인에 비견되는 큰 죄로 보아야 한다.

④ 브라마차리아(Brahmacharya): 불사음, 삿된 음행을 하지 않기, purity

브라흐마차리아는 음행을 금하는 계율이다. 이것은 표면적으로는 모든 성적인 행위를 금하는 것이지만 여러 다른 해석이 있을 수 있다. 불교에도 불사음의 계율이 있다. 재가자와 출가자의 불사음의 의미는 다르다. 출가자는 모든 성행위를 금지하게 되고, 재가자는 결혼한 배우자

와의 성행위를 제외한 성행위를 금지한다.

그런데 왜 성행위는 안 좋다는 것일까? 왜 성행위는 인간의 진화에 좋지 않다고 여겨지는 걸까? 에너지를 빼앗기기 때문이다. 인간이 성행위를 통해 에너지를 방출하면 영적 진화에 필요한 에너지를 잃게 되므로 불사음이 요구되는 것이다. 그러나 여기에 질문을 더 할 수 있다. 에너지를 잃지 않는다면? 에너지를 잃지 않는다면 성행위 자체가 문제가 되지는 않을 것이다. 그것이 탄트라의 입장이다. 탄트라의 입장에서는 에너지를 잃는 행위가 삿된 행위가 되는 것이며, 에너지를 보존하는 성행위는 금지하지 않는다.

⑤ 아파리그라하(Aparigraha): 무집착, 집착하지 않기, detachment

아파리그라하는 집착하지 말라는 계율로서 법정스님의 '무소유' 개념과 통한다. 집착하지 말고 무소유 정신을 가지라는 것이다. 진리 추구를 위해 가진 것을 다 버리고 출가하라는 것이다. 그러나 실제적으로 재물을 포기하고 출가하는 것보다 더 중요한 것은 마음의 집착을 없애는 것이다. 출가하고도 집착을 포기하지 않는다면 출가한 의미가 없게된다. 반면 출가하지 않고 집착을 포기할 수 있다면 출가하는 목적은이미 이룬 셈이다. 집착하지 않는다면 천만금을 가져도, 처첩과 수십명의 자식을 거느려도 아무 문제가 없다. 오히려 자기의 재산과 지위를 이용하여 공익적 사업을 하게 될 것이다.

세속적인 것을 실제로 떠나는 것이 수행의 기본이라고 여기는 것은 소승적인 마음이다. 세속적인 것을 실제로 떠나지 않고도 수행을 잘 하면서 세속적인 것을 이용하여 중생을 돕는다는 자세를 가지는 것은 대승적인 마음이다.

나쁜 것에 대한 금지는 좋은 것에 대한 권고로 연결된다. '내가 원하지 않는 것을 남에게 하지 말라'는 원칙은 적극적으로 보면 '내가 원하는 것을 남에게 행하라'는 의미이고, 죽이지 말라는 것은 살아있는 생명을 살리라는 의미이고, 거짓말하지 말라는 것은 진실을 말하라는 의미이고, 훔치지 말라는 것은 남의 소유권을 존중하라는 의미이고, 삿된 음행을 하지 말라는 말은 진정한 사랑을 하라는 의미이고, 집착하지 말라는 말은 모든 것에 대한 자유로움을 얻으라는 의미이다.

이렇게 우리는 금계의 실천을 통해 깨달음의 베이스를 구축하게 된다. 금계의 실천은 깨달음을 방해하는 요소들을 끌어들이지 말고 제거하라는 의미가 된다.

2) 니야마(Niyama) 권계

야마가 하지 말라고 금지하는 금계라면 니야마는 하라고 권하는 권계이다. 영적 성장을 위해 먼저 남에게 나쁜 영향을 끼쳐서는 안 된다는 것이 금계이고, 이제 그 위에 뭔가를 행해야 한다는 것이 권계이다. 니야마에도 사우차(sauca), 산토샤(santosha), 타파스(tapas), 스바디야야(svadyayda), 이쉬바라프라니다나(ishvarapranidana), 다섯 가지가 있다. 권계를 실천할 때 '진화'라는 좋은 결과가 나타난다. 이것은 적극적으로 깨달음에 도움이 되는 조건들을 만들라는 명령이다.

① 사우차(sauca): 정화, 몸과 마음을 청소하기, cleaning

사우차는 몸과 마음을 정화하는 것으로 요즘 말로 '디톡스'이다. 가장 쉬운 예는 '혀 청소(tongue scraping)'이다. 아침에 일어날 때마다 혀를 내밀고 혀를 청소하는 것이다. 요가 용품 중에 텅 스크레이퍼(tongue scraper)라는 것이 있다. 알파벳 A자 모양의 쇠로 만든 갈고리 같은 것인데 그것으로 스크레이핑을 한다. 나는 그냥 치약 뚜껑으로 한다. 뚜껑을 열어도 치약에 붙어 있는 종류의 치약 뚜껑이 있는데, 그것이 스크레이핑에 적합하다. 그것도 없으면, 숟가락 등으로 할 수도 있다.

'바마나 다우티(Vamana Dhauti)'라는 것도 있다. 이것은 물로 하는 식도 세척 작업이다. 아침에 일어나 맑은 물을 1리디 정도 마시고 그것을 토해 내는 것이다. 요가스쿨에 다닐 때는 그것을 거의 매일 실천했다. 토할 때는 입을 크게 벌리고, 혀를 내밀고 오른손 가운데 손가락을 혀 안에 깊이 넣어서 구역질을 나게 해서 토한다. 술을 많이 먹고 속이 불편해서 화장실에서 토하는 것과 방법은 비슷하다. 과음 후에는 생수를 최대한 많이 마시고 토하면 안에서 몸이 소화하지 못하는 알코올을 제거하게 된다. 비슷한 방식으로 잠자는 동안 식도와 목구멍에 쌓인 더러운 것을 제거하는 것이다.

'소금물 장 청소'. 이것은 소금물을 대량으로 마신 후 설사를 통해 전체 소화 통로를 정화하는 작업이다. 일단 장 청소 전에는 하루 이틀 정도 단식을 해서 속을 비우는 것이 좋다. 그다음에는 천일염 등 좋은 소금으로 물을 짜게 만들고 그것을 많이 마신다. 1리터 물에 소금을 티스푼으로 다섯 스푼 정도 넣고, 적당히 짜게 만든 후, 그것을 마신다. 너무 짜도 안 되고, 너무 안 짜도 안 된다. 적당한 염분이 느껴지게 만든다. 그렇게 2리터 정도 계속 짠 물을 마신다. 그리고 무리되지 않는 적당한 요가 동작으로 물이 장으로 내려가게 만든다. 그렇게 계속 소금물을 마시다 보면 조만간 설사를 하게 된다. 화장실에서 일을 보고 나오면 또 다시 소금물을 마신다. 그리고 다시 요가 동작을 하고 다시 설사를 한다. 그렇게 몇 번 화장실을 들락날락하고 나서 충분히 대변이

맑아졌다고 느끼면, 중단하고, 맑은 물을 마시고 마친다. 이렇게 하고 나면, 엄청나게 개운한 느낌을 느끼게 된다. 너무 자주 하는 것은 안 좋고, 한 달에 한 번 정도가 좋다. 이것도 요가스쿨에 다닐 때 총 열 번 정도는 했던 것 같다. 건강 유지, 살 빼기 등에 매우 좋다.

마음을 정화시키는 방법으로는, 촛불을 보고 응시하면서 마음을 집중하는 방법, 만달라 혹은 얀트라(종교적 도상)를 보면서 마음을 집중하는 방법 등이 있다.

② 산토샤(santosha): 만족하기, contentment

산토샤는 내가 어떠한 상황에 처하든 불평하지 않고 받아들이는 것이다. 남이 나를 안 알아주고 무시하고 나에게 모욕을 주더라도 화내지 않고 지족(知足)하는 것이다. 마치 구약의 '욥'이 고난을 받으나 신을 욕하지 않고 살아간 것 같이 말이다.

하나의 이야기를 들었다. 어느 요가 수행자가 도적에게 잡혀 사지를 잘렸다. 목숨은 살아서 구출을 받았다. 그는 스승에게 물었다. '스승님. 제가 이제 팔다리가 없어 요가 아사나를 하지 못하게 되었습니다. 어찌하면 이 상태에서 제가 깨달음을 얻을 수 있겠습니까?' 스승이 답했다. "네가 요가 아사나는 할 수 없지만, 그래도 프라나야마, 즉 호흡수행은 할 수 있지 않은가? 아사나는 포기하고 호흡 수행에 전념하라." 제자는 스승의 말씀대로 매일 호흡 수행을 했고, 그로써 도인의 경지에 오르게 되었다 한다. 이렇게 수행자는 불이익을 당했을 때, 복수심이나 분노에 매몰되지 않고, 처지를 받아들이고 감내하고, 만족하고 긍정하고 감사하면서, 그 상태에서 자기가 할 수 있는 최선의 것을 실천해야 한다는 말이다.

③ 타파스(tapas): 노력하기, 정진하기, effort

타파스는 정진의 노력을 실천하는 것이다. 무엇을 결심했다면 하늘이 무너져도 하고야 만다라는 생각으로 정한 것을 실천하는 것이다.

예를 들어 '앞으로 1년 동안 새벽 5시에 일어나 108배를 하겠다'라고 결심한다면 그것을 반드시 실천하는 것이다. '매일 아침 한 시간 동안 요가 명상 수행을 하겠다'라고 정했으면 그것을 반드시 실천하는 것이다.

④ 스바디야야(svadyaya); 공부하기, studying

이것은 이론적인 공부를 의미한다. 실천적인 요가와 명상 수행은 이론적인 공부와 동반되어야 한다. 현대적인 의미로 본다면, 요가에 대한 공부뿐 아니라 불교 공부, 종교 공부, 성자들의 전기 읽기, 심리학 공부 등 모든 영적 공부를 의미한다.

⑤ 이쉬바라프라니다나(ishvarapranidana): 신에 대한 열망, 진리에 대한 열망, passion, enthusiasm

이쉬바라프라니다나, 즉 '신에 대한 열망'은 '진리에 대한 열망'을 의미한다. '신'은 '진리'이기 때문이다. 또 이것은 '깨달음에 대한 열망'을 의미한다. 깨달음은 진리에 대한 깨달음이고, 신에 대한 깨달음이기 때문이다. 이것은 모든 야마, 니야마 중의 으뜸이다. 이것 하나만 있어도 깨닫는다. 깨달음의 가능성은 진리를 향한 열망에 비례한다.

예수님은 '진리가 너희를 자유롭게 한다'라고 했다. 진리에 대한 열망은 자유에 대한 열망을 의미한다. 우리는 얼마나 자유를 구하는가? 우리에게 자유는 얼마나 중요한 것인가?

라마크리쉬나는 강력한 열망으로 신을 구했고, 진리를 구했다. 그는 칼리 신전에서 칼리 여신에게 모든 것을 바치면서 황홀경을 누렸다. 그리고 마침내 스승이신 토타푸리를 만나 마지막 관문을 뚫었다.

우리는 진리를 깨닫기 위해, 신을 깨닫기 위해, 모든 것을 버릴 수 있는가? 진리를 깨닫는 것이 우리의 최우선 과제인가? 아니면 수행을 취미 생활처럼 하는가? 우리는 진정 신에게 모든 것을 바칠 수 있는가?

3) 아사나(Asana): 자세, posture

이렇게 야마와 니야마를 통해 깨달음의 조건들을 만들었을 때 우리는 몸을 구부리고 늘리고 접고 펴는 '아사나 수행'을 시작하게 된다. 몸을 스트레칭하는 것은 내면으로 침잠하는 명상에 효과적인 조건을 만든다. 정신과 육체는 서로 연결되어 상호작용하기 때문이다. 맑은 육체에서 맑은 정신이 나타나며, 유연한 육체에서 유연한 마음이 작동하기 때문이다.

여기서는 기본적이 요가 동작 다섯 가지를 소개하겠다. 이것들은 요가를 간단하게 전달할 때 채택하는 동작들이다. 시간이 없고, 빠르게 몸을 이완시킬 때, 이 동작들을 실천하면 된다.

파스치모타사나(paschimotasana)

발을 앞으로 죽 보내고 양손으로 양발을 잡는다. 그리고 그 상태로 3번에서 5번 천천히 심호흡을 한다. 혹은 3분 동안 심호흡을 하면서 자세를 유지한다. 전체적인 에너지 순환에 매우 도움이 된다.

부장가사나(bujangasana): 뱀 자세, 코브라 자세

 엎드린 자세에서 손바닥을 땅에 대고 팔꿈치를 펴고 머리와 상체를 들고 눈은 앞을 보거나 하늘을 본다. 그 상태로 3번에서 5번 천천히 심호흡을 한다. 혹은 3분 정도 심호흡을 하면서 자세를 유지한다. 허리를 폄으로써 장시간 가부좌를 하는 것에 도움을 준다.

사르방가사나(sarbangasana): 역 물구나무서기, 촛대 자세

 땅에 등을 대고 눕는다. 다리를 들고 높이 올린다. 팔꿈치는 땅에 대고 손은 허리를 받친다. 최대한 몸을 일자가 되게 곧게 만든다. 3분에서 5분 정도 심호흡을 하면서 자세를 유지한다. 이 자세는 '요가 아사나의 여왕'이다. 몸을 거꾸로 세움으로써 내부의 기 순환이 이루어지게 한다.

아르다 마첸드라사나(artha-machendrasana): 비틀기 자세

 왼발을 앞으로 보내고, 오른발을 왼쪽 다리 너머로 교차시키고 왼팔로 오른 무릎을 감싸고, 오른손은 등 뒤의 땅을 짚는다. 몸을 오른쪽으로 비틀어 돌린다. 시선은 뒤를 본다. 비튼 자세에서 3번에서 5번 심호흡을 한다. 혹은 3분 정도 심호흡을 하면서 머문다. 방향을 바꾸어 동일하게 자세를 취한다. 이것은 디스크 등으로 허리의 통증을 느끼는 사람이 허리를

바로 잡는 데 효과가 좋다.

쉬르사사나(sirshasana): 물구나무서기

손을 깍지 끼고 머리에 대고 팔꿈치를 벌리고 손
과 머리의 접촉 부분을 땅에 대고 엉덩이를 올렸다
가, 먼저 발 하나를 하늘로 올린다. 땅에 착지된 발
을 차서 두 발을 모두 하늘로 올려 물구나무서기를
한다. 처음 단계에서는 벽 쪽으로 가서 발을 올렸을
때 두 발이 벽에 닿게 하는 것이 좋다. 이것은 '요가
아사나의 왕'으로서, 모든 요가 동작을 하고 마지막

에 하는 것이다. '사르방가사나'와 마찬가지로 몸을 거꾸로 세움으로써
기 순환을 촉진시킨다. 몸의 모든 측면에 도움을 준다. 2분에서 5분 정
도 자세를 유지한다.

4) 프라나야마(Pranayama): 호흡수련. 조식법, breathing technique

아사나로 몸을 푼 후, 명상 전에 하는 것이 호흡수련, 즉 프라나야마
이다. 프라나(prana)는 기(氣) 혹은 에너지를 의미하고 야마(yama)는 금
지 혹은 제어하는 것이니 '프라나 야마'는 에너지를 제어하는 것이다.
가장 기본적인 방법은 호흡을 천천히 의식적으로 하는 것이다.

'마하요가 프라나야마(maha-yoga pranayama)'은 모든 여타 호흡법의
기본이 되는 호흡법이다. 먼저 아랫배로 천천히 숨을 가득 마시고 이어
서 가슴으로 마신다. 숨을 더 이상 마실 수 없게 되었을 때 숨을 아랫
배로 보내고 아랫배를 빵빵하게 만든 후 숨을 참는다. 충분히 참았을
때 입을 벌리고 고개를 내리면서 숨을 갑자기 후우 내쉰다. 최대한 천천

히 한다. 이것을 반복하는 것이다.

'교호호흡(alternate breathing)'은 좌우 콧구멍을 교대로 막아가면서 호흡하는 것이다. 오른쪽 손 엄지손가락으로 오른쪽 콧구멍을 막는다. 그리고 왼쪽 콧구멍으로 숨을 들이쉰다. 다음에는 약지 손가락으로 왼쪽 콧구멍을 막고 오른쪽 콧구멍으로 숨을 내쉰다. 다음에는 손은 그대로 두고 다시 오른쪽 콧구멍으로 숨을 들이마신다. 다음에 엄지로 오른쪽 콧구멍을 막고 왼쪽 콧구멍으로 숨을 내쉰다. 이것을 반복한다. 예를 들면 3분에서 5분 동안 충분히 계속 반복한다.

5) 프라티아하라(Pratyahara): 제감(制感)

프라티아하라는 '제감(制感)', 즉 '감각을 제어하는 것'이다. 감각에는 다섯 가지가 있다. 시각, 청각, 미각, 후각, 촉각이 그것이다. 이 감각들을 의식하면서 감각 자체를 객관화하여 스스로 그것에 영향받지 않게 만드는 것이다. 요가 아사나를 마치고 고요히 앉을 때 소리가 들리고 생각이 떠오를 수 있다. 그때 소리나 생각에 집착하지 않고, 외부로 향하는 마음을 몸의 내부로 돌리는 것이다. 감각을 의식할 때 '감각'과 '나' 사이에 '거리'가 생기고 감각들이 '객관화'된다. 그렇게 감각들을 차단한다.

6) 다라나(Dharana): 집중(concentration)

다라나는 주시력을 진아를 향해 집중하는 것이다. 프라티아하라는 외부로 향하는 마음을 안으로 모으는 것이고, 다라나는 안으로 모아진 마음을 유지하는 것이다. 이분법적인 사고에서 벗어나 사물을 있는 그대로 보는 노력을 한다. 집중이 잘 되었을 때, 밝은 빛이 코끝에, 혹은 이마에 느껴질 수도 있다. 혹은 복부의 단전에 기운이 느껴질 수도 있다. 몸 전체에 에너지가 느껴질 수도 있다. 양손에 기운이 느껴질 수도 있다.

촛불과 같은 도구를 사용할 수 있다. 촛불을 눈을 깜박이지 않고 응시하면서 다라나 상태에 들어갈 수 있다. 촛불만 존재하고 '나'는 사라지는 몰아 상태에 들어가는 것이다.

7) 디야나(Dhyana): 명상, meditation

프라티아하라가 잘 되고, 다라나가 잘 될 때, 우리는 명상 속으로 들어간다. 디아나 상태는 '성성적적(惺惺寂寂)'한 상태, 고요하면서도 깨어있는 명상 상태를 말한다. 이 상태에서 수행자는 '공(空)'의 상태를 느끼면서 기쁨을 느낀다.

8) 사마디(Samadhi): 삼매, 선정, 고도의 집중, deep absorption

사마디, 혹은 삼매란 제감과 집중과 명상을 통해 도달되는 몰아의 상태이다. 주객의 구분과 자아의식이 사라지는 고도의 상태이다. 불교에서 말하는 선정(jhana)의 상태이다. 삼매가 깊어지면서 언어가 사라지고 생각이 사라지고 감정이 사라지고 호흡도 사라진다. 공과 하나가 되는 몰입이 지속되면서 '참나'에 대한 깨달음이 완성된다.

1_2. 네 가지 요가

요가를 구분하는 방식은 많지만 크게 네 가지 범주로 구분할 수 있다. 하타요가, 즈나나 요가, 카르마 요가, 박티 요가가 그것이다.

◎ 하타요가(hatha yoga) 몸의 동작 아사나를 중시한다. 몸의 해방을 통해 정신적 해

방을 추구한다.

◎ **즈나나 요가(jnana yoga)** 지혜의 계발을 통해 깨달음으로 간다. 예를 들면, 라마나 마하리쉬의 수행이 지혜의 요가이다. 아사나 수행보다는 고요히 앉아서 내면에 침잠하는 것을 중시한다.

◎ **카르마 요가(karma yoga)** 행위를 통한 깨달음으로 간다. 경전 바가밧기타에서 강조하는 수행이다. 이때 우리의 행위는 결과에 연연하지 않는 행위이다. 결과를 생각하지 말고, 결과를 신에게 맡기고 다만 인간의 의무를 실천하는 것이 중요하다.

◎ **박티 요가(bhakti yoga)** 신에 대한 헌신을 통해 깨달음으로 간다. 신 앞에서 찬송하고 춤추고 신에게 헌물을 바치면서 신에 대한 헌신을 표현한다.

1_3. 차크라(chakra)

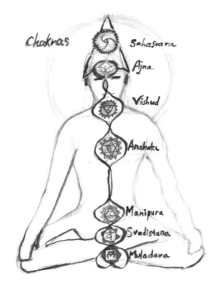

차크라는 산스크리트어로 원반 혹은 바퀴를 의미한다. 인체에서 차크라는 회전하는 에너지의 바퀴로서, 에너지 통로, 에너지 센터, 에너지 플랫폼이다. 차크라가 잘 작동하기 위해서는 열린 상태로 균형을 이루어야 한다. 차크라가 막히면, 육체적 감정적 문제가 발생한다. 인간의 몸에는 114개의 차크라가 존재하지만, 대표적인 일곱 차크라가 있다. 맨 아래 회음부에서 시작하여 머리 정수리에 이르기까지 존재한다. 물라다라 차크라, 스

와디스타나 차크라, 마니푸라 차크라, 아나하타 차크라, 비쉬드 차크라, 아즈나 차크라, 사하스라르 차크라가 그것이다. 수행을 하면 에너지 통로가 차례로 열리면서 깨달음의 단계에서 모든 차크라가 열리게 된다.

◎ **물라다라 차크라**(Muladhara chakra) root chakra, 회음부에 있으며, 생명 작용의 뿌리이다. 안정성을 관장한다. 항문 관련 성욕과 관련된다. 대지 흙의 기운이다. 4개의 꽃잎으로 묘사된다.

◎ **스와디스타나 차크라**(Svadhisthana chakra) 성적 기능. 감정적 기능. 성기 위쪽이다. 여자의 클리토리스 부분, 혹은 남자의 치골 부분이다. 물의 기운이다. 6개의 꽃잎이다.

◎ **마니푸라 차크라**(Manipura chakra) 배꼽 아래 단전 자리에 있다. 건강과 원기 자신감과 자존감을 담당한다. 불의 기운이다. 10개의 꽃잎이다.

◎ **아나하타 차크라**(Anahata chakra) heart chakra. 가슴 중앙, 양 젖꼭지 사이에 있다. 사랑과 자비심을 담당한다. 공기의 기운이다. 12개의 꽃잎이다.

◎ **비쉬다 차크라**(Vishuddha chakra) throat chakra. 목 아랫부분, 갑상선 부위에 있다. 목소리를 통한 소통을 담당한다. 에테르 기운이다. 16개의 꽃잎이다.

◎ **아즈나 차크라**(Ajna chakra) third eye chakra. 이마 미간에 있다. 통찰 직관 상상력을 담당한다. 커맨드 센터. 지켜보는 의식의 자리이다. 2개의 꽃잎이다.

◎ **사하스라라 차크라**(Sahasrara chakra) crown chakra. 정수리에 있다. 우주와의 연결성의 자리이다. 초월의 자리이다. 1000개의 꽃잎이다.

차크라가 약해지면 관련된 부분의 발현이 어렵게 되고, 너무 강화되면 그와 관련된 부분의 발현이 너무 심해진다. 예를 들어, 물라다라 차크라가 약해지면 안정감을 잃게 되고, 너무 강해지면 들뜨게 된다. 막힌 차크라는 아사나, 호흡, 명상을 통해서 풀어낼 수 있다. 예를 들어 물라다라 차크라는 서서 한쪽 발을 다른 쪽 다리 안쪽 허벅지에 붙이는 나무자세를 통해서 강화할 수 있다. 스와디스타나 차크라는 뱀 자세에서 다리 하나는 앞으로 가져가는 비둘기 자세(물개 자세)를 통해서, 마니푸라 차크라는 엉덩이를 땅에 대고 상체와 하세를 드는 보트 자세나 트라이앵글 자세를 통해서, 아나하타 차크라는 낙타 자세, 뱀 자세를 통해서, 비슈드 차크라는 역물구나무서기, 쟁기 자세를 통해서, 아즈나 차크라는 서서 손을 땅에 대는 앞으로 접기 자세, 독수리 자세 등을 통해서, 사하르라라 차크라는 물구나무서기 자세, 시체 자세를 통해서 강화할 수 있다.

각각의 에너지 센터를 활성화하는 것이 수행에서 중요하다. 센터의 문이 열리면 에너지 순환이 원활해지고, 모든 센터가 열릴 때 궁극적 사마디에 도달하게 된다. 에너지는 물라다라 센터에서 척추를 타고 이중 나선의 형태로 올라가면서 궁극의 사하스라라에 도달하게 된다.

1_4. 5개의 몸(Panca Kosha)

요가에서는 다섯 단계의 몸이 존재한다. 요가에서 몸은 코샤(kosha)라고 한다. 러시아 인형(마트료시카)나 양파 껍질처럼 코샤는 단계별로 존재한다. 각 단계의 코샤에 집중하면서 우리는 더 깊은 코샤로 들어간다.

◎ **육체적 몸(Annamaya kosha)** physical body. 음식에 의해 유지되는 몸

◎ **에너지 체(프라나 체, Pranamaya kosha)** Energy body. 기체(기체). 72000개의 나

디를 통해 흐르는 오라. 생명력의 자리. 음식, 공기, 자연의 에너지에 의해 충전된다.

◎ 멘탈체(감정체, Manomaya kosha) mental body. 생각과 감정과 내면 세계를 구성. 메신저로 작용. 외부의 감각을 안의 직관적 몸으로 전달한다. 생각, 형태, 정신작용, 생각의 인식을 포함한다. 지각과 정신적 패턴을 찾는 것을 포함한다.

◎ 아스트랄체(Vijnanamaya kosha) astral body, psychic body. 직관 의식 지혜의 자리. 생각의 미묘한 자리, 자아의식을 접속한다. 의식의 명확성을 돕는다. 주시자의 자리.

◎ 코잘체(Anandamaya kosha) bliss body, causal body. 미묘한 레이어. 형언하기 어렵고 느낄 수만 있다. 불교의 아뢰야식 차원. 다음 삶을 구성하는 원인 정보를 담고 있는 차원이다. 내면적 영적 작업을 하여야 도달 가능하다. 진아와 관련되어 있다.

2. 불교 이론

많은 종교가 깨달음으로 가기 위해 내면의 고요함으로 들어가라고 한다. 내면의 고요로 들어가는 방법이 명상인데, 그 명상법을 가장 잘 제시하는 종교는 불교이다. 불교 체계는 인간이 내면에 침잠하는 데 실제적인 도움을 준다. 불교 교리의 핵심은 '사성제', '팔정도', '연기법'이고, 불교 명상법의 핵심은 '사념처 비파사나'이다. 하나하나 살펴보겠다.

2_1. 사성제(四聖諦)

고. 고성제. 둑카(dukkha): 고통(이해하라)

집. 집성제. 사무다야(samudaya): 집착(버려라)

멸. 멸성제. 니로다(nirodha): 없애기(실현시켜라)

도. 도성제. 마가(magga): 팔정도(계발하라)

붓다의 가르침의 핵심은 고집멸도, 사성제, 팔정도, 연기법인데, 그 중 핵심은 '사성제'이다.

'사성제'는 불교 사상 전체의 기본 틀을 형성하며, 불교의 목적이 무엇인지를 보여준다. 불교의 목적은 고통을 없애는 것이므로, 사성제의 첫 번째가 '고성제'이다. 붓다가 수행을 한 이유는 인간의 '생로병사'라는 고통의 문제를 해결하기 위해서였다. 인간은 태어나서 늙고 병들고 죽는다. 현상세계에 태어나 겪는 여러 일은 고통을 동반한다. 또 마음이 고통을 심화시킨다. 인생은 고통의 연속이고 고통의 바다이다. 인간은 대체 뭘 위해 태어난 것인가? 인생은 대체 무엇인가? 왜 인간은 태어나서 고통을 겪다가 죽는 것인가? 고통을 없애는 방법은 없는가?

'사성제' 고집멸도(苦集滅道)는 병자가 자기의 병을 해결하는 절차를 나타낸다. 우리가 병이 들어 의원을 찾아간다면, 의원은 우리에게 증상을 물을 것이다. 우리는 불면증, 허리 통증, 기침 등의 문제 증상들을 말할 것이다. 문제가 되는 나의 상황이 사성제의 첫 번째 고성제, 즉 둑카(dukkha)이다. 증상을 들은 의원은 증상을 야기한 원인이 무엇인지를 생각할 것이고 병명을 이야기할 것이다. "이러이러한 증상이 있는 것을 보니 증상의 원인은 바이러스 감염입니다. 병명은 '감기'입니다." 인간의 증상인 고통의 원인은 무엇인가? '집착'이다. 이것을 알려 주는 것이 집성제 사무다야(samudaya)이다. 문제의 원인을 알게 된 의원은 이제 문제의 원인인 바이러스 감염 상태를 없애게 도와줄 것이다. 바이러스로 고생하는 상황을 해결할 비전을 제시할 것이다. 그것이 고통의 원인인 집착을 없앨 수 있다고 하는 멸성제, 니로다(nirodha)이다. 그러면 우리는 물을 것이다. "아, 그 방법이 무엇인가요?" 그러면 의원은 처방전을 써줄 것이다. 의사는 면역력을 키우는 방법을 알려줄 것이다. '잠을 충분히 자라. 공기 좋은 곳으로 가라. 단식을 해보라.' 그리고 그는 약을 처방해 줄 것이다. 마음의 의사인 붓다는 인간의 고통을 없애는 처방전을 주었다. 그것이 팔정도이다.

2_2. 팔정도(八正道, 삼마 파다, Samma Pada)

사성제는 문제와 문제 해결을 네 단계로 파악한 것이지만, 그것을 두 단계로 파악하여, '고집멸도'에서 고와 집을 합쳐 '고집'으로, 멸과 도를 합쳐 '멸도'로 볼 수도 있다. '고집'의 문제 상황이 있고, '멸도'의 해결법이 있는 것이다. 혹은 다시 줄여서 '고'와 '도', 즉 문제 상황과 해결책만 남겨 놓을 수도 있다. 다시 그 중에서 하나만 얘기하라고 한다면 마지막 '도' 즉 해결책을 남겨 두어야 할 것이다. 문제를 해결하는 것이 가장 중요하니까.

사성제에서 가장 중요한 것은 '도성제'라는 말이다. 도성제는 곧 '팔정도', 정견, 정사유, 정언, 정업, 정명, 정정진, 정념, 정정이다.

1) 정견(正見, 삼마 디티 Samma Dithi)

'정견'은 바른 견해, 바른 관점이다. 정견의 반댓말은 사견, 삿된 견해(Sakaya dithi)이다. '견해'는 보는 관점, 시각을 의미한다. '정견'은 불교 수행의 시작이면서 마지막 목표이다. 깨달음을 위한 수행의 동기이면서 결과물이다. 깨달음은 정견을 가지는 것이다. 정견은 자기 삿된 견해의 개입을 받지 않고, 사견을 통하지 않고 사물을 있는 그대로 보는 것이다. 여여(如如)[1]함, 즉 타타타(tathata)를 보는 것이다.

---

1) 변함없이 한결같다. 있는 그대로, 자연적인

여여함, 즉 타타타(tathata)를 보는 자를 여래(如來), 즉 타타가타(tatha-gata)라고 한다. 우리 수행의 목적은 타타타를 그대로 보는 타타가타가 되는 것이다. 구체적으로 설명한다면 정견은 연기, 사성제, 카르마, 인과 법칙을 이해하며 가념(좋은 생각)과 불가념(나쁜 생각)을 구분하는 것이다. 가념은 절제, 사랑, 자비이다. 불가념은 킬레사(kilesa)라고도 불리는 탐진치(번뇌), 삼독(카마, 혐오, 잔인함)이다.

2) 정사유(正思惟, 삼마 상카파 Samma Sankhapa)

정사유는 바른 생각, 바른 의도이다. 쉽게 말해서 나쁜 생각을 배제하고 좋은 생각을 하는 것이다. 이것은 나쁜 생각인 불가념(탐진치)을 배제하고 가념(절제 자비 사랑)을 배양하는 것이다. 절제(nekama)는 사카야 디티가 아닌 것이고, 자비(metta)는 해치는 마음이 없는 평정심이고, 사랑(karuna)은 잔인함이 없는 것이고 동정심이다.

3) 정언(正言, 삼마 와차 Samma Vacca)

정언은 바른 말, 말을 바르게 하는 것이다. 올바른 언어생활을 하는 것이다. 여기에는 네 가지 실천 사항이 있다. 이간질하는 말(양설) 하지 않기, 거친 욕설(악구) 하지 않기, 망령된 거짓말(망언) 하지 않기, 꾸미고 아첨하는 말(기어) 하지 않기이다.

양설을 금지한다는 것은 한 입에 두 말을 하지 않고 이간질하지 않는다는 것이다. 악구를 금지한다는 것은 소리질러 비난하거나 욕설을 하지 않고 복되고 사랑스러운 말만을 한다는 것이다. 망언을 하지 않는다는 것은 거짓말을 하지 않고 진실만을 이야기하는 것이다. 기어를 금지한다는 것은 사기 치는 것, 기이하게 꾸미는 말, 몰래 뒤에서 그 사람을 비난하기, 보이스피싱 등을 하지 않고, 순수하게 남을 돕는 말만을 한다는 것이다.

4) 정업(正業, 삼마 카만타 Samma Kammanta)

정업은 바른 행위를 실천하는 것으로서, 불살생, 불투도, 불사음 세가지가 있다. 불살생은 살아있는 생명체를 죽이지 않는 것이고, 불투도는 남의 물건을 허락 없이 가져가지 않는 것이고, 불사음은 삿된 음행을 행하지 않는 것이다. 살생하지 않고 도둑질하지 않고 사음하지 않는다는 것을 적극적으로 해석한다면, 남을 살리는 일을 하고, 남에게 항상 무엇인가를 주고 선물하고, 올바른 성행위만을 한다는 것이 될 것이다.

5) 정명(正命, 삼마 아지바 Samma Ajiva)

정명은 바른 직업 생활을 하는 것이다. 좋은 직업은 사람을 살리는 일, 교육하는 일, 정의를 실현하는 일, 남을 도와주는 일 등이다. 무기를 만드는 일 등 남을 해치는 일은 하지 말고, 남을 살리는 일을 하라는 것이다.

6) 정정진(正精進, 삼마 와야마 Samma Vayama)

정정진은 깨달음을 위해 바른 노력을 하는 것이다. 우리 자신의 진화에 도움이 되는 노력을 하는 것이다. 바른 노력에는 어떤 것이 있는가? 아침에 일찍 일어나 정해진 수행을 하는 것, 정신 집중하는 것, 자기를 돌아보는 것 등이다. 또 나에게 존재하는 나쁜 것을 제거하는 것, 아직 존재하지 않는 나쁜 것들을 생기지 않게 하는 것, 나에게 이미 존재하는 좋은 것을 증장시키는 것, 아직 생기지 않은 좋은 것들을 생성시키는 것이다.

7) 정념(正念, 삼마 사티 Samma Sati)

팔정도의 핵심은 정념이다. 정념은 바른 알아차림, 바른 마음챙김 (mindfulness)이다. 념(사티 sati)의 대상에는 '신수심법(身受心法)', 즉 '몸, 감각, 마음, 법' 네 가지가 있다. 네 가지 사티의 대상이라고 해서 사념처라고 한다. 그래서 사념처를 대상으로 수행하는 것을 사념처 수행(사티파타나)이라고 한다.

8) 정정(正定, 삼마 사마디 Samma Samadhi)

정정은 바른 삼매, 바른 집중, 바른 몰입이다. 삼매는 사마디(samadhi)의 번역으로서 고요한 선정에 드는 것이고, 영어로는 concentration이다. 마음을 집중해서 몰아의 경지로 들어가 자타가 구별되지 않는 무념무상 상태에 이르는 것이다.

불교의 기본적인 사성제 팔정도 개념을 살펴보았다. 앞서 보았던 요가의 이론 체계와의 공통점을 발견할 수 있다. 요가의 여덟 기둥에서도 계율에 해당하는 야마 니야마가 나오듯이 팔정도에서도 계율에 해당하는 부분이 있다. 정사유, 정언, 정업, 정명, 정정진이 그것이다. '뭘 해라', '뭘 하지 말라' 하는 것들이 그것이다. 그리고 그런 기반 위에서 노력과 명상을 통해 삼매에 도달하게 된다. 요가의 프라티하라, 다라나, 디아나, 사마디에 해당하는 것이 불교의 정념, 정정이다.

여기서 유대교의 십계명을 살펴보는 것도 도움이 될 것이다. 1) 다른 신을 두지 말라. 2) 우상 숭배하지 말라. 3) 신의 이름을 망령되게 말하지 말라. 4) 안식일을 지켜라. 5) 부모를 공경하라. 6) 죽이지 말라. 7) 사음하지 말라. 8) 훔치지 말라. 9) 거짓증언하지 말라. 10) 남의 것을 탐내지 말라. 십계명도 '하라'와 '하지 말라', 즉 '야마'와 '니야마'로 되어 있다. 불살생, 불사음, 불투도, 불망언 등의 요가와 불교와 공통적이다. 모든 종교에서 제시하는 계율은 인간의 진화를 위한 최적의 조건을 만들기 위한 것이라고 보면 된다.

요가와 불교는 모두 명상을 통해 사마디에 도달하는 것을 목표로 하고 있다. 부처님이 가르치는 명상은 '정념', 즉 '알아차리기' 기법을 통한다. '알아차리기'를 다른 말로 하면 '주시' 혹은 '관찰(observation)'이고, 그것이 곧 '비파사나'이다. 비파사나는 '꿰뚫어(vi) 본다(passana)'라는 의미로서, 직관적인 '제3의 눈'으로 몸과 마음을 본다는 것이다. 사념처, 즉 '신수심법'을 보는 것이 깨달음의 길이다.

2_3. 연기법(緣起法, Dependent Origination)

'사념처'와 '팔정도'와 더불어 원시불교의 핵심 교리를 차지하는 것이 '연기법'이다. 연기법은 원인과 결과에 대한 이론이다. 결과가 있으면 원인이 있다는 것이고, 뭔가를 하면 상응하는 결과가 나타난다는 의미이다. 이것은 '12연기' 이론으로 연결된다. 사성제 이론은 인간의 고통의 원인을 찾고 치료법을 찾은 것인데, '12연기' 이론은 바로 고통의 원인을 찾는 과정에서 탄생했다. 고통의 원인이 무엇인가? 왜 고통이 느껴지는가? 태어났기 때문에 고통을 느끼는 것이다. 태어났으니 죽어야 하는 것이다. 태어났으니 죽음의 고통이 있는 것이다. 그럼 왜 태어나게 되었는가? 뭔가 존재했기 때문이다. 왜 존재하게 되었는가? 감각에 대한 욕망, 경험에 대한 요구(need)가 있었기 때문이다. 왜 그런 요구가 존재하게 되었는가? 경험의 주체와 객체를 구분하였기 때문이다. 경험을 하는 어떤 경험자가 경험 자체와 분리되어 나타났기 때문이다. 그러한 구분은 왜 생기게 되었는가? 모든 것이 하나라는 통합적 인식을 망각했기 때문이다. 그 망각은 왜 생겼는가? 모른다. 알 수 없다. 어쨌든 최초의 착각이 존재했다. 그것이 무명이다. 이러한 사유의 과정을 12단계로 나누어 설명하는 것이 '12연기'이다. 그것을 정리하면 다음과 같다.

12연기(파티차 사무파다 paticca-samuppada)

무명(無明) ignorance(avijja)

행(行) mental formations(sankhara)

식(識) consciousness(vinnana)

명색(名色) name and form(nama-rupa)

육입(六入) the six sensory gates(salayatana)

촉(觸) contact(phassa)

수(受) feeling(vedana)

애(愛) craving(tanha)

취(取) clinging(upadana)

유(有) becoming(bhava)

생(生) birth(jati)

노사(老死) ageing and death(jara-marana)

무명(무지, 어리석음)은 최초의 원인이고 그로 인해 행(충동, 의도)이 나오고, 충동에서 식(의식)이 나오고 식에서 명색(이름과 형상)이 나오고 명색에서 육입(여섯 감각)이 나오고 육입에서 촉(접촉)이 나오고 촉에서 수

(감각)가 나오고, 감각에서 애(좋아함)가 나오고 애에서 취(집착)가 나오고 취에서 유(있음, 존재)가 나오고, 유에서 생(태어남)이 나오고, 생에서 노사(늙음과 죽음) 그리고 슬픔(sokha), 고통(dukkah), 고뇌(domana su-pauasa), 좌절(sambha kantthi)이 나온다.

그러므로 무명을 없애면 행이 사라지고, 행이 없어지면 식이 사라지고, 식이 사라지면 명색이 사라지고, 명색이 사라지면 육입이 사라지고, 육입이 사라지면 촉이 사라지고, 촉이 사라지면 수가 사라지고, 수가 사라지면 애가 사라지고, 애가 사라지면 취가 사라지고, 취가 사라지면 유가 사라지고, 유가 사라지면 생이 사라지고, 생이 사라지면 노사와 고통이 사라지는 것이다.

다시 말하면, 노사(老死)와 고통을 사라지게 하려면 생(生)이 사라져야 하고, 생을 사라지게 하려면 유(有)가 사라져야 하고, 유를 사라지게 하려면 취(取)가 사라져야 하고, 취를 사라지게 하려면 애(愛)가 사라져야 하고, 애를 사라지게 하려면 수(受)가 사라져야 하고, 수를 사라지게 하려면 촉(觸)이 사라져야 하고, 촉을 사라지게 하려면 육입(六入)이 사라져야 하고, 육입을 사라지게 하려면 명색(名色)이 사라져야 하고, 명색을 사라지게 하려면 식(識)이 사라져야 하고, 식을 사라지게 하려면 행이 사라져야 하고, 행(行)을 사라지게 하려면 무명(無明)이 사라져야 한다는 것이다.

우리의 고통이 문제인데, 고통을 어떤 방법으로 사라지게 할 것인가? 고통의 원인이 무엇인가를 알고 그것을 제거하면 되는데, 고통의 원인은 우리의 태어남 자체이다. 우리가 태어난다는 것은 윤회를 한다는 것이고, 우리가 물질세계에 나타난다는 것 자체가 고통을 피할 수 없다는 것인데, 그렇다면 왜 우리는 물질계에 나타나는 것인가. 왜 우리는 태어나는가? 무언가가 있기 때문이다. 그것은 왜 존재하게 되었는가? 좋은 감각, 즉 쾌락에 대한 요구(need)이다. 감각적 경험을 위해 태어난다는 것이다. 그런데 그 감각이란 것은 육입, 즉 여섯 감각기관을 통한 것이다. 그 육입의 감각 대상은 '색성향미촉법'인데, 그 대상을 경험하려는 최초의 의도가 존재한다. 그 최초의 의도는 근본적인 최초의 착각에서 시작된 것이다. 그 근본적인 최초의 착각은 무엇인가? 경험과 경험하는 자가 다르다는 착각이다. 전체에서 분리된 나라는 것이 존재한다는 착각이다. 통합성을 망각하는 것이다. 전체성을 잃어버린 주체로서의 자신을 인식하는 것이다. 이것이 사춘기를 통해 얻게 되는 '에고'라는 주체의식이다. '선악과'를 먹음을 통해 얻게 되는 선악을 구분하는 '지식'인 것이다.

2_4. 사념처(四念處) 비파사나: 사티파타나(Satipatana)

'사념처 비파사나' 네 가지를 하나하나 살펴보자.

1) 신념처(身念處): 몸 관찰하기(Kayanupassana)

신념처 수행은 몸을 관찰하는 것으로서, 그것의 기본은 '호흡 관찰'이다. 들숨과 날숨으로 호흡하는 것을 지켜보는 것이다. 호흡이 길면 호흡이 길다는 것을 알아차리는 것이다. 호흡이 짧으면 호흡이 짧음을 알아차리는 것이다. 숨을 마시면 숨을 마신다는 것을 알아차리는 것이다. 숨을 내쉬면 숨을 내쉰다는 것을 알아차리는 것이다.

호흡은 몸과 마음을 연결하는 연결 통로이다. 어떤 마음으로 호흡하는가에 따라 그 마음에 해당하는 몸이 만들어진다. 마음에 의해 기체(氣體

prana body)가 형성되고 그것이 육체(physical body)를 결정하게 되는 것이다.

우리는 또 '흙, 물, 불, 공기(地水火風)' 사대(四大), 즉 세상을 구성하는 네 가지 원소를 관찰할 수 있다. 우리의 몸과 세상의 사물들이 '사대'로 되어있음을 관찰하는 것은 우리 몸의 무상성을 보는 것이기도 하다. 우리의 본질이 몸이 아니라는 것을 자각하는 것이다. 지수화풍은 그저 지구의 원소일 뿐이기 때문이다.

또 '시체관'이라는 것이 있다. 그것은 우리가 죽었을 때의 시체 모습을 상상하고 떠올리는 것이다. 죽어서 부패되어가는 우리의 몸을 상상한다거나, 화장터에서 태워져서 재가 되는 것을 상상하는 것이다.

우리의 몸을 조각조각으로 나누어 분석하는 방식도 있다. 몸을 31가지 부위로 나누어 살펴보는 것인데, 그것은 머리카락, 털, 손발톱, 이, 피부, 살, 힘줄, 뼈, 골수, 신장, 심장, 간, 흉막, 지라, 허파, 창자, 횡경막, 위, 똥, 쓸개즙, 가래, 고름, 피, 땀, 지방, 눈물, 기름, 침, 콧물, 관절액, 오줌이다. 이렇게 분석적으로 보는 것의 목적은 우리가 애지중지하는 이 몸뚱이란 것이 그냥 죽으면 시체일 뿐이라는 것을 상기시키는 것이다.

2) 수념처(受念處): 감각 관찰하기(Vedananupassana)

수념처에서 수(受)는 감각, 혹은 느낌을 의미한다. 감각은 인간 외부의 것을 내부로 받아들이는 통로이고 관문이다. 감각에는 다섯 가지가 있다. 시각 청각 후각 미각 청각이 그것이다. 다섯 감각은 다섯 '감각 기관'이 담당한다. 시각은 눈으로, 청각은 귀로, 후각은 코로, 미각은 혀로, 촉각은 피부로 감지한다. 다섯 감각 통로를 통해 각각 다른 대상이 들어온다. 눈으로는 형상과 색깔이, 귀로는 소리가, 코로는 냄새가, 혀로는 음식의 맛이, 피부로는 사물의 표면이 들어온다. 수념처 수행은 다섯 대상들이 다섯 감각기관을 통해 들어와 다섯 감각이 되는 과정을 알아차리는 것이다. 무엇을 볼 때, 속으로 '봄 봄(seeing seeing)' 하고 알아차리고, 무엇을 들을 때, 속으로 '들음 들음(hearing hearing)' 하고 알아차리고, 무엇을 냄새 맡을 때, 속으로 '냄새맡음 냄새맡음(smelling smelling)' 하고 알아차리고, 무엇을 맛볼 때, 속으로 '맛봄 맛봄(tasting tasting)' 하고 알아차리고, 무엇을 감촉할 때, 속으로 '감촉함 감촉함(touching touching)' 하고 알아차리는 것이다.

우리의 갈망의 원인은 경험을 통한 맛이다. 여섯 감각은 '좋다, 나쁘다, 보통이다'라는 세 가지 느낌으로 마음을 조건화한다. 이 느낌을 이해하고, 개인화 경향, 즉 사카야 디티가 일어나는 여부를 살펴야 한다. 접촉에서 느낌(베다나)이 생긴다. 그로 인해 '느낌 - 인지 - 생각'의 흐름이 이어지게 된다. 대상과 감각기관이 만나서 생기는 느낌을 '개인화'하면 고통이 나타난다. 고통은 심리적 기생충에 의해 생기는 바이러스이다. 심리적 기생충은 '아(나)'와 '아소(나의 것)'라는 거짓된 자아의식이 생기게 만드는 것이다.

3) 심념처(心念處) 수행: 마음 관찰하기(Cittanupassana)

심념처 수행은 마음을 관찰하는 것이다. 마음은 생각과 감정으로 나뉜다. 마음 관찰 수행은 생각과 감정을 관찰하는 것이다. 생각이 일어날 때 '아, 생각이 일어나는구나!' 하고 알아차리고, 생각이 이어질 때 '아, 생각이 이어지는구나!' 하고 알아차리고, 생각이 사라질 때 '아, 생각이 사라지는구나!' 하고 알아차리는 것이다. 감정 관찰이란, 감정이 일어날 때 '아, 감정이 일어나는구나!' 하고 알아차리고, 감정이 이어질 때 '아, 감정이 이어지는구나!' 하고 알아차리고, 감정이 사라질 때 '아, 감정이 사라지는구나!' 하고 알아차리는 것이다. 생각과 감정을 강 건너 불 구경하듯, 개가 닭 보듯 객관적으로 바라보는 것이다. 나의 생각이 옳다 그르다 판단하거나 내 감정이 인정받아야 한다고 생각하지 않고, '아, 이런 생각이 있구나. 이런 감정이 있구나!' 하고 그냥 바라보고 알아차리는 것이다. 이렇게 할 때 '객관화'가 이루어진다. 우리의 문제는 우리의 생각과 감정을 주관화하면서 그것들을 믿어버린다는 것이다. 인간의 질병의 원인, 인간의 고통의 원인이 바로 그것이다. 그러니 우리는 우리의 생각과 감정을 믿지 말아야 한다. 우리는 우리의 생각과 감정을 믿어선 안 된다. '이것이 옳다. 저것이 그르다. 이것이 좋다. 저것이 나쁘다. 이래야 한다. 저래서는 안 된다'라고 하는 우리 마음의 소리, 우리의 판단을 믿어서는 안 된다.

4) 법념처(法念處): 자연의 법칙과 붓다의 교설과 세상 구성요소 관찰하기
(Dhanmmanupassana)

법념처는 법을 궁구하면서 알아차리는 것이다. 법(dhamma)에는 '자연의 법칙'이라는 의미도 있고, '붓다의 교설'이라는 의미도 있고, '세상의 구성요소'라는 의미도 있다. 법을 알아차린다고 할 때 법은 이러한 개념들을 다 포함한다. 예를 들어, '인과법칙'이라는 자연의 법칙을 궁구하면서 그것을 알아차릴 수 있고, '사성제'라는 붓다의 교설을 궁구하면서 알아차릴 수 있고, '지수화풍'이라는 세상의 구성요소를 알아차릴 수 있다.

5) 오온(五蘊, Panca Khanda)

'온(蘊)'은 무더기이므로, '오온(五蘊)'은 '다섯 가지 무더기'이다. 우리의 '자아의식'을 형성하는 다섯 덩어리, '색수상행식'을 가리킨다.

색(루파 rupa. 카야 kaya): 몸

수(베다나 vedana): 감각

상(산야 sanya): 생각

행(상카라 sankara): 감정, 충동, 의도

식(빈야나 vinnana): 분별의식, 판단, 가치관

색은 몸이고, 수는 감각이고, 상은 생각이고, 행은 충동, 의도, 감정이고, 식은 분별의식, 판단, 관점, 가치관이다. 오온은 우리의 몸(色)과 감각(受)과 마음(想行識)을 의미한다. 혹은 몸(色)과 마음(受想行識)을 의미한다. 마음은 '상행식'일 수도 있고, '수상행식'일 수도 있다. 요컨대 오온은 우리의 몸과 마음이다. 그것은 곧 '나'이고, 우리의 '에고(ego)'이고, 우리 인간의 존재상황이다. 오온은 에고로서의 '나'를 구성하는 다섯가지 구성 요소이다.

우리의 에고는 다섯 덩어리의 가현적인 집합체이다. 따라서 오온으로 형성되는 우리의 '자아' 또한 '가현적 현상'이고 '이미지'이며 '비실재'이다. 에고는 다섯 덩어리가 뭉쳐져서 나타나는 허망한 현상일 뿐이다.

6) 18계 감각이론

	감각기관(육근)	감각작용(육식)	감각대상(육경)
1	안(眼)	안식 - 시각	색(色)
2	이(耳)	이식 - 청각	성(聲)
3	비(鼻)	비식 - 후각	향(香)
4	설(舌)	설식 - 미각	미(味)
5	신(身)	신식 - 촉각	촉(觸)
6	의(意)	의식 - 생각	법(法)

인간의 감각에는 '시각, 청각, 후각, 미각, 촉각'이 있는데, 거기에 여섯 번째 감각을 추가한다면 그것은 마음의 '생각'이다. 이러한 감각들은 대상에 의지하여 발생하는데, 대상은 시각에 대해서는 형상과 색깔이고, 청각에 대해서는 소리이고, 후각에 대해서는 냄새이고, 미각에 대해서는 음식의 맛이고, 촉각에 대해서는 물체와 사물이고, 의식의 생각에 대해서는 기억과 상상이다. 대상이 감각기관과 만나서 감각이 생긴다. 감각기관은 시각에서는 눈, 청각에서는 귀, 후각에서는 코, 미각에서는 혀, 촉각에서는 피부이고, 생각에서는 뇌와 의식이다. 이렇게 여섯 감각기관(안이비설신의)이 여섯 감각 대상(색성향미촉법)과 접촉하여 여섯 감각 작용(안식, 이식, 비식, 설식, 신식, 의식)을 일으킨다.

안이비설신의 + 색성향미촉법 = 안식, 이식, 비식, 설식, 신식, 의식

육근이 육경과 만나서 육식을 이루는데, 이것이 우리의 세상이다. 이것 이외의 세상은 없다. 세상이라는 실체가 있어서 감각이 이루어지는 것이 아니고, 감각이 있어서 그것에 의거해 세상을 인식하게 된다는 말이다. 세상은 실재로서 존재하는 것이 아니고, 가현적으로 나타나는 세상임을 항상 인식하여야 한다.

① 삼법인(三法印): 무상, 고, 무아(無常 苦 無我)+부정(不淨)

> 1. 무상(無常, anicca): 제행무상(諸行無常), 모든 것은 항상적이지 않다. - impermanence
> 2. 고(苦, dukkha): 일체개고(一切皆苦), 모든 것에는 괴로움이 있다. - pain suffering
> 3. 무아(無我, anatta): 제법무아(諸法無我), 모든 것에는 '나'라고 할 만한 자성이 없다. - non-self
> + 부정(不淨) 모든 것이 깨끗하지 않다.
> + 열반적정(涅槃寂靜) - 깨닫고 나면 고요함이 드러난다.

삼법인은 '세 가지 진리의 도장'이란 의미이다. 너무도 중요한 것이어서 도장으로 인증한다는 의미이다. 달리 말하면 '세 가지 불교에서 가장 중요한 명제들'인데, 그것은 '무상, 고, 무아'이다.

'무상(無常, anicca)'은 '제행무상(諸行無常)', 즉 모든 것이 영원하지 않고 변한다는 것이다. 영어로 impermanence이다. 모든 것이 무상하니 인생도 무상하다. 우리는 태어나서 청춘을 보내고 늙어서 병들어 죽는다. 나이가 들수록 인생은 짧다는 것을 느끼게 된다. 죽는 순간에는 인생은 한순간이라는 것을 느끼게 된다. 우리 인생은 허무한 것이다.

'고(苦, dukkha)'는 '일체개고(一切皆苦)'로서, 모든 것에 고통이 있다는 말이다. 영어로 pain 혹은 suffering이다. 인생은 고해(苦海)이고, 삶에는 고통의 요소가 존재한다. 무엇이 고통인가? 생로병사(生老病死)가 고통이다. 사랑하는 자와 함께 하지 못하는 것도 고통이다(愛別離苦). 싫은 자와 함께 하는 것도 고통이다(怨憎會苦). 구해도 얻지 못하니 고통이다(求不得苦). 오온의 작용이 일어나는 것 자체도 고통이다(五陰盛苦).

'무아(無我, anatta)'는 '제법무아(諸法無我)'로서 모든 것에 '나'라고 할 만한 것이 없다는 말이다. 영어로 non-self이다. '나'라는 자성(自性), 즉 엔티티(entity)가 실재하지 않는다는 것이다. '실체로서의 나'는 없다는 것이다. '나'라고 의식되는 '에고(ego)'는 '참된 나'가 아니고, '가짜 나'라는 말이다. 에고라는 것을 '나'로 동일시하는 것은 착각이다. '에고'는 '사카야 디티(sakaya dithi)'에 의한 '거짓 나'이다. 잘못 인식된 나, '잘못된 아상'인 것이다.

이것들이 불교의 핵심 명제들이다. 여기에 하나를 덧붙인다면, 그것은 '부정(不淨)', 즉 깨끗하지 못하다는 것이다. 무엇이 깨끗하지 못한가? 우리의 몸, 물질세계의 사물들이 깨끗하지 못하다. 우리가 애지중지하는 것들이 사실 더러운 것들이라는 것이다. 예로 들면, 우리는 몸을 나로 여기고, 씻고 기름칠하고 화장하고 옷 입히면서 알뜰살뜰 돌본다. 그러나 잘 살펴보면, 우리의 몸은 더러운 것이다. 해골이 안에 있고, 두개골 속에는 뇌가 있고, 피고름이 들어있고, 오장육부 창자가 있고, 똥과 오줌이 들어있다. 콧물 눈물 땀 기름 등이 배어 나오고, 죽으면 똥이 되고 시체일 뿐이다. 더러운 것을 우리는 '나'라고 동일시하면서 귀하게 여기지만, 실제로는 더럽다는 것이다.

또 삼법인에 덧붙여지는 것은 '열반적정(涅槃寂靜)'이다. 이러한 무상, 고, 무아, 부정의 무가치함을 보지만, 그것에서 벗어나 버리면 바로 열반이고 고요함이라는 것이다.

② 오개(五蓋, Panca Nivarana): 다섯 장애

탐욕(kamacchanda): sensual desire, coveting

이것은 성욕, 정욕, 감각적 탐욕이다.

분노(vyapada): aversion, ill-will, hatred, anger.

이것은 분노, 밀치는 마음, 싫어하는 마음, 짜증내는 마음, 비판하는 마음이다.

게으름(thina-middha): sloth boredom, laziness, slack, tiredness

이것은 게으름, 늘어짐, 무기력이다. 이것은 녹조 물처럼 맑지 않은 상태이다.

들뜸(uddhacca-kukkucca): wandering, restlessness, worry, agitation

이것은 들뜸, 방만함, 조급함, 안정되지 못함이다. 생각이 과거와 미래로 왔다 갔다 하는 현상이다.

의심(vicikiccha): doubt, uncertainty, doubtfulness.

자기에 대한 믿음이 없는 것, 삼보에 대한 믿음이 없는 것이다.

③ 칠각지(七覺支, Satta Bojjhanga. Sambojjhanga): 깨달음의 7요소

칠각지는 깨달음을 위한 실천 방법, 혹은 깨달음에 도움이 되는 일곱 가지 수행 방법이다. 념각지, 택법각지, 정진각지, 희각지, 경안각지, 정각지, 사각지를 말한다.

◎ 념각지(念覺支, Sati): 마음챙김. 자각, 주시, 관찰, 알아차리기

의식을 중심으로 배열된 일곱 장관(칠각지) 중 국무총리급이 념각지, 즉 사티(sati)이다. 사티는 정신을 집중하여 일어나는 것에 대해 마음을 챙기는 것이다. 명상 대상인 신수심법에 대해 알아차리고 새김을 확립하는 것이다. 인식 대상이 마음 거울에 비칠 때 그 반영된 상을 알아차리는 것이다. 있는 그대로 보기, 관찰, 마음 새김, 마음 챙김, 마음 집중, 깨어있음, 주의 집중, 알아차림 등을 하는 것이다. 사물을 꿰뚫어 보면서 일어날 때 알아차리는 것이다. 먼저 배 움직임 알아차리는 것으로 시작한다. 숨을 마시면 배가 불룩하게 올라가고, 내쉬면 홀쭉하게 내려가는 것을 알아차린다. '오름, 내림, 오름, 내림' 하고 속으로 말하면서 호흡을 자각한다. '시각, 청각, 후각, 미각, 촉각' 등 다섯 감각을 알아차린다. 생각과 감정을 알아차린다. 몸의 지수화풍(地水火風) 4대 요소를 자각하고 스캔한다. 우주의 지수화풍 4대 요소를 자각하고 스캔한다. 붓다의 교설, 즉 사성제, 팔정도, 연기법, 삼법인, 칠각지 등을 피드백하면서 알아차린다. 생각을 표면적으로 하지 말고, 대상을 직접적으로 마주한다.

◎ 택법각지(擇法覺支, Dhamma-Vicaya): 붓다의 교설 조사하기(investigation)

택법이란 '법을 택하는 것', 혹은 '법을 조사하는 것'이다. 법은 세상에 존재하는 사물이고 법칙이다. 혹은 사물의 법칙이다. 택한다는 것은 사

물의 법칙을 잘 살펴서 취할 것인지 버릴 것인지를 판단하여 취사선택한다는 것이다. 착하고 건전한 상태와 악하고 불건전한 상태를 구별하며, 옳은 가르침을 선택하고 잘못된 가르침은 버리는 것이다. 반야의 빛으로 법의 진위를 파악하는 것이다. 사물의 원인을 찾고, 둑카의 원인을 찾고, 대상을 구별하는 것이다.

◎ 정진각지(精進覺支, Viriya): 에너지. 노력. 마음의 힘(effort)

정진은 수행을 위해 노력하는 것이다. 열정적으로 깨달음을 위해 수행에 일심으로 매진하는 것이다. 영웅적 마음으로 인내를 가지고 끈질기게 노력하는 것이다. 이것은 팔정도의 정정진(正精進)에 해당한다. 그것은 알아차리고, 알고, 놓아버리는(Note - Know - Let go) 비파사나를 반복하면서 매순간 현재 순간으로 돌아가는 노력을 의미한다. 쉼 없이 노력하라. 현재에 집중해 수행하면 결과는 일어난다. 괴로움을 만드는 잘못된 의도를 버리는 노력을 하고, 즐거움을 만드는 좋은 의도를 취하는 노력을 계속해야 한다.

◎ 희각지(喜覺支, Piti): 환희심, 법열(rapture, enthusiasm)

희각지는 기쁨, 환희심이다. 정진을 통해 마음이 청정해지면서 생기는 희열, 법희선열이다. 택법을 잘하여 정진하면, 기쁨을 느끼게 되고, 명상을 좋아하게 된다. 기쁨, 가벼움, 에너지, 행복감, 편안함, 떨림, 확장의 느낌이 오게 된다. 이것은 네 번째 오온인 행(sankarakanda)의 요소이다.

◎ 경안각지(輕安覺支, Passadhi): 고요함(tranquility)

경안각지는 안온함, 평화, 심신의 가벼움, 안도감이다. 기쁨이 정화되면서 안정된 느낌이 생기는 것이다. 무거운 번뇌를 없애 가벼워지는 것이다. 시원하고, 고요한 상태이다. 이를 위해, 적절한 음식, 적절한 기후, 적절한 좌법, 적절한 노력이 필요하다. 나쁜 인간은 피하고, 마음을 고요하게 하라.

◎정각지(定覺支, Samadhi): 몰아적 집중(concentration)

정각지는 삼매의 상태이다. 정(定)은 사마디, 즉 삼매를 의미한다. 안온함을 통해 집중이 생기고 선정력이 깊어지면 흔들리지 않고 산란하지 않게 된다. 모든 것이 하나로 모여 사라지면서 공의 상태로 들어간다. 그 상태에서 무상, 고, 무아(아니차, 둑카, 아나타)를 보면서 원인과 결과 분명하게 보게 된다.

◎ 사각지(捨覺支, Upekkha): 평정심(equanimity)

사각지는 쓸데없는 망념을 버리고 마음을 평화롭게 하면서 미련을 갖지 않는 것이다. 모든 것을 그대로 수용하고 순역과 고락에 대해 평정을 유지하는 것이다. 누가 죽거나, 누가 모욕을 주거나, 창피한 일을 당하거나, 일어나는 모든 것에 대해서 통일된 평정심을 유지하는 것이다. 영어 equanimity의 어원은 라틴어의 equa animus이다. 이것은 equal mind를 의미한다. 모든 상황에 동일한 평정한 마음을 의미한다.

붓다는 말했다. '모두는 자기 행동의 주인이고 상속자이다. 그들의 행동으로 태어나 행동으로 연결되어 행동에 의거해 산다. 좋든 나쁘든, 무슨 일을 하든, 그 열매는 그들이 받을 것이다' 우리는 무슨 일이 일어나든 매이지 않을 수 있어야 한다. 아짠짜의 말대로 무엇이 일어나든 집착하지 않고 내버려 두어야 한다(Whatever comes let go. Hold on to nothing).

대상에 공간을 만들어 이름을 붙이고 거기에 반응하지 말라. 모든 것이 다 좋다. 밀어내지도 말고 당기지도 말라. 오는 사람을 막지 말고 가는 사람을 잡지 말라. 모든 것은 카르마의 인과로 나타나는 것일 뿐이다.

2_5. 대승불교: 선불교

원시불교에서 대승불교가 나온다. 기존의 불교 전통은 스리랑카, 미얀마, 태국 등에 남아있게 되고, 새로운 전통이 나타나 티벳, 중국, 한국, 베트남, 일본으로 전해진다. 중국으로 전해진 대승불교는 도교 전통과 결합하면서 독특한 선불교가 된다. 중국에 선불교를 일으킨 최초의 인물은 보디 달마(Boddhi-Dharma) 대사였다. 그는 소림굴에 기거하면서 법을 전해 그 조혜가 - 3조 승찬 - 4조 도신 - 5조 홍인 - 6조 혜능으로 이어진다. 6조 혜능에서 선불교는 크게 확장하여 위망종, 임제종, 조동종, 운문종, 법안종의 다섯 갈래로 발권한다. 우리나라에는 간화선수행을 강조하는 임제종의 전통이 이어졌다. 여기서 대승불교에서 강조된 사상들을 살펴보도록 하겠다.

1) 공(空) 사상

어느 모임에서 내가 앞에 나가 뭔가 말해야 하는데, 내가 긴장하자 옆의 친구가 충고해주었다. "모든 게 매트릭스라고 생각해." 이 모든 게 다 가상현실이니 긴장할 것 없이 편하게 말하라는 조언이었다. 지혜로운 말이다.

'공' 사상은 매트릭스처럼 모든 것이 실체가 없으며 비어있다는 사상이다. '색즉시공(色卽是空)'의 의미는 세상의 형상들이 본디 '공'하다는 말이다. 이것은 '6근(根) 6경(景) 6식(識)'의 '18계(界)' 감각이론과 삼법인의 '제행무상' 개념과 '연기(緣起)' 이론에서 연결되어 나왔다. 이 세상이 감각에 의해 지각되는, 그리고 연기법에 의해 나타나는 '가현적인 세상'이라면, 그것은 비어있는 공허한 세상, '가짜 세상'이라는 것이다.

나가르주나(龍樹)의 '중관 철학'은 '공' 사상을 집중적으로 다루면서, '공–가–중(空假中)'의 변증법을 이야기한다. 공의 세상이 존재한다(空). 공에서 가현적 세상이 나타난다(假). 그러므로 공과 가를 동시에 파악해야 한다(中).

현상세계의 형상(名色, nama-rupa)은 알맹이 없는 그림자놀이이다. 모든 것이 '바람 속의 먼지(Dust in the wind)'이다. 금강경에서는 이렇게 말한다. '일체유위법 여몽환포영 여로역여전 응작여시관(一切有爲法 如夢幻泡影 如露亦如電 應作如是觀). '세상의 모든 현상은 꿈과 같고, 환영과 같고, 물거품과 같고, 허깨비와 같다. 이슬과 같고, 번개불과 같다. 당연히 이렇게 봐야 한다.' 또 이렇게도 말한다. '세상의 형상(相)은 본래 형상이 아니다(非相). 이것을 이해하면 곧 깨달음에 이른다(若見諸相非相 卽見如來).' 또 반야심경에서는 이렇게 말한다. '모든 것이 공하다는 것을 제대로 알면, 고통을 벗어나게 된다(照見五蘊皆空 度一切苦厄).'

반야심경은 소승의 모든 교리를 모두 부정한다. 오온도 없고, 고집멸도 사성제도 없고, 육근 육식 육경의 18계도 없고, 12연기도 없으며, 모든 것이 공하다고 말한다(色卽是空). 그러나 동시에 공에서 모든 것이 나타난다고 말한다(空卽是色). 색만 그런 것이 아니고, 색수상행식 오온이다 공이고, 공이 색수상행식으로 나타나는 것이라고 말한다. 이러한 논리는 소승불교의 오온에 대한 교리를 재해석하는 것이다. 혹은 교리에 대한 집착을 '공 개념'으로 깨부수는 것이다. 공에 대한 철학이 심화되어 결국 불교 자체의 틀을 재해석하는 지경에 이른 것이다. 깨달음으로 가는 과정에서는 기존의 프레임이란 타파되어야 할 관념일 뿐이라는 것을 이야기하고 있는 것이다. 그 모든 것을 가현적인 것, 수단일 뿐인 것으로 직관하는 것이 우리 속에 내재한 '반야지혜'이고, 우리에게 내재된 '주시자'인 것이다. 지혜의 빛으로 모든 것이 공함을 인지하고, 무상정각(無上正覺), 즉 최고의 깨달음(아뇩다라삼먁삼보리)에 이르라는 것이다.

① 상락아정(常樂我淨)

상락아정은 '영원하고 즐겁고 참나가 존재하며 깨끗하다'라는 의미이다. 원시불교의 '무상 고 무아 부정' 개념의 정 반대를 표현한 것이다. 원시불교의 중요한 명제가 '무상, 고, 무아(+부정)'라면, 대승불교의 중요한 명제는 '상락아정'이다. 무상(無常)이 변해서 상(常)이 되고, 고(苦)가 변하여 락(樂)이 되고, 무아(無我)가 변하여 아(我)가 되고, 부정(不淨)이 변하여 정(淨)이 된다. 이것은 깨달음, 즉 열반적정을 알게 된 후에 일어나는 변화이다. 대승은 소승의 끝에서 시작된다. 소승적인 깨달음인 '아공(我空)', 즉 '나'라는 것이 비어있음을 터득하였을 때, 세상은 '무상 고 무아'가 아닌 '상락아정'이 된다. 깨달은 차원에서 세상은 영원하고, 즐겁고, '참나'이고, 깨끗한 것이다. 대승은 소승의 정점에서 시작되는 것이다. 소승의 깨달음을 이루었을 때, 소승의 교리는 바뀌어야 하는 것이다. '상락아정'의 상태에서 천국은 이미 시작된다. 우리 인간은 죽기 전에 서방정토를 경험하게 된다. 기독교에서 성령체험한 자는 죽기 전에도 천국을 사는 것처럼, 불교에서 깨달은 자는 죽기 전에 극락을 살게 되는 것이다.

② 선문답: 질의응답 테크닉

선불교에서는 '선문답(禪問答)'이라는 질의응답 테크닉을 사용한다. 그것은 스승이 제자에게 자기를 돌아보게 하는 의미심장한 질문을 함으로써 제자가 자기 내면으로 들어가 자기의 '진아'를 알아차리게 만드는 방법이다. 그때 사용하는 질문을 '화두'라고 한다. 여러 화두 중 대표적인 것은 '나는 누구인가?'이다. 한국에서는 이것을 '이 뭣고?'라고 질문한다. 그 질문은 다른 철학적 질문들을 포섭한다. 예를 들어, 나는 누구인데 여기 존재하는가? 나는 어디에서 왔는가? 나는 어디로 가는가? 나는 세상에서 무엇을 해야 하는가? 나의 존재 의미는 무엇인가? 나는 타인들을 어떻게 대해야 하는가? 등의 많은 질문이 나는 누구인가? 라는 질문에서 나온다.

질문해 보자. '나는 누구인가?' 우리가 보고 듣고 먹고 마시고 생활하고 생각하고 행동하고 하는데, 그렇게 감각하고 생각하고 행동하는 그는 누구인가? 감각이 나인가? 생각이 나인가? 행위가 나인가? 감각과 생각과 행위를 지각하고 자각하는 그 무엇이 나인가? 그렇다면 그 나는 무엇인가? 그것이 무엇인가? 그게 뭐지? 하고 파고드는 것이다.

이것은 라마나 마하리쉬의 '자기 탐구 방법(self quest)'과 통한다. 라마나 마하리쉬는 제자들에게 단 하나의 질문만을 한다. '나는 누구인가?' 자기가 누구인지 탐구하는 것이 그가 유일하게 제시한 수행법이었다.

소크라테스도 의문에 집중하는 방법을 취했다. 그는 길을 걷다가 의문이 들면, 길에 그대로 서서 오랫동안 명상에 잠기기도 했다고 한다.

선불교의 종지는 '심심상인 불립문자 직지인심 견성성불(心心相印 不立文字 直指人心 見性成佛)'이다. 선불교의 여러 예화는 바로 본질에 들어가는 방식을 보여준다.

먼저 선불교의 시조인 달마스님과 그의 제자 혜가스님의 대화를 보자.

혜가: 마음이 괴롭고 힘듭니다. 제 마음을 편안하게 해 주십시오.

달마: 마음을 내놔 봐라. 내가 편안하게 해 주겠다.

혜가: 어떻게 마음을 내놓을 수 있습니까?

달마: 내가 이미 편안하게 해 주었다.

이 말을 듣고 혜가는 깨달음을 얻었다.

마조스님이 참선 수행을 하는데 스승 남악회양 선사가 묻는다.

남악회양: 마조야. 너는 왜 참선하며 앉아 있는가?

마조: 성불하여 부처가 되려고 합니다.

(남악회양은 쭈그리고 앉아 벽돌을 간다.)

마조: 스승님, 왜 벽돌을 갑니까?

남악회양: 거울을 만들려고 한다.

마조: 어떻게 벽돌을 간다고 거울이 되겠습니까?

남악회양: 그래? 그렇다면 어찌 참선한다고 부처가 되겠느냐?

깨달음을 얻기 위해 참선수행을 한다고 하지만, 참선수행 자체로 깨닫는 게 아니란 말이다. 깨달음은 자각이다. 자각하면 되는 것이다. 참선 자체가 중요한 것이 아니란 말이다.

임제스님 예화를 보자.

제자: 부처가 무엇입니까? 진리가 무엇입니까? 깨달음이 무엇입니까?

임제: 그렇게 묻고 있는 너 자신이 부처이다. 질문하는 본인 자신이 진리이다.

질문하는 존재, 나 자신이 부처인 것이다. 내가 이미 내가 찾는 그것인 것이다. 내가 소를 찾는데, 나는 이미 소 위에 앉아 있는 것이다. 진리가 이미 내 안에 존재하고 있다는 말이다. 무엇을 찾을 것도, 수행할 것도 없다는 것이다. 그것을 인간이 알아차리지 못한다는 것은 아이러니이다.

임제스님은 진리를 묻는 제자들에게 크게 '꿱' 하고 소리치면서 놀라게 했다. 이것을 '임제의 할'이라고 한다. 놀랄 때 생각이 일시 정지하게 되고, 그 순간 생각과 상관없는 자기 본질을 보게 되는 것이다. 그렇게 견성한 수행자는 이렇게 말하게 된다.

'수처작주 입처개진(隨處作主 立處皆眞).'
(내가 가는 곳마다 그곳에서 나는 주인이다. 내가 서 있는 곳 모두가 진리의 자리이다.)

화두 수행은 하나의 질문에 에너지를 모으게 함으로써 깨우침으로 인도한다. 많은 이들이 이 방법으로 도움을 받았다. 내가 볼 때, 화두 수행법은 비파사나와 연결된다. 근본적으로 둘은 하나이다. 비파사나라는 것은 자기를 보는 '내관'인데, 모든 수행은 결국 '내관'으로 이끄는 것이기 때문이다. 이것은 내 얘기가 아니라 선불교의 시조 달마대사의 이야기이다. 그는 '관심일법 총섭제행(觀心一法 總攝諸行)'이라 하면서 '관심법'이 모든 수행의 기본이라 했다. '관심법'은 곧 '비파사나'인 것이다.

③ 조견 오온(照見五蘊)

대승과 소승은 불교의 양 날개다. 다르다면 다르지만 결국 하나이다. 한 인간의 왼쪽 팔 오른쪽 팔이 다르지만 하나이듯, 손의 앞면 뒷면이 다르지만 하나이듯, 붓다의 교설이 두 측면으로 나타난 것이다. 다르게 보이지만 소승 속에 대승이 존재하고, 대승 속에 소승이 존재한다. 우리는 대승의 경전 속에 소승이 종지가 있음을 볼 수 있다. 대승 경전인 반야경의 핵심을 간추린 것이 '반야심경(般若心經)'인데, 거기에 이런 말이 나온다.

'조견오온개공 도일체고액(照見五蘊皆空 渡一切苦厄).'
(오온이 모두 공한 것을 밝히 봄으로써 일체 고통을 벗어난다.)

여기서 '조견(照見)'이란 '밝혀서 본다'는 말로서, 바로 '비파사나'이다. '비(vi)'는 꿰뚫는다는 말이고, '파사나(passana)'는 본다는 말이니, '비파사나'는 '뚫어지게 통찰해서 본다', 즉 '조견'인 것이다. 오온은 에고를 구성하는 '색수상행식(色受想行識)' 다섯 덩어리를 말한다. 물질로서의 '몸, 감각, 생각, 감정(의도, 충동), 분별의식(판단, 가치관)'을 말한다. 그런데 이 에고를 구성하는 오온이 모두 가짜라는 것을 투명하게 보면, 고통에서 벗어나 깨달음을 얻는다는 말이다. 깨달음의 방법이 무엇인가? 오온을 비파사나하는 것이다. 오온을 투명하게 꿰뚫어 보는 것이 깨달음의 길이란 말이다.

④ 회광반조(廻光返照)

나는 오래 전 송광사에 갔을 때, 당시 돌아가신 '회광 승찬' 방장 스님의 방에 들어가 돌아가신 그분 사진 앞에서 삼배를 올린 적이 있다. 그때 '회광'이라는 말의 의미를 처음 듣게 되었다. 회광(廻光)이란 빛을 돌이킨다는 의미이니, '회광반조'는 빛을 돌이켜 스스로를 비춘다는 말이다.

지금 보면, 돌이켜 비춘다는 '회광반조'야말로 명상의 핵심 개념이다. 회광반조 개념은 모든 대승 수행의 핵심인데, 그것은 소승불교의 수행의 핵심인 '비파사나'와 일치하는 개념이다. 회광반조와 비파사나는 다르지 않다. 둘은 같은 것이다.

'비파사나 명상'은 '우리의 몸과 감각과 생각과 감정을 긍정도 하지 말고 부정도 하지 말고 있는 그대로 알아차리는 것'이다. 화광반조는 현상세계 속에서 대상들을 접할 때, 의식을 돌이켜서 '의식하는 자기를 자각'하는 것이다. 그리고 그 둘은 같은 것이다. 스크린에 나타나는 이미지에 빠지지 않으면서 관심을 이미지에서 빛 자체로 돌리는 것이다. 무엇이 보일 때 보이는 형상에 빠지지 않으면서 보는 작용 전체를 자각하는 것이고, 무슨 소리가 들릴 때 소리의 내용에 빠지지 않으면서 소리를 듣는 작용 전체를 자각하는 것이고, 무슨 생각이 일어날 때 생각 내용에 빠지지 않으면서 생각 작용 전체를 자각하는 것이다. 분노가 일어날 때 분노에 빠지지 않으면서, 감정 현상 전체를 객관적으로 보는 것이다. 우리의 에너지가 분노라는 감정의 맥락에서 발현되고 있을 때, 그 분노의 이미지에 매몰되지 않고 거기서 빠져나와서 '아, 내가 분노하고 있구나' 하고 알아차리는 것이다. 분노의 상황에서 빠져나와 분노 상황 자체를 객관화해서 자각하는 것이다. 그렇게 할 때 우리는 즉각적으로 우리의 본질인 '의식 자체', '공 자체', '비어있음 자체', '참나'에 접속하게 되는 것이다. 그러면 영화 속의 고통의 스토리가 사라지고, 이미지 속의 소리와 표정들은 그냥 껍질로 변해 버린다. 스토리에서 빠져나올 때 우리는 자유롭게 된다. '회광반조', 곧 '비파사나'를 하는 순간, 우리는 '참나'로 복귀하면서 벗어나는 것이다.

⑤ 관심일법 총섭제행(觀心一法 總攝諸行)

달마대사는 관심일법 총섭제행이라고 말했다. 관심법 한 가지가 모든 수행법을 포괄한다는 말이다. 마음을 보는 수행법 한 가지가 모든 수행법의 바탕이란 말이다.

붓다는 돌아가시면서 자등명 법등명(自燈明 法燈明)이라는 유언을 남겼다. 자등명은 자기의 반야지혜, 즉 이성적 판단력에 의지해서 밝히고 나아가라는 말이고, 법등명은 자기의 가르침에 의지하여 여법하게 밝히고 나아가라는 말이다. 그런데 붓다가 가르친 것은 다름 아닌 사념처 '비파사나'였다. 팔정도의 정념 수행이었다.

결론적으로 말한다면, 대승불교의 모든 테크닉은 '비파사나'의 변주라고 볼 수 있겠다. 조동종의 묵조선, 임제종의 간화선, 관음종의 염불선, 경전일기, 만트라 암송 등 많은 방법은 '비파사나' 관심법을 배경에 깔고 있다. '비파사나'는 자연스럽게 '자기 돌아보기', 즉 '회광반조'로 이어진다. 시대에 따라 유행하는 수행 테크닉은 다르게 변해 왔지만, 모두 결국 '회광반조'를 위한 것이었다는 것이다. '관심일법 총섭제행'인 것이다. '나는 누구인가?' 하고 질문하는 것도 결국 '회광반조'이고 '바파사나'라는 것이다.

2) 대승불교의 질문 테크닉을 활용하기

선불교에서는 화두를 통한 질의응답 방식이 사용된다. 질의응답법이

유용하다는 것은 소크라테스의 산파술에서 근거를 찾을 수 있다. 소크라테스는 제자들에게 가르침을 줄 때 질문을 던졌다. 예를 들어, '참된 정의(正義)란 무엇인가'라고 질문하면, 제자들은 자기들이 생각하는 것들을 이야기한다. 어떤 제자는 '정의란 강자의 이익'이라고 대답한다. 그럼 스승은 그 대답이 틀렸다고 하지 않고, 달리 생각할 수 있게끔 계속 질문을 한다. 대답과 질문이 계속 이어진다. 이런 과정을 통해 제자들은 스스로 답을 찾게 된다.

인도의 성자 라마나 마하리쉬도 질문을 사용하여 사람들이 자기 내면을 들여다보게 했다. 그는 사람들에게 물었다. '너는 누구인가?' 제자들은 아루나찰라의 아쉬람에 고요히 앉아 '나는 누구인가?'라는 질문에 집중했다. 선불교의 '이 뭣고 화두'에 집중하는 것과 동일한 방식이다. 이렇게 우리는 질문을 통해서 내면으로 들어가 자신의 본성을 발견할 수 있는 것이다.

결론적으로 깨달음에 이르게 하는 두 가지 방법을 이야기할 수 있다. 하나는 모든 것을 돌이켜 '회광반조'하는 '비파사나'의 방법이고, 또 하나는 무엇을 접하든 그것을 접하는 '나는 누구인가'라고 질문하는 방법이다.

그러나 이 둘은 결국 하나이다. '비파사나' 하면서 주시자로 돌이킬 때, 그 본질이 누구일까 하는 질문은 자동적으로 일어나기 때문이다. 그리고 감각하는 '참나'가 누구인가 하고 질문하는 순간, 감각에 대한 '비파사나'가 이루어지기 때문이다.

어쨌든 인간의 종교 철학 전통 속에 사물을 관조하는 '비파사나' 방법과 자기탐구의 질문을 사용하는 '질의응답' 방법이 존재한다는 것을 밝혔다. 우리는 '비파사나'와 '질의응답' 방법을 모두 잘 이해하고 받아들여, 자신을 깨닫게 하고 남을 깨닫게 돕는 '자리이타(自利利他)'라는 궁극의 목표를 향해 나아가야 할 것이다.

3. 힌두교 이론: 우파니사드의 사상

힌두교는 인도 전역의 수많은 사상들의 통합적 명칭으로서 불교의 모태라고 말할 수 있다. 이제 힌두교의 핵심 사상을 살펴보도록 하자.

1) 범아일여(梵我一如 Ayamatma Brahma): 마하바키아(Mahavakia)

힌두교의 꽃은 '베단타(Vedanta)' 즉 '우파니사드(Upanisad)'이다. 베단타 사상의 핵심은 '불이론(不貳論 advaita)'이다. '불이'라는 말은 '둘이 아닌 하나'라는 의미이다. '이원론'이 아닌 '일원론'으로서, 세상을 분리되지 않은 한 덩어리로 보는 사상이다. 그것은 우주의 본질인 브라만(brahman)과 우리 인간의 본질인 아트만(atman)이 다르지 않은 '하나'라고 하는 '범아일여' 사상과 연결된다. 신과 우리는 본질적으로 하나이고, 인간이 곧 신이라는 말은 '깨달음'의 경지를 표현한 말이다. 우파니샤드에서는 깨달음의 경지를 '다섯 가지 위대한 언어' 즉 '마하바키야(mahavakia)'로 표현한다.

마하바키아(Mahavakia)

의식이 브라흐만이다(Prajnanam Brahma).

내가 신성이다(Aham Brahma Asmi)

내가 그것이다(Tat Tvam Asi)

나의 신성이 우주의 신성이다(Ayamatma Brahma).

모든 것이 브라만이다(Sarvam Kalvidam Brahma).

2) 우주적 게임: 릴라(Leela)

힌두교에서는 세상을 '신들의 놀이터'로 본다. 인간의 삶은 하나의 유희(Leela)이다. 신들이 인간을 두고 신들이 '오징어 게임' 비슷한 게임을 하고 있다는 것이다. 그것은 선신(善神)과 악신(惡神)의 게임, 선과 악의 게임, 음양의 게임, 아바타 게임이다. 신들의 아바타인 인간들은 세상 속에서 살면서 스테이지(stage)를 클리어(clear)해 나가고 있는 것이다. 마지막 스테이지 클리어를 향해 나아가는 이 게임의 이름은 '깨달음 게임' 혹은 '잃어버린 정체성 되찾기 게임', 혹은 '상기(remembrance) 게임'이다. 숨겨진 것을 찾는 '보물찾기 게임'이다. 혹은 '본질 찾기 게임', 우리의 본질을 찾아나가는 게임이다. 스테이지 클리어링의 보상은 행복감이고, 스테이지를 클리어하지 못할 때의 벌은 괴로움이다. 그러므로 이 게임은 '행복 찾기 게임'이라고 할 수도 있다.

3) 삿칫아난다(Sat-Cit-Ananda): 존재-의식-지복(Existence-Consciousness-Bliss)

'삿칫아난다'는 깨달음의 상태에 대한 인도식 표현이다. '삿(Sat)'은 '존재(存在, Existence)'이고, '칫(cit)'은 '의식(意識, Consciousness)'이고, '아난다(Ananda)'는 '지복(至福, 행복감, Bliss)'이다. 그러므로 '삿칫아난다'는 존재와 의식과 지복이 하나가 되는 '삼위일체' 상태이다. 인간이 깨달음의 차원으로 들어가면 존재 자체를 인지하게 되고, 순수의식 자체를 인지하게 되고, 지복(至福)의 상태에 들어가게 된다. 나의 영혼의 본질인 '아트만'이 우주의 본질인 '브라만'과 하나가 되면서, 에고의 껍질이 깨어지고 진아가 드러날 때, '삿칫아난다'의 상태로 들어간다. '삿칫아난다'를 느끼는 것은 '진아'를 깨달을 때의 상태이며, '범아일여'의 상태이며, '법열(法悅)'의 상태이다. 삿칫아난다는 '진아(眞我)'의 모습이다. 그것은 참다운 나의 모습이다.

4. 플라시보 기도(Placebo Prayer)

'플라시보 효과(palcebo effect)'라는 말이 있다. 가짜 약으로 진짜 약의 효과를 내는 것을 의미한다. 암 환자에게 소화제를 주면서 항암제라고 속이면 그것을 먹고 항암 효과를 일으키게 된다는 것이다.

플라시보(placebo)의 어원은 라틴어 'placere(기쁘게 하다)'에서 나왔는데, 영어로 to please의 의미이다. placebo는 placere의 미래형으로 '기쁘게 할 것이다(I shall please)'라는 의미이다. 구약성경 시편 다윗의 노래에 나온다.

플라시보라는 말을 유행시킨 사람 중 하나는 미국의 신경정신 의학자인 조 디스펜자(Joe Dispenza)이다. 그는 자전거를 타던 중 사고를 당하면서 등뼈가 조각조각 부스러지게 된다. 그를 담당한 의사는 수술을 해야 하고 평생 휠체어를 타야 한다고 말하지만, 이미 무의식의 힘을 알고 있던 그는 의사의 치료를 거부하고 스스로 자기를 고치기로 한다. 그는 마음을 집중하여 치료된다는 이미지를 마음에 확고하게 만드는 '이미지 명상'을 실천하여, 3개월만에 자기의 등뼈를 회복시켜 다치기 전

상태로 돌아오게 된다. 심상화 기법을 사용한 '이미지 명상'이 효과 있음을 스스로 입증한 그는 자기가 발견한 소중한 진리를 사람들에게 전하는 전도사가 되었다.

그는 스스로 자기를 치유하는 사람들에게서 네 가지 공통점을 발견한다.

1 그들은 내면에 영적 힘이 있다고 믿었다.

2 그들은 자신들 내부의 부정적 생각이 있었음을 자각했다.

3 그들은 새로운 것을 생각하고 변화시키기로 결정한다.

4 그들은 시공간을 잊은 상태에서 변화를 발생시킨다.

그는 인간의 뇌가 실제의 일과 상상의 일을 구분하지 못하는 것에 주목했다. 생각에 집중하고 생각이 경험으로 이어지면 감정이 일어나는데, 뇌는 감정의 시그널을 실제 사건의 경험으로 수용하는 것이다. 이때 인간이 의도를 가지고 명상을 하면 그때 발생하는 느낌이 뇌의 회로인 시냅스를 바꾸게 되고 소망이 마음에 각인되는 것이다.

조 디스펜자는 인간이 지혜롭게 되기 위해 고통의 드라마를 반드시 거쳐야 하는 것은 아니라고 말한다. 인간은 지혜의 관찰을 통해 즉각적으로 능력자가 될 수 있다. 지금 바로 깨달아 최상의 상태가 될 수 있다는 것이다. 명상이 삶을 변화시킨다. 명상을 통해 인간은 스스로 과거 습관에서 해방될 수 있다. 자아를 망각하는 창조적 상태에 몰입하여 시공을 초월할 수 있는 것이다.

그것이 어떻게 가능한가? 우리가 미래에 원하는 것을 현재형으로 바꿔버리면 된다. 원하는 것이 이미 이루어졌다고 생각하고 믿고 감사하면, 몸은 상상을 실제 상황으로 보고 거기에 맞는 호르몬을 방출하면서 변화가 일어난다는 것이다. 그때 우리는 과거 나쁜 습관을 버리고 새로운 삶을 시작하게 된다. 우리는 운명이 나의 편이라고 믿고 과감히 새로운 영역으로 나아갈 수 있다. 새롭게 연결된 감정은 나의 생각에 영향을 주고, 생각은 다시 감정에 영향을 주게 된다. 이렇게 선순환을 만드는 것이 명상으로 이루는 삶의 혁명이다.

바라고 생각하는 대로 이루어진다는 생각은 조 디스펜자만의 생각이 아니다. 『천상의 예언』, 『열 번째 예언』, 『샴발라의 비밀』을 쓴 제임스 레드필드(James Redfield)도 그렇게 생각했고, 『시크릿』의 저자 론다 번(Rhonda Byrne)도 그렇게 생각했고, 『리액트』, 『부활』의 저자 네빌 고다드(Nevill Godard)도 그렇게 생각했다. 예수님도 '너희가 믿는다면 산이 바다에 들어가라 하면 그렇게 될 것이다'라고 말했다. 그 외에도 수많은 현자들이 같은 이야기를 했다.

'일체유심조(一切唯心造)'인 것이다. 모든 것이 마음먹는 그대로 이루어진다. 좋다는 것도 마음의 작용이고, 나쁘다는 것도 마음의 작용이다. 마음이 정하는 대로 된다. 이것을 터득할 때, 우리는 우리가 원하는 것을 만들 수 있다. 좋은 의도를 내면 좋은 결과를 만들 수 있고, 행복한 의도를 내면 행복의 결과를 만들 수 있는 것이다. 우리 마음은 비어있는 캔버스에 그림을 그리는 화가와 같아서, 우리가 그리는 대로 그림이 현실화되는 것이다. 우리가 마음먹고 결정하면 이루어지는 것이다. 그러므로 우리가 마음을 제어하여 다룰 수 있다면, 우리는 용과 호랑이를 타게 될 것이다. 램프의 마술사 '지니'를 하인으로 두게 될 것이다.

이제 중요한 질문이 남는다. "생각대로 무엇이든 이룰 수 있다면, 뭘 생각할 것인가? 원하는 대로 이룰 수 있다면, 뭘 원할 것인가?"

우리의 바람이 부자가 되는 것이라면, 부자가 되어있다고 믿으라.
우리의 바람이 건강해지는 것이라면, 건강한 상태라고 믿으라.
우리의 바람이 젊어지고 예뻐지는 것이라면, 지금 예쁘다고 상상하고 믿으라.
매일 나아지고 좋아지길 바란다면, 매일 좋아지고 있다고 말하고 믿으라.

명상하고, 최선의 생각을 하고, 최선의 이미지를 그리고, 최선의 기도를 하고, 행복해지면, 우리는 최선의 상태가 되고 행복하게 되는 것이다.

플라시보 명상 기법을 사용하는 것은 '기도'를 하는 것과 같다. 그것은 '이미지 기도'이다. 기도는 보이지 않는 것을 보이는 것처럼 보면서 요청하는 것이다. 믿음으로 보이지 않는 것을 보는 것이다. 부족함을 강조하면서 말하지 않고, 원하는 것을 이미 받은 것처럼 생각하고 감사하면서 현재형으로 말하는 것이 요령이다. 미래형으로 말하면, 현재에 그것이 없음을 무의식이 인지하게 되고, 없다는 것이 강조되기 때문에, 없음을 향해 힘이 작용되고, 있음을 향한 힘이 약해진다.
기도는 곧 '자기 최면'이다. 최면은 잠재력의 힘을 끌어낸다. 자기에게 속삭이는 말들은 자기 최면이 되어 자기 자신을 새롭게 조건화시킨다. 그러니 언제나 긍정적인 말을 해야 한다. 부정적인 말을 하면 부정적인 상황이 현실화된다. 우리는 플라시보 기도를 통해 기존의 컨디셔

닝을 극복할 수 있는 힘을 키워야 한다. 우리의 믿음대로 현실화할 수 있음을 인식하고, 자기가 원하는 새로운 믿음을 키워 그것을 현실화해야 한다.

예를 들면, 우리는 대한민국의 통일을 염원할 수 있다. 통일 대한민국을 상상하고 통일이 이루어졌다고 믿고, 그것을 허락한 신에게 감사하고 행복해 한다. 통일된 한국에서 북한의 어느 지방을 관광할 것인지를 계획하고, 가족들과 기차를 타고 블라디보스톡으로 가서 시베리아 횡단 열차를 타고 페터스부르그에 가는 것을 생각하고, 강력해진 대한민국이 세상을 이끄는 모습을 상상하는 것이다. 그렇게 할 때, 실제로 대한민국의 통일이 이루어지게 된다는 것이다.

5. 종교 통합 비전, 새로운 회통사상

세상에는 두 가지 방향성이 존재한다. 하나는 확산하는 플러스의 방향성이고 또 하나는 수축하는 마이너스의 방향성이다. 그것은 곧 양의 방향성과 음의 방향성인데, 하나는 사물의 차이를 강조하는 분석적 방향성이고 또 하나는 사물의 공통점을 강조하는 종합적 방향성이다. 우리가 사물을 파악하는 데 있어서 이 두 가지 방향성을 이해하는 것이 중요하다. 우리는 분석적으로 사물을 파악하는 동시에 종합적으로 사물을 파악할 수 있어야 한다.

정신적 사상에 접근함에 있어서도 이 두 가지 방향성을 인지해야 한다. 각 대상을 낱낱이 자세히 분석하는 것도 중요하지만, 모든 대상을 종합하는 틀을 갖추는 것도 중요하다. 신라시대 원효는 당대의 나뉜 사상을 통합하는 종합적 방향성의 사상가였다. 그의 사상을 '회통(會通) 사상'이라 한다. 유영모 선생님도 여러 사상을 통합하는 종합적 사상가였다.

플러스 방향과 마이너스 방향은 언제나 교호적(交互的)으로 나타난다.

세상은 분화되고 종합되고, 다시 분화되고 다시 종합되는, 끊임없는 흐름 속에 있다. 다양성이 팽배하게 되면 종합과 통섭이 요구된다. 수많은 사상이 나타나면 그것들을 하나로 꿰뚫어 이해하려는 노력이 나타난다. 사상들의 차이점을 강조하는 차원에 머무르면 사상 간의 만남이 불가능해진다. '기독교 너희는 그렇구나, 우리 불교는 그렇지 않다' 차원에 머물면 기독교와 불교가 만날 수 없다. '북한 너희는 그렇구나, 우리 남한은 그렇지 않다' 차원에 머물면 통일을 이루지 못한다. 나뉜 것을 소통시키기 위해서는 종합적 회통이 필요하다. 남과 북이 소통하고, 전라도와 경상도가 소통하고, 남성과 여성이 소통하려면, 현상에 매이지 않고 사물의 본질이 하나임을 이해할 수 있어야 한다.

'회통사상'이 필요하다. 특히 오늘날에는 수많은 정보를 인터넷과 유튜브를 통해 접근할 수 있게 되었기에 많은 정보를 꿰뚫는 '통찰'이 필요하게 되었다. 분리된 지식을 통섭하는 능력이 필요하다. 수많은 종교와 철학의 사상을 종합하여 통합적 비전을 취하는 것은 시대가 요구하는 일이다. 이에 나는 또 하나의 '원효' 혹은 '유영모'가 되어, 대립되는 사상을 회통시키고자 한다.

1) 불교와 요가 통섭하기

요가는 불교의 어머니로 이해할 수 있다. 불교의 뿌리는 힌두교이고, 요가는 힌두교의 중심적인 전통이기 때문이다. 그러므로 불교와 요가를 통섭하는 것은 아들과 어머니를 통섭하는 것과 같다. 실제로 요가와 불교를 결합시킨 불교 전통이 존재한다. 대승불교의 전성기 때 '중관학파(中觀學派)'와 더불어 이름을 날렸던 '유가학파(瑜伽學派)'가 그것이다.

무착과 세친으로 대표되는 유가학파는 '말라식(末那識)'과 '아뢰야식

'阿賴耶識'에 대한 이론과, '변계소집성(遍計所執性), 의타기성(依他起性), 원성실성(圓成實性)'의 이론을 발전시켰으며, 요가 테크닉을 수행에 적극적으로 활용했다. 신체적 수행이 정신적 수행과 연결되는 것을 사상적으로 정리하기도 하는데, 이것이 '안위동일(安危同一)', 즉 '에카요가크쉐마(ekayogaksema)' 이론이다. 이것은 신체적인 것이 정신적인 것으로 연결된다는 것을 논증하는 것으로서, 몸에 좋은 것은 정신에도 좋으며, 몸에 나쁜 것은 정신에도 나쁘다는 이론이다. 그러므로 몸을 좋게 함으로써 정신도 좋게 할 수 있다는 말이다. 깨달음을 이루기 위해 몸을 좋게 만드는 요가 수행을 하는 것이 정당화되는 이론이다.

이러한 유가학파의 이론이 나의 '플라시보 요가 명상' 이론의 기초가 된다. 유가학파가 요가와 불교를 결합시켰듯, '플라시보 요가 명상'도 요가와 불교 명상 수행을 결합시킨 것이다.

2) 기독교와 불교 통섭하기

내가 볼 때, 기독교와 불교는 같은 뿌리를 가진 형제 종교이다. 예수가 30세 이전까지 인도와 히말라야 지역에서 불교를 배웠다는 설도 있고, 기독교가 대승불교의 발전에 영향을 주었을 것이라는 설도 있다. 『초인 수업』이라는 책을 보면 예수와 붓다가 사이좋게 같이 등장하기도 한다. 이러한 것들이 사실인지 아닌지는 알 수 없으나 '이것이 가능했을 수도 있다'라고 생각을 여는 것은 필요하다. 예수가 불교를 접했을 수도 있고, 대승불교의 사상 전개에 기독교가 영향을 미쳤을 수도 있다. 최소한 가능성은 있는 얘기다.

기독교와 불교가 역사적으로 연결되는 접점이 실제로 있었는지는 모르겠지만, 어쨌든 나는 기독교와 불교가 동일한 '깨달음'을 추구한다고 본다. 기독교에서는 '구원'이라고 표현했지만, 그것은 불교의 '깨달음'과 다르지 않다고 보인다. 그들이 달라 보이는 것은 단지 역사적·지역적 차이 때문에 용어가 다르기 때문이다. 표현하는 말이 다르지만, 결국 같은 것을 추구했다고 생각한다.

용어는 다르지만 내용은 같은 예를 보자.

- 불교에서는 '해탈(解脫)'이라고 하고, 기독교에서는 '구원(救援)'이라고 한다.
- 불교에서는 '사마디'라고 하고, 기독교에서는 '성령체험', '신과의 합일'이라고 한다.
- 불교에서는 '견성(見性)'이라고 하고, 기독교에서는 '칭의(稱義 justification)'라고 한다.
- 불교에서는 '보임(保任)' 혹은 '성불(成佛)'이라고 하고, 기독교에서는 '성화(聖化)'라고 한다.
- 불교에서는 '보살(菩薩)'이라고 하고 기독교에서는 '천사(天使)'라고 한다.
- 불교에서는 '비로자나 부처'라 하고 기독교에서는 '신'이라 한다.
- 불교에서는 '부처', '보살'이라고 하고, 기독교에서는 '성자(聖者)'라 한다.
- 불교에서는 '마구니', '킬레사(kilesa)', '삼독(三毒)'이라 하고, 기독교에서는 '사탄 마귀'라 한다.
- 불교에서는 '서방정토 극락세계'라고 하고 기독교에서는 '천국'이라 한다.
- 불교에서는 '보시(布施)'라고 하고, 기독교에서는 '헌금', '봉헌(奉獻)'이라고 한다.
- 불교에서는 '깨달음'이라고 하고, 기독교에서는 '믿음'이라고 한다.
- 불교에서는 '다르마(dhamma)' 혹은 '인과율'이라고 하고, 기독교에서는 '신(神)'이라고 한다.
- 불교에서는 '사티(sati 마음챙김)', '명상(冥想)'이라고 하고, 기독교에서는 '신을 생각함', '묵상(默想)'이라고 한다.

기독교와 이슬람교가 싸우지만, 그들의 신앙의 대상은 동일한 신이다. 단지 명칭이 다를 뿐이다. 기독교에서 '여호와'라고 하고, 이슬람교에서는

'알라'라고 하지만, 같은 신인 것이다. 마찬가지로 기독교에서 말하는 것들이 이름만 다를 뿐 불교에 그대로 존재하는 것이다.

예를 들어 불교의 '명상(冥想)'과 기독교의 '묵상(默想)'이 다른 것이겠는가? 시편에 이런 말이 있다. '고요하라. 그리고 내가 신임을 알라(Be still and know that I am God).' 고요하게 내면으로 들어가는 것이 신과 가까워지는 방법이라는 말이다. 고요 속으로 침잠하여 들어길 때, 우리는 내면에 존재하는 신과 하나가 되는 것이다. 묵상 기도는 그러한 신과 하나 되는 노력이다. 거짓된 에고를 버리고 순수한 성령의 차원으로 자기를 정화시키는 수단이다. 불교에서도 깨달음으로 가는 방식은 '고요함으로 침잠하는 것'이다. 생각과 감정을 '알아차림'으로 잡아내면서 내면의 고요로 들어가 '사마디(samadhi)', '선정(jhana)'에 이름으로써 내면의 '참나' 혹은 '무아(無我)'와 접속하는 것이다. 이것은 기독교에서 말하는 '묵상을 통해 신을 만나는 것'과 다르지 않다. 내면 관찰을 통해 내면의 신을 만나는 것이다.

3) 불교와 심리학 통섭하기

서양에서 번성하고 있는 심리학적 치료 테크닉들은 불교의 '비파사나' 명상법, 혹은 '회광반조' 개념을 근본으로 한다. 달마대사의 말대로 '관심일법 총섭제행'이다. 모든 정신치료 테크닉이 '자기 마음 돌아보기'라는 하나의 테크닉에 포섭되는 것이다. 물질적 차원에서 충분한 발전을 경험한 서양인들은 내면으로의 여행에 박차를 가하고 있는데, 그들이 가이드로 삼는 것은 불교인 것이다. 타라 브라흐(Tara Brach)의 받아들임(Radical Acceptance), 존 카밧진(John Kabat-Zinn)의 MBSR(Mindfulness-based Stress Reduction), 즉 마음챙김에 근거한 스트레스 완화 테크닉 등이 모두 그러하다. 동양에서 전해진 불교가 서양에서 요긴하게 사용되고 있는 것이다.

빅터 프랭클의 '로고 세라피(Logo-therapy)'와 바이런 케이티의 '네 가지 질문법'은 마음을 조사하는 담마 위차야(Dhamma Vicaya) 방식으로 우리의 생각과 감정이 '참나'와 상관없음을 밝히는 것이다. 오온 중의 하나인 우리의 '생각'이 '공'한 것임을 밝힌 것이다. 예를 들면, 어떤 문제 상황은 우리가 붙들고 있는 어떤 생각을 전제로 하고 있는데, 그것을 관조해 보면, 그 생각은 진리가 아니라는 것이다. 우리가 전제하는 생각이 진리인지 아닌지를 집요하게 질문하면, 그것이 진리가 아님을 확인하게 되는데, 그때 우리는 생각의 틀에서 벗어나 자유롭게 된다는 것이다. 이것이 바로 오온을 객관화하여 만법이 공함을 직관하고 '여여함(Tathata)'을 깨닫는 불교적 수행법인 것이다.

요컨대 대부분의 동서양 심리치료는 근저에 불교의 '비파사나'와 '회광반조' 테크닉을 깔고 있다. 편집증 등의 정신이상은 모두 '킬레사'에 오염된 '사카야 디티'에 의한 것이다. 이것에 대한 치료법은 '사티(알아차림)'를 강화하여 '비파사나'하고 '회광반조'함으로써 자기의 '진아'에 접근해 가는 것이다.

4) 소승불교와 대승불교 통섭하기

소승불교는 붓다의 가르침에 충실한 불교이다. 소승불교는 사성제, 팔정도, 연기법(12연기), 사념처, 비파사나, 오온, 삼법인, 칠각지, 사선정, 네 가지 성인의 지위 등의 교리를 지니고 있다. 그런데 소승불교에 무슨 문제가 있다고 여겨졌기에, 대승불교가 나타났던 것일까? 대승이 본 소승의 문제는 무엇인가?

① 현상세계를 보는 방식: 쓰레기 세계로 볼 것이냐, 화엄(華嚴) 세계로 볼 것이냐

소승은 현상 세상을 떠나야 하는 쓰레기로만 보았고, 세상 일이 잘 되게 도모하는 것에 대해서는 관심이 없었다. 소승 수행자들은 현상세계를 미망의 소굴, 여우의 소굴, 하루바삐 떠나야 하는 고해로 보았다. 그러므로 지겨운 세상을 벗어나 해탈하여 윤회를 끊어버리기 위해 수행했다. 그들은 '빨리 깨달아서 다음 세상에 태어나지 않으련다'라고 말한다. 세상은 스탠리 큐브릭의 영화 '풀 매탈 자켓(Full metal Jacket)'에서 표현하는 대로 '똥통(the World of Shit)'일 뿐이다. 군대를 제대하면 부대가 있는 방향으로는 오줌도 싸지 않겠다고 하는 것처럼, 세상을 빨리 떠나려 한다. 가끔 죽고나서 두 번 다시 태어나고 싶지 않다는 수행자들을 보는데, 그것이 바로 소승적 태도이다. 그들은 물질세상의 부정적인 모습을 인식하면서 그것을 초월하려 한다.

반면 대승 수행자들은 물질세상을 비로자나 주재신의 또 하나의 세계로 이해한다. 세상은 위대한 화엄 세계의 일부이다. 단지 떠나 버려야 하는 똥통 세계가 아니다. 그러므로 수행자는 깨달음을 얻은 후 이 세계로 돌아와 다른 사람들에게 도움을 주어야 한다고 느낀다. 세상을 통해 깨달음을 얻었으니 세상에 보답을 해야 한다고 생각한다. 미망 속에 남아있는 다른 사람들이 나와 다르지 않음을 인식하면서, 내가 다른 스승들에게 도움을 받았듯이 나도 다른 사람들을 도와주어야 한다고 생각한다.

② '나'에 대한 인식 방식: '무아(無我)'로 볼 것이냐, '여래장(如來藏)'으로 볼 것이냐.

붓다는 힌두교 브라만교의 '아트만' 개념을 싫어했다. 본래 '아트만' 개념 자체는 에고 차원을 넘어서는 참된 자아 개념이었지만, 당시에는

그것이 에고적 차원으로 혼용되어 사용되었던 것 같다. 그래서 붓다는 기존의 당시 브라만교 신개념, 영혼개념 등을 다 폐기시켜 버리고 자기만의 방법으로 내면의 진리에 파고 들어간 것이다. 그렇게 도출된 연기론에서 '나'라고 하는 것은 연기적으로 나타난 존재일 뿐 실재하지 않는다. 이것이 '무아 이론'이다.

그러나 '무아 이론'도 교리에 집착하면 문제가 발생한다. '무아'라 함은 '에고'로서의 '자아'가 존재하지 않는다는 말이지, 영혼으로서의 '엔티티'가 전혀 존재하지 않는다는 말은 아니라고 봐야 한다. '무아'를 문자적으로 해석해서 정말 아무것도 없는 것이라면, 윤회하는 영혼도 없다는 것이 되는데, 윤회하는 영혼 개념을 배제한다면 불교의 핵심 교리인 '인과율'이 성립되지 않기 때문이다. 인과율이 존재한다면, 선악간의 과보를 받는 무엇인가가 존재해야 한다. 전생에 깨달은 붓다인 부처님이 다시 태어난 것은 부처님도 환생하는 엔티티라는 의미일 것이다. 부처님이 윤회를 하는 중에 완전한 '무'가 되지 않았다는 의미일 것이다. 인간의 본질이 '무'일 뿐이라면 육도 윤회가 성립되지 않는다. 좋은 일을 하면 복을 받고 나쁜 일을 하면 벌을 받는 상벌의 수용 주체가 있어야 한다. 이번 생과 다음 생을 연결하는 연결 주체로서의 영혼이 있어야 하는 것이다. 아라한(阿羅漢, 나한)이 되었다 해도 그 성과를 얻은 주체가 존재해야 하는 것이다. 그러니 말은 '무아'라지만 완전한 '무아'여서는 안 되는 것이다. 이렇게 소승불교의 '무아' 교리는 현실적으로 모순이 있는 것이다.

그러한 상황에서 대승불교는 '무아' 개념 대신 '여래장(如來藏)' 개념을 발전시킨다. 여래장 개념은 인간에게는 여래, 즉 붓다로 성장하게 될 뭔가가 존재한다는 것이다. 무아 개념은 '없다'는 말이지만, 여래장 개념은 뭔가가 '있다'는 말이다. '깨달음의 종자'가 인간에게 내재해 있다는 것이다. 참된 신성이 인간 내면에 존재한다는 말이다. 참된 자아인 '참나', '진아', '주인공', '불성'이 인간 내면에 존재한다는 말이다. 그러나 그렇게 말은 다르지만, 그것은 곧 '무아'의 다른 표현임을 알아야 한다. 소승의 '무아'를 깨닫는 것이 곧 대승불교의 '여래장'을 깨닫는 것이라고 봐야 한다.

'무아' 개념은 에고 차원의 엔티티, 그 '개아성(個我性)'이 환상이라는 것을 이야기한다. '에고'는 실재하지 않는다는 의미의 '무아'이다. '여래장'은 그런 에고 차원의 엔티티가 초월된 상태에 나타나는 내면의 '공'이 '참나'인 붓다라는 의미이다. '무아'는 쓰레기 에고가 없다는 의미에서 '없을 무'자를 쓴 '무아'인 것이다. '여래장'은 쓰레기 에고가 없는 무아의 상태에 참된 존재가 내장되어 있다는 의미이다. 이것은 같은 대상을 다르게 말한 것이다. 즉 '무아'가 곧 '여래장'인 것이다.

③ 신을 보는 방식: 신이 없다고 볼 것인가, 있다고 볼 것인가?

소승불교에는 신장들이 존재하지 않지만, 대승불교에는 관세음보살, 지장보살, 보현보살, 문수보살 등의 보살신들과, 비로자나불, 미륵불 등이 숭배된다. 소승불교에서는 붓다 자신도 신적 존재로서가 아니라 인간 스승으로서 존중될 뿐이다. 그러나 잘 살펴보면, 소승불교에서 정말로 신을 부정하는 것은 아니다. 붓다 자신도 신의 존재 자체를 부정한 것은 아니었다. 단지 신을 설정하지 않고 깨달음에 이르는 길을 제시했던 것이다. 신에 대해서 이야기하지 않으면서, 신에 의지하지 않고서도 깨달음을 얻을 수 있음을 얘기한 것이지, 신이 없다고 부정한 것은 아니라는 말이다.

사실 소승불교에도 신이 존재한다. 그 신의 이름은 '인과율' 혹은 '인과법'이다. 혹은 '담마' 혹은 '다르마'이다. 소승불교는 범신론적 신을 상정한다. 우주의 법칙이 곧 신이다. 기존의 신의 이미지를 차용하지 않았을 뿐이다.

그리고 전통적인 신 개념도 소승불교에서 완전히 부정되지 않는다. 인간의 영혼이 인과법에 의해 상벌을 받고 육도윤회(六道輪廻)를 하려면 '영속하는 영혼'이 있어야 하며, 그 영혼에게 상벌을 내릴 상위의 존재, 즉 '신'이 존재해야 하기 때문이다. 신이 없다면, 인간을 지옥, 아귀, 축생, 수라, 인간, 천상 중 어디로 보내야 하는지를 누가 결정하겠는가? 육도윤회의 세계를 돌리기 위해서는 경영자 신들이 필요한 것이다. 소승불교의 무신론은 결국 신을 설정하지 않아도 해탈이 가능하다는 것을 얘기하는 것일 뿐, 존재론적으로 신이 없음을 주장한 것은 아니라고 봐야 한다. 소승불교를 떨치고 일어난 대승불교는 힌두교의 신들과 티벳의 신들을 적극적으로 수용하면서 수많은 부처들, 보살들, 신장들을 모시게 된다.

대승과 소승은 독수리의 양쪽 날개와 같다. 소승 없는 대승 없고, 대승 없는 소승 없다. 소승은 대승의 기초이다. 자신을 물에서 건진 사람만이 남을 물에서 건질 수 있다. 먼저 자기의 깨달음을 추구하는 것은 당연하다. 그리고 대승은 소승의 완성이다. 자신을 물에서 건진 사람은 당연히 물에 빠져 있는 사람들을 구하게 된다. 자기의 해탈을 이룬 사람은 타인의 해탈을 돕게 된다. 깨달음은 전체성을 깨닫는 것이므로 타인을 무시하고 나만 깨닫고 나만 해탈할 수는 없다. 분리된 '나'를 초월하는 것이 깨달음이기 때문이다. 그러므로 대승과 소승은 애초에 분리될 수 없다. 둘은 하나다. 인간의 역사 속에서 소승과 대승의 개념이 분리되어 나왔을 뿐이다. 그것은 필연적 과정이었으리라. 그러나 이제는 그 분리된 개념을 통합하여 최초의 붓다 의도를 재현시킬 시대가 되었다. 소승은 대승을 포섭해야 할 것이고, 대승은 소승을 포섭해야 할 것이다.

5) 소승의 '무아', 대승의 '주인공', 힌두교의 '아트만(진아)' 통섭하기

혹자는 힌두교에는 '아트만(atman)'이라는 개념이 있기 때문에, '무아 (anatma)'를 말하는 불교와 다르다고 한다. 그러나 내가 볼 때, '무아'는 곧 '아트만'이다. '무아(無我)'와 '진아(眞我)'는 같은 것의 다른 표현일 뿐이다. 화이트를 '흰색'이라 표현할 수도 있고 '무색'이라 표현할 수도 있지만, 모두 같은 화이트를 표현하는 말인 것과 같다. 같은 하늘을 보면서도 '맑다'라고 할 수도 있고, '구름이 없다'라고 할 수도 있지만, 모두 같은 상태를 묘사한 말인 것과 같다.

힌두교의 '아트만' 개념은 개아적 영혼의 개념이나 에고적 개념이 아니라, 그것을 넘어선 '참된 자아'를 지칭한 것이다. 불교의 '무아' 개념도 개아적, 에고적 자아를 초월한 상태를 지칭한 것이다. 둘은 동일하게 에고가 사라진 상태, 에고가 초극된 상태를 지칭하는 것이다. 참된 진리가 깨달아진 상태이다. 그것을 한쪽에서는 '아트만'이라 한 것이고, 다른 한쪽에서는 '무아'라 한 것이다.

대승불교에서는 이것을 불성(佛性), 진성(眞性), 진여(眞如), 여래장(如來藏), 자성(自性), 본성(本性), 본심(本性), 법성(法性), 본지풍광(本地風光), 불심(佛心), 정법안장(正法眼藏)이라 불렀다. 당나라 때 서암사언스님은 매일 이렇게 말했다. "주인공아. 예. 눈을 똑바로 뜨고 있는가? 예. 남에게 속지 마라. 예." 보조국사에게 출가한 진각국사 혜심(1176~1234)은 이렇게 말했다. "주인공아. 예. 음행 살생 도둑질을 없애라. 지옥에 가는 것은 모두 네가 마음을 잘못 쓰기 때문이니라. 주인공아. 예. 나의 깨우침을 들어라. 어디서나 사람 만나면 말조심하라. 입은 재앙의 문이니 더욱 그치게 하고 유마의 침묵한 뜻을 새겨라."

고려시대 야운스님의 '자경문'에도 '주인공'이라는 말이 나온다. '주인공아. 나의 말을 들으라. 몇 사람이 불법 문중에서 도를 얻었는데, 너는 어찌하여 괴로운 세계 중에 있는가? 네가 깨달음을 등지고 티끌의 경계에 합하고 어리석음에 빠져 많은 악업을 지어 삼악도의 괴로운 윤회 속에 빠져 선업을 닦지 않고 사생의 업의 바다에 빠져 있었다. 그러나 애정을 끊고 출가하며 발우를 지니고 법복을 입어 진애의 세상을 벗어나는 지름길을 밟아 번뇌 없는 법을 배우면 용이 물을 만난 것 같으리니, 그 묘한 도리는 이루 말할 수 없으리라.'

아트만을 '참 자아', '진아', '참나'라 한다면, 그것은 선불교에서 말하는 '불성', '주인공'과 같은 개념이다. 아트만이 곧 '불성'이다. 그것은 곧 '무아'이다.

6) 금욕주의와 쾌락주의 통섭하기

금욕주의와 쾌락주의는 깨달음으로 가는 수행의 두 가지 방법론이다. 서양 철학에는 스토아학파와 에피쿠로스학파의 양대 산맥이 있었다. 스토아학파는 금욕주의이고 에피쿠로스학파는 쾌락주의이다. 스토아학파는 열정(pathos)이 사라지는 '아파테이아(apatheia)'를 추구하고, 에피쿠로스 학파는 해탈 상태인 '아타락시아(ataraxia)'를 추구한다. 말은 다르지만 같은 '안심입명(安心立命)'이고 같은 '해탈'이다. 무엇으로부터의 해탈인가? 탐욕과 집착으로부터의 해탈이다. 스토아학파와 에피쿠로스학파가 모두 불교와 동일한 지향점을 추구했음을 이해하는 것은 의미심장하다.

인간 고통 문제의 중심에는 '킬레사, 즉 탐진치 삼독, 즉 고통체가 존재한다. 그 중 핵심은 '탐', 즉 탐욕, 갈애, 집착인데, 이것을 끊는 것이 '해탈'이다. 그러면 '어떻게 끊느냐'가 문제인데, 거기에 '플러스의 방법'이 있고 '마이너스의 방법'이 있다. '양의 방법'이 있고 '음의 방법'이 있는 것이다.

양의 방법은 강제적 방법이고, 음의 방법은 우회적 방법이다. 양의 방법은 강성적 대응법이고, 음의 방법은 유화적 대응법이다. 양의 방법은 정면 승부하는 직접적인 방법이고, 음의 방법은 계교를 부리는 간접적인 방법이다. 양의 방법은 금욕주의 방법이고, 음의 방법은 쾌락주의, 즉 탄트라의 방법이다. 예를 들어, 음식에 대해서 중독 증상이 있다면, 먹는 것을 철저하게 절제하고 금식하면서 중독을 끊어내는 방법이 있고, 그것을 먹어주면서 질리는 느낌을 느끼면서 중독을 끊어내는 방법이 있는 것이다.

인도의 경우, 금욕주의는 정통주의적 요가 전통이고, 쾌락주의는 탄트라 요가 전통이다. 카주라호의 성적인 행동을 묘사한 조각상들은 인도 북부에서 탄트라 요가의 전통이 융성했음을 보여준다. 아비나바굽타 같은 이들이 그 시대의 탄트라 선각자였다.

불교 내에서, 금욕주의는 소승불교이고, 쾌락주의는 대승불교, 특히 탄트라 불교이다. 대승 불교를 쾌락주의라고 표현하는 것은 무리가 있을 수 있지만, 계율을 유연하게 해석한다는 점에서 상대적으로 쾌락주의라고 한 것이다. 금욕주의는 물질세계를 악으로 규정하고, 그것을 부정하면서, 그것에서 빠져나오는 것이 해탈이라고 본다. 쾌락주의는 물질세계를 거대한 선의 일부로 규정하고, 그것을 긍정하면서, 그 속에서 깨닫는 것을 해탈이라고 본다.

금욕주의 방법은 사무라이적 방법, 전사의 방법, 태권도와 가라데의 방법이다. 절도있고 멋있지만 강력한 욕망을 상대할 때는 부러질 수 있다. 강한 나무가 태풍에 부러질 수 있는 것이다. 탄트라적인 방법은 합기도와 유도의 방법이다. 상대의 힘을 받아주는 척하면서 상대의 힘을 이용하여 상대를 제압하는 방법이다. 혹은 은근히 받아주어 마구니가 방심하게 하면서 스스로 변화하게 만드는 '교활한' 방법이다. 부드럽고 효과적인 방법이지만 절제가 동반되지 않으면 게을러지고 쾌락의 유혹에 함몰되어 버리는 위험이 있다.

금욕주의와 쾌락주의는 수행의 양 날개이다. 그 둘은 모두 존중되어야 하고, 함께 조화를 이루어야 한다. 단지 지금의 상황에서 스토아가 강조되고 에피쿠로스가 무시되고 있기 때문에, 탄트라의 방법을 강조하는 것뿐이다. 강력한 본능적 욕구를 상대할 때, 정면 승부로 대결하는 것보다 유화적 외교술로 상대하는 것이 낫다는 말이다. 인간의 세속적 욕망은 매우 강한 상대이다. 그것은 깡패고 문제아이고 도적이다. 오랑캐, 흉노족, 만주족, 왜구 같은 침략자이다. 정면 대결해서 없앨 수만 있다면 좋겠지만, 그것을 완전히 없앨 수는 없다. 악을 이 세상에서 완전히 몰아낼 수는 없다. 악은 세상의 필수적 구성요소이기 때문이다. 킬레사들은 너무도 강력한 존재의 일부분이기 때문에, 사라지지 않고 계속 나타난다. 누르면 더 큰 힘으로 튀어나오는 용수철과 같고, 다루기 힘든 야생마와 같다. 그러므로 그들을 완전히 없앨 수 없는 것이라면, 그들을 달래고 적당히 양보하면서 문제를 해결하는 것이 낫다는 것이다.

세속적 욕망을 적으로 돌리는 것은 국가 시스템 전체를 적으로 돌리는 것과 마찬가지로 매우 힘든 일이다. 욕망은 억압되면 왜곡되어 더욱 강해져서 돌아와 덤비게 된다. 그러니 욕망과 싸우는 대신에 그것과 잘

동행하는 방식을 익혀야 한다. 잘 다루고 관찰하면서 적절하게 제압하는 방식을 익혀야 한다는 것이다.

궁극적 결론은 '금욕주의와 쾌락주의의 조화'를 이루어야 한다는 것이다. 금욕주의와 쾌락주의에는 각각 장점과 단점이 있다. 이쪽으로 치우친 사람은 저쪽을 참고해야 하고, 저쪽으로 치우친 사람은 이쪽을 참고해야 한다. 금욕주의와 쾌락주의는 서로 싸우는 것 같지만 궁극적으로 하나에 귀결된다. 그들은 서로 길항적으로 작용하면서 궁극적인 조화를 이룬다. 마치 용수의 중관사상의 '공가중(空假中)'에서 '공(空)' 개념과 '가(假)' 개념이 '중(中)'으로 만나는 것과 같다. 헤겔의 변증법에서 '정(正)'과 '반(反)'이 '합(合)'으로 만나는 것과 같다. '쾌락'은 '금욕'으로 갔다가 '중용'으로 귀결된다.

세속적 즐거움을 누리다 보면 고통이 발생하면서 인간은 금욕으로 향하게 한다. 그리고 금욕으로 가다 보면 다시 세속적 즐거움을 향하게 된다. 그렇게 우리는 쾌락의 길과 금욕의 길을 왔다갔다 하면서 '중도의 길'을 찾게 되어 있다. 우리는 쾌락과 금욕의 변증법을 통해, 음양을 통섭하는 깨달음을 얻어야 할 것이다. 그것이 붓다가 말씀하신 '중도'이다.

7) 대승 불교와 탄트라 통섭하기: 대승불교는 탄트라 불교이다

소승을 치고 나온 대승은 이미 현상세계를 대함에 있어 유연성을 지니고 있다. 깨달음을 얻는 방식으로서의 계율을 대하는 태도도 열려 있다. 그런 의미에서 대승 불교는 이미 탄트라 정신을 포함한다고 할 수 있다.

'탄트라'는 세속성(프라크리티, prakriti)을 다루는 '테크닉'을 의미한다. 우주는 '푸루샤(purusha, 초월적 실재)'와 프라크리티(prakriti, 현상적 세계)로 나누어진다. 서양 철학의 용어로 푸루샤는 '이데아(idea)'이고, 프라크리티는 '시뮬라크르(simulacre)'이다. 우리는 푸루샤의 종자를 지니면서 프라크리티의 세상을 살아가는 존재이다. 이상을 담고 있으면서 현실 생활을 하는 존재이다. 그러한 이중성 때문에 인간에게는 고민이 존재하는 것이다. 이상과 현실을 같이 살기에 양자간에 충돌이 일어나는 것이다. 양심과 욕망이 동시에 존재하고, 선과 악이 공존하기에, '마음으로는 원이로되 육신이 따라주지 않는' 문제가 발생하는 것이다.

오리지널 소승불교에서는 이 문제를 해결함에 있어서 정공법을 사용하였다. 즉 프라크리티 자체를 악으로 보고 프라크리티와 투쟁하여 승리함으로써 푸루샤가 지배하는 세계를 구현하려 한 것이다. 속세의 세계는 탐진치와 연기의 작용에 의한 미망의 세계이므로 팔정도를 통해 이를 타파해야 한다는 것이다.

그러나 이러한 정공법은 이후 보완이 필요하다고 여겨지게 된다. 철학적 탐구가 이어지면서 '프라크리티를 적으로만 봐야 할까?', '지금의 프라크리티 대응법이 최선인가?' 하는 반성을 하게 된 것이다. '정말 이 세속 세계는 단지 악마의 작품일까? 그 악마는 무엇인가? 악마 자신도 절대 세계의 일부 아닌가? 그렇다면 그것이 악마의 작품이라 하더라도 초월적 절대적 진리에 포섭되는 것이 아닐까? 악마를 단지 '낮은 단계의 신(lesser god)으로 봐야 하지 않을까? 이 세속 세상도 진리 세계의 한 측면으로 봐야 하지 않을까?' 이러한 사유를 거쳐 대승불교의 세계관이 만들어진 것이다.

프라크리티를 부정적으로 보는 방식과 긍정적으로 보는 방식은 어디에나 존재한다. 동서고금의 철학자들은 현상세계를 부정적으로 보기도 했고 긍정적으로 보기도 했다. 플라톤은 부정적으로 보았고, 아리스토

텔레스는 긍정적으로 보았다. 퇴계이황은 부정적으로 보았고, 율곡이이는 긍정적으로 보았다. 테라바다 소승불교는 세속세계를 악으로 보았지만, 대승불교는 그것을 '비로자나 법신불의 화장 세계'의 확장으로 보았다.

세속적인 것 중 대표적인 것이 '돈'과 '성(sex)'이다. 특히 '성'을 어떻게 보느냐는 논쟁적인 문제였다. 성을 긍정하면서 그것으로 깨달음을 추구하는 탄트라 사상은 위험하거나 사이비로 인식되었다. 그래서 탄트라는 감추어진 '밀교'가 된 것이다. 뱀의 독을 약으로 만든다는 논리가 대중에게 쉽게 이해되지 않았기 때문이다.

오늘날의 탄트라의 스승 중 하나인 심리학자 빌헬름 라이히는 섹스 행위에서 치료의 에너지가 나오는 것에 주목하고 그것을 '오르곤(orgon)'이라 불렀다. 오르곤은 성적 즐거움에 부가되어 나타나는 '힐링 파워'이다. 그는 여성 신경증의 많은 부분이 성에 대한 불만족에서 기인하는 것으로 보고, 오르가즘을 즐기면 문제가 해결된다고 보았다. 성이 정신 건강에 긍정적인 역할을 하는 것을 밝힌 것이다.

탄트라의 또 다른 스승인 오쇼 라즈니쉬는 '조르바 붓다(Zorba the Buddha)'를 인간이 도달해야 할 이상적 모델로 제시했다. 인간이 완성을 이루기 위해서는 먼저 정신적 깨달음을 얻어 붓다가 되어야 하며, 동시에 세상의 쾌락을 누리는 조르바가 되어야 한다는 것이다. 그는 탄트라야말로 미래의 종교라고 했다. 실로 오늘날의 명상 수련회에는 즐거움이 있어야 한다. 탄트라의 이념을 함유하지 않은 가르침은 호응을 얻기 힘든 세상이 되었다.

중국의 '소녀경(素女經)'의 가르침은 탄트라 전통과 맥을 같이 한다. 소녀는 황제에게 방중술을 가르치는데, 그 핵심은 '접이불사 환정보뇌

(接而不射 還精補腦)'였다. 성관계를 하면서도 사정을 자제하여 정기를 방출하지 말고 간직하며 에너지를 정수리로 올리는 것이 건강과 장수의 비결이라는 것이다.

나는 현대의 대중들을 위해 탄트라가 재조명되어야 한다고 본다. 현대인들은 금욕주의와 고행주의보다는 탄트라의 방식을 선호할 것이다. 대중들은 깨달음을 위해 성과 돈을 포기하라고 하면 싫어할 것이다. 성스러움을 위해 세속적인 것을 포기해야 하는 시대는 지났다. 이제 욕망을 만족시키면서 깨달음을 얻을 수 있는 통합적 방법론을 제시할 필요가 있다. 고집스러운 소승에서 유연한 대승이 탄생하였듯, 지금 시대에 맞는 새로운 방식의 수행 체계를 개발하는 것이 필요하다.

6. 플라시보 요가 명상 시퀀스

플라시보 요가 명상은 요가와 명상과 플라시보 기도의 3단계로 이루어진다. 세분화하면, 요가, 호흡수련, 명상, 자기최면, 호오포노포노 만트라 명상, 삼매 명상, 축복기도로 나눌 수 있다.

6-1. 요가

요가 수련은 각자 자기에게 맞는 동작을 선택하여 실천하면 된다. 나의 플라시보 요가 명상에서는 인도의 요가 동작과 중국의 기공 동작과 국선도 준비운동 동작들을 결합하였다. 플라시보 요가 명상은 서서 하는 요가, 앉아서 하는 요가, 엎드려서 하는 요가, 누워서 하는 요가, 물구나무서기 순서로 이어진다.

동영상으로 보시려면 나의 유튜브 채널인 '윤동환 YOON TV'로 들어가서 '프랙티스' 등의 검색어로 찾아서 참고하시길 바란다.

1) 서서하는 요가

① **몸을 좌우로 돌리기** 일어선 자세에서 1분 정도 몸을 좌우로 돌린다.

② **제자리에서 뛰기** 일어선 자세에서 가볍게 제자리뛰기를 하듯 몸을 턴다.

③ **목 운동 1** 목을 좌로 두 번, 우로 두 번, 좌 대각선으로 두 번, 우 대각선으로 두 번, 뒤로 두 번 제친다. 이것을 반복한다.

④ **목 운동 2** 메트로놈처럼 목을 좌우로 기울이는 것을 반복한다.

⑤ **하늘 받치기 기공법** 왼손으로 하늘을 받치고, 오른손으로 땅을 밀면서 숨을 들이마시고 참는다. 숨을 내쉬면서 자세를 풀어준다. 다음에는 오른손으로 하늘을 받치고, 왼손으로 땅을 밀면서 숨을 들이마시고 참는다. 숨을 내쉬면서 자세를 풀어준다. 적당한 횟수를 반복한다.

⑥ **트라이앵글 자세** 다리를 벌리고, 양팔을 옆으로 벌린다. 상체를 오른쪽으로 기울여서 오른손 손끝을 오른 무릎 옆에 가까이 대고, 왼손을 하늘로 올린다. 호흡은 마시고 참는다. 호흡을 내쉬면서 중앙으로 돌아온다. 다음에는 상체를 왼쪽으로 기울여서 왼손 손끝을 왼쪽 무릎 옆에 가까이 대고, 오른손을 하늘로 올린다. 호흡은 마시고 참는다. 호흡을 내쉬면서 중앙으로 돌아온다. 반복한다.

⑦ **허리 돌리기** 허리에 양손을 대고 허리를 돌린다. 반대로 돌린다. 반복한다.

⑧ **허리 제치기** 허리 뒤편에 양손을 대고 허리를 뒤로 제친다. 하늘을 보면서 숨을 들이마시고 참는다. 내쉬면서 앞을 본다. 반복한다.

⑨ **만세 부르고 호흡하기** 다리를 어깨 넓이로 벌리고, 두 손을 하늘로 올리고, 손바닥을 하늘로 향하게 하고 고개를 젖혀 하늘을 보고, 세 번 천천히 심호흡하고 팔을 내린다. 두 번 반복한다.

⑩ **다리 운동** 양손을 무릎에 대고 국민체조하듯이 다리운동을 한다.

① 몸을 좌우로 돌리기(반복)

② 제자리에서 뛰기

③ 목 운동 1

(좌로 2번)-(우로 2번)-(좌 대각선 2번)-(우 대각선 2번)-(뒤로 2번)

④ 목 운동 2

(메트로놈 운동 반복)

⑤ 하늘 받치기(氣功): 2번 반복

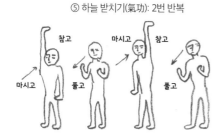

⑥ 트라이앵글 자세): 2번 반복

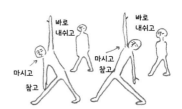

⑦ 허리 돌리기(2번 반복)

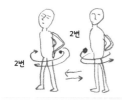

⑧ 허리 제치기

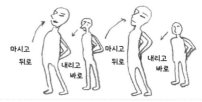

⑨ 만세 부르기

심호흡 3번
뒤로 제치고
자세는 그대로

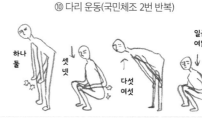

⑩ 다리 운동(국민체조 2번 반복)

125

2) 앉아서 하는 요가

① **발 마주치기** 엉덩이를 대고 앉는다. 양손은 뒤편의 바닥을 짚는다. 양발을 서로 마주친다.

② **파스치모타사나(Paschimotasana)** 양발을 앞으로 뻗고 손으로 양 발 끝, 혹은 엄지발가락을 잡는다. 그 상태로 세 번 천천히 심호흡한다.

③ **상체 돌리기** 양발을 앞으로 뻗은 상태에서 상체를 왼쪽으로 돌린다. 오른쪽으로 돌린다. 한 번 더 반복한다.

④ **다리 벌리고 스트레치** 다리를 벌리고, 양손으로 양발을 잡고 상체를 앞으로 숙인다. 세 번 심호흡 한다.

⑤ **다리 벌리고 사이드 스트레치** 그 상태에서 왼쪽으로 양손을 보내 얼굴이 왼쪽 무릎에 가까워지게 만든다. 상체를 세운다. 이번에는 오른쪽으로 양손을 보내 얼굴이 오른쪽 무릎에 가까워지게 만든다. 상체를 세운다. 한 번 더 반복한다.

⑥ **상체 돌리기** 그 상태에서 상체를 왼쪽으로 돌린다. 오른쪽으로 돌린다. 한번 더 반복한다.

⑦ **발 마주대고 숙이기** 그 상태로 앉은 채로 발과 발을 마주 대고 양발을 양손으로 감싸쥐고 상체를 앞으로 숙여 얼굴이 발에 가까워지게 한다.

⑧ **나비 운동** 양쪽의 무릎이 바닥에 닿게 반복적으로 움직여 준다.

⑨ **가부좌하고 몸통 돌리기** 가부좌나 반가부좌로 앉고 몸을 왼쪽으로 돌리고 다음에 오른쪽으로 돌린다. 한 번 더 반복해서 좌우로 돌린다.

⑩ **양손 깍지 끼어 올리기** 양손을 등 뒤에서 서로 깍지 끼어 잡고 손을 위로 들면서 상체를 앞으로 숙인다. 이때 숨을 내쉰다. 상체를 일으키면서 양팔을 뒤에서 좌우로 흔든다. 한번 더 반복한다.

⑪ **상체 돌리기** 팔을 풀고 가부좌 상태를 유지하면서, 상체를 좌로 돌

① 발 마주치기　② 파스치모타사나　③ 상체 돌리기

④ 다리 벌리고 숙이기　⑤ 상체 옆으로 기울이기: 반복　⑥ 상체 돌리기: 반복

호흡 3번

⑦ 발 마주 대고 숙이기　⑧ 나비운동　⑨ 가부좌하고 몸통 돌리기

⑩ 양손 깍지 끼어 올리기　⑪ 상체 돌리기

일으켜 세워 좌우로 흔들기

숨 내쉬며

⑫ 마사지하기

박수, 손 비비고　관자놀이　눈 주변　코 주변　입 주변　귀 주변

목덜미　가슴 때리기　단전 때리기　팔 마사지　어깨 치기

탁탁탁　탁탁　펵펵

린다. 우로 돌린다. 한 번 더 반복한다.

⑫ **마사지하기** 양손을 서로 비빈다. 양 손바닥을 눈에 대고 기운을 전달한다. 이후 양손으로 얼굴 마사지를 한다. 머리, 관자놀이, 눈 주위, 코 주위, 입 주위, 턱 주위, 귀 주위, 목덜미, 목, 가슴과 배를 차례로 마사지한다. 이후 팔을 두드리는 팔 마사지를 하고 단전을 두드리는 배 마사지를 한다.

⑬ **사무라이 자세** 다리를 풀어주고 무릎을 꿇고 앉는다. 손은 엄지를 분리하여 양쪽 허벅지 상단에 댄다.

⑭ **빔호프(Wim Hof) 호흡법** 입을 벌리고 코와 입을 동시에 사용해서, 호흡을 20회 정도 빠르고 격하게 한다.

⑮ **사자 자세 호흡법** 눈을 크게 뜨고, 입을 크게 벌리고, 혀를 내밀고, 호흡을 15회 정도 빠르고 격하게 한다.

⑯ **등에서 양손잡기**(고무카사나, gomukasana 소머리 자세) 왼손을 등 뒤로 보내고 오른손을 오른쪽 어깨 너머 등 뒤로 보낸다. 양손을 등 뒤에서 마주 잡는다. 그 상태로 세 번 천천히 심호흡한다. 다음에는 양팔의 위치

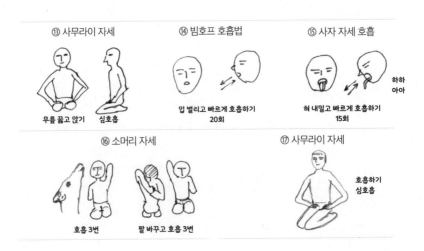

⑬ 사무라이 자세

무릎 꿇고 앉기　심호흡

⑭ 빔호프 호흡법

입 벌리고 빠르게 호흡하기
20회

⑮ 사자 자세 호흡

혀 내밀고 빠르게 호흡하기
15회

하하
아아

⑯ 소머리 자세

호흡 3번　팔 바꾸고 호흡 3번

⑰ 사무라이 자세

호흡하기
심호흡

를 바꾸어서 등 뒤에서 마주 잡고 동일하게 세 번 심호흡한다.

⑰ 다시 **사무라이 자세**로 돌아와서 깊은 심호흡을 반복한다.

3) 엎드려 하는 요가

① **스핑크스 자세** 엎드린 자세에서 양 팔꿈치를 땅에 대고 상체를 올려 앞을 본다. 그 자세로 세 번 천천히 심호흡을 한다. 이후 양손을 모으고 손등 위에 얼굴을 대고 엎드린다.

② **뱀 자세(코브라 자세)** 이번에는 손바닥만을 땅에 대고 상체를 일으키면서 팔꿈치를 곧게 편다. 하늘을 보면서 세 번 천천히 심호흡한다. 마치고 얼굴을 땅에 대고 엎드린다. 이것을 2번 혹은 3번 반복한다.

③ **활 자세**(다누라사나, Dhanurasana) 엎어진 상태에서 양손으로 양 발목을 잡고 당겨서 상체와 발을 위로 올린다.

④ **발 잡고 넘기기 자세** 엎드린 상태에서 왼손은 왼쪽으로 뻗고 손바닥은 땅에 닿게 한다. 오른손으로 오른발을 잡고 숨을 마시면서 오른발을 들고 몸통 너머로 넘기고 숨을 참는다. 시선은 하늘을 본다. 최대한 숨을 참고 자세를 유지한 후에 몸을 풀고 릴렉스한다. 다음에는 반대손으로 반대 발을 잡고 동일하게 실시한다.

⑤ **고양이 자세**(테이블 자세) 양손을 땅에 대고 양 무릎을 땅에 대고 테이블 모양을 취한다. 호흡을 들이마시면서 고개를 들고, 등을 활처럼 휘게 한다. 호흡을 내쉬면서 고개를 숙이고, 등을 구부린다. 3번 반복한다.

⑥ **개 자세**(엎드려뻗쳐 자세) 고양이 기지개 자세에서 엎드려뻗쳐 자세로 이동시킨다.

⑦ **물개 자세**(비둘기 자세) 그 상태에서 왼발을 앞으로 보내면서 양손으로 왼쪽 무릎과 발목을 잡고 상체를 펴고 앞을 보거나 하늘을 본다. 세

번 천천히 깊게 호흡한다. 다시 개 자세로 돌아간다. 이번에는 오른발을 앞으로 보내면서 동일하게 반복한다.

⑧ **팔굽혀펴기** 이제 팔굽혀 펴기를 한다. 10회를 기준으로 한다. 더 할 수 있으면 20회까지 한다.

⑨ **까마귀 자세** 양손을 땅에 대고 팔꿈치에 양 무릎을 대고 팔로 몸무게를 지탱한다. 처음에는 발끝이 땅에 닿게 한다. 익숙해지면 한쪽 발을 든다. 교대로 다른 쪽 발을 든다. 더 익숙해지면 양발을 모두 든다.

4) 누워서 하는 요가

① **사지 떨기** 이제 등을 땅에 대고 누워서 양팔과 양다리를 하늘로 향하게 한다. 사지를 사시나무 떨듯이 떤다.

② **기지개 켜기** 누운 자세로 양손은 깍지 끼우고 머리 위로 늘린다. 몸 전체가 가장 길어지게 만든다.

③ **붕어 운동** 그 상태에서 손과 발을 동시에 몸의 왼쪽으로 보낸다. 다음에는 동시에 몸의 오른쪽으로 보낸다. 붕어처럼 움직이는 동작을 반복한다.

④ **무릎 껴안기**(파바나묵타사나, pavanamuktasana) 누운 상태에서 양 무릎을 굽혀서 가슴에 대고 양 무릎을 양팔로 껴안는다. 얼굴을 들어 무릎에 대고 안은 상태로 숨을 마신 채로 참으면서 항문 조이기를 10번 반복한다. 최대한 참다가 릴렉스하고 눕는다.

⑤ **보트 자세** 엉덩이를 땅에 대고 상체를 들고, 하체를 들어 V자를 만든다. 시선은 발을 본다. 손은 앞으로 나란히 하고 천천히 다섯 번에서 열 번 정도 심호흡한다.

⑥ **낙타 자세** 누운 상태로 돌아간다. 그 상태에서 양손으로 양발의 발목을 잡는다. 숨을 마시면서 허리를 든다. 최대한 숨을 참다가 몸을 풀면서 릴렉스한다.

⑦ **브릿지 자세 1**(머리 대고 브릿지 자세) 이번에는 머리를 땅에 대고 손을 머리 옆에 대고, 머리를 땅에 대고 브릿지 자세를 한다. 최대한 숨을 참다가 자세를 풀면서 릴렉스한다.

⑧ **브릿지 자세 2**(머리 떼고 브릿지 자세) 이번에는 머리를 땅에서 떼고 브릿지 자세를 한다. 최대한 숨을 참다가 자세를 풀면서 릴렉스한다.

⑨ **발 넘기기** 양팔을 양옆으로 벌리고, 왼다리를 들고, 왼발을 오른쪽

① 사지 떨기

사지를 덜덜 떤다

② 기지개 켜기

③ 붕어 운동

④ 무릎 껴안기

심호흡 들이마시고
참고 항문 조이기 10회

⑤ 보트 자세: 태권V

호흡5~10회

⑥ 낙타 자세

심호흡 1~3회

⑦ 브릿지 자세 1

머리 대고
Head on the floor

⑧ 브릿지 자세 2

머리 대고
Lifting Head

⑨ 발 넘기기 자세

숨 내쉬며 넘기기

⑩ 역물구나무 서기

⑪ 쟁기 자세

⑫ 굴렁쇠 운동

10회 반복

손에 닿게 한다. 시선은 반대를 본다. 최대한 숨을 참다가 자세를 푼다. 반대편 오른 다리를 들고 동일하게 반복한다.

⑩ **역물구나무서기**(사르방가사나, Sarvangasana 촛대 자세, 전봇대 자세) 다리를 하늘로 향하여 올리고 허리도 든다. 양손을 허리에 대고 양 팔꿈치는 땅에 지지한다. 몸을 최대한 곧게 만들고, 천천히 호흡하면서 자세를 유지한다. 30초에서 5분까지 할 수 있다. 길게는 15분에서 30분까지도 할 수 있다. 마치고 누워서 릴렉스한다.

⑪ **쟁기자세**(할라사나, Halasana) 다시 다리를 하늘로 든다. 이번에는 양발이 머리 너머로 넘어가게 한다. 무릎을 펴고 양발 끝이 땅에 닿게 한다. 그 자세로 천천히 호흡하면서 오래 버틴다. 30초 정도 할 수도 있고, 더 오래 할 수도 있다. 마치고 누워서 릴렉스한다.

⑫ **굴렁쇠 운동** 누운 자세에서 무릎을 굽힌다. 양손으로 오금을 잡고 상체를 일으킨다. 다시 눕는다. 반동으로 다시 상체를 일으킨다. 20번 정도 반복한다. 혹은 그 이상을 반복한다.

5) 기타 자세

① **원숭이 자세** 상체를 일으키고 앉아서 양발을 앞뒤로 놓고 다리를 찢는다. 무리하지 않게 주의한다. 세 번 이상 천천히 심호흡한다. 풀어주고, 발을 바꾸어서 반복한다.

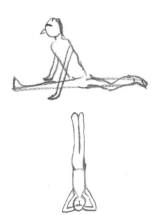

② **물구나무서기**(쉬르사사나, Sirsasana) 손은 서로 깍지 끼우고 손바닥을 머리에 대고 이마 상단을 땅에 대고 팔꿈치도 땅에 댄다. 엉덩이를 들어 올리고, 한 발을 들어올린다.

발을 굴려서 양발을 들어올려 물구나무서기를 한다. 초보자는 벽에 가까이 가서 벽에 의지해서 실시한다. 30초에서 1분간 한다. 혹은 5분에서 10분까지 한다.

6_2. 호흡 수련: 프라나야마(pranayama), 조식법(調息法)

호흡 수련은 아사나 수련으로 원활해진 기운을 명상으로 이어지게 한다. 호흡은 영혼과 몸을 연결하는 통로 역할을 한다. 호흡을 의식적으로 함으로써 우리는 영혼에 접속하게 된다.

플라시보 요가명상에서는 빔호프(Wim Hof) 호흡법, 단(丹)호흡법 등을 주로 사용한다. 빔호프 호흡법은 입을 벌리고서 코와 입으로 빠르고 격하게 호흡하는 것이다. 뇌에 산소 공급을 활성화시켜 정신을 맑게 하는 호흡법이다. 단호흡법은 들숨과 날숨의 길이를 맞추어 천천히 호흡하는 방법이다. 공기 중 에너지를 천천히 깊게 내면에 축적시켜 깊은 명상으로 향하게 하는 것이 호흡 수련의 목적이다.

요가 동작을 모두 마친 상태에서 수행자는 가부좌 혹은 반가부좌로 앉는다. 그 상태에서 고요하게 호흡을 고른다.

① 빔호프 호흡법: 빔 호프(Wim Hof)라는 독일인이 개발한 호흡법이다. 입을 벌리고 코와 입으로 동시에 강하게 호흡을 20번 한다. 두 번 정도 반복한다.

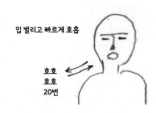

② 단 호흡법: 10초 마시고 10초 내쉬기. 들숨과 날숨의 길이를 동일하게 하여 들이마시고 내쉰다. 10초 10초가 어려우면 5초 5초로 하고,

더 오래 할 수 있으면 15초 15
초 혹은 20초 20초로 한다. 길
게 할수록 좋지만 무리하지 않
는다. 1분 마시고 1분 내쉬는
경지에 이르는 것이 목표다.

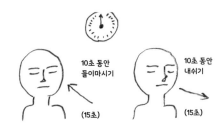

③ 아나파나사티 호흡법(安般守意): 들숨과 날숨을 알아차리는 호흡법
이다. 들숨 상태에서는 속으로 '들숨'이라고 말하면서 숨이 들어오는 것
을 알아차리고, 날숨 상태에서는 속으로 '날숨'이라고 말하면서 숨이 나
가는 것을 알아차린다. 혹은 들숨 상태에서 속으로 '오름'이라고 말하면
서 배가 앞으로 올라가는 것을 알아차린다. 날숨 상태에서 속으로 '내림'
이라고 말하면서 배가 등쪽으로 내려가는 것을 알아차린다. 마음은 코
끝 혹은 미간에 집중한다. 혹은 아랫배 단전에 집중한다. 집중된 곳에서
'니미타', 즉 에너지가 만들어내는 빛의 감각을 느끼도록 노력한다.

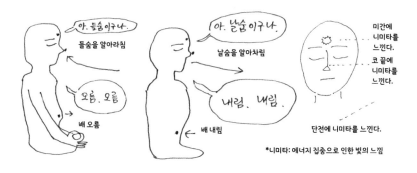

6_3. 명상법: 비파사나: 조견오온(照見五蘊) 명상

다음에 행하는 명상은 오온을 관찰하는 '비파사나' 방식의 명상이다.
플라시보 요가명상에서는 최대한 효과를 빠르게 가져가기 위해 비파사나의 과정을 빠르게 진행시킨다. 아나파나사티 호흡을 하면서 가라앉은 내면을 바로 '조견오온 명상'으로 연결시킨다. 비파사나는 보통 '사념처 신수심법' 명상이지만 여기서는 오온을 보는 '조견오온 명상'으로 대체한다. '사념처 신수심법' 명상은 몸과 감각과 마음과 세상의 원소들을 관찰하는 명상이고, '조견오온 명상'은 몸과 감각과 생각과 감정과 분별의식을 관찰하는 명상이다.

가부좌를 하고 앉고, 고요한 상태에서 몸을 관찰하고, 감각을 관찰하고, 생각을 관찰하고, 감정을 관찰하고, 분별의식을 관찰한다. 그리고 몸을 객관화하고, 감각을 객관화하고, 생각을 객관화하고, 감정을 객관화하고, 분별의식을 객관화한다. 그리하여 몸, 감각, 생각, 감정, 분별의식을 중심에서 멀어지게 한다. 그것들을 나와 상관없는 객체로 본다. 그리고 형성되는 공간을 느낀다. 그 공간에서 '공(空, emptiness)'을 느끼고 그 '공'을 '참나'로 인식한다. 그 '비어있음'에서 '존재 자체'와 '의식 자체'와 '행복감'을 느낀다. 삿칫아난다(sat-chit-anada), 즉 존재, 의식, 행복감의 삼위일체를 느낀다. 해방감을 느낀다. '참나'의 행복을 느낀다.

6_4. 플라시보 자기 최면(자기 최면, 자기 암시, 위약 효과)

플라시보 자기 최면은 론다 번이 이야기하는 '시크릿(secret)'의 유유상종(類類相從)의 원리가 적용된다. 같은 종류의 것들이 서로 끌어당긴다는 원리이다. 내가 무엇을 생각하면, 그것이 나타난다는 것이다.

그것을 실제로 적용하는 데 있어서는 에밀 쿠에(1857~1926)의 자기 암시를 사용한다. 에밀 쿠에는 자기 암시 요법의 창시자로서 약국을 경영하던 중 신약을 찾는 고객들이 내용보다는 포장에 따라 강한 효과를 받는다는 것을 알고 최면술에 흥미를 가진다. 치유에 가장 중요한 것은 자기 암시이고, 약물은 보조적 역할을 할 뿐이라는 것을 알게 된 그는 사람들에게 다음과 같은 선언을 반복하게 한다.

'Every day every way I am better and better.'
(매일 매일 모든 면에서 나는 점점 좋아진다.)

이 선언은 간단하면서도 포괄적이어서 모든 자기 긍정의 암시를 포섭하고 있다. 명상을 하고 고요한 상태에서 스스로 말하라. '매일매일 모든 면에서 나는 점점 좋아진다.' 이 말을 원하는 만큼 반복한다. 더불어 자기가 원하는 것을 말할 수 있다. 예를 들면, '나는 점점 건강해진다. 점점 젊어진다. 20세의 몸으로 돌아간다. 점점 행복해진다. 풍요롭게 변한다. 유연해진다. 오장육부가 깨끗해진다. 암이 사라진다. 당뇨가 사라진다. 인간관계가 좋아진다. 깨달음을 얻는다, 성자의 지위에 오른다'라고 말할 수 있다. 과감하게 말해도 상관없다. '칸느영화제 그랑프리를 수상한다', '그 사람과 행복하게 된다', '벤츠를 장만한다', '돈벼락을 맞는다'라고 말하라. 원하는 것이 무엇이든 다 말하라. 남에게 해악을 끼치지 않는 한도 내에서 말하라.

왜 이것이 의미가 있는가? 일단, 이것은 공짜다. 무료이다. 어떤 말을 해도 비용이 들지 않는다. 그리고 아무리 큰 것을 말한다 해도 누가 뭐라고 하지 않는다. 그러니 자기 욕망의 맥시멈을 말하라.

'파스칼의 내기'를 생각해 보라. 파스칼은 신의 존재 여부에 대해 내기를 걸 때, 신이 있는 쪽으로 내기를 걸라고 했다. 신이 있다고 생각하고 사는 것이 신이 없다고 생각하고 사는 것보다 유리하다는 것이다. 왜 그런가? 신이 있다고 생각하고 그 생각에 의거해 조심해서 살면, 신에게 문제가 되는 일을 덜 하게 된다. 그러면 신이 정말 있다면, 신에게 재판을 받을 때 벌을 덜 받게 된다. 신이 없어도 문제가 되지 않는다. 그러나 신이 없다고 생각하고 막 살면, 신이 없으면 문제가 없지만, 신이 있다면 벌을 받게 된다. 즉, 신은 있을 수도 있고, 없을 수도 있는데, 신이 있다고 생각하고 조심해서 사는 것이 신이 있든 없든 더 유리하다는 것이다.

마찬가지다. '시크릿'의 원리가 진실인지 아닌지 정확히 모르지만, 시크릿의 원리가 진실이라고 믿고 그 원리를 적용하면서 사는 것이, 시크릿의 원리를 진실이라고 믿지 않고 사는 것보다 낫다. 왜냐하면, '시크릿'의 원리가 진실이라면 나는 내가 원하는 것을 얻을 것이기 때문이다. 원리가 진실이 아니라 해도 내가 잃는 것은 없다. 그러나 지르지 않으면 원리가 진실이든 진실이 아니든 내가 얻는 것은 없을 것이기 때문이다. 그러니 진실일 수 있다고 생각하고 질러라. 원하는 것을 생각하고 말하고 요구하라. '50 대 50'이고, 잘 하면 대박 난다. 굳이 안 할 이유가 없다.

6_5. 호오포노포노 만트라 명상

호오포노포노는 하와이의 전통적 명상법으로서 '미안합니다, 용서하십시오, 감사합니다, 사랑합니다'라는 말을 반복하는 명상법이다. 이 네 가지에 '예'를 추가할 수도 있다. '예'는 주어지는 모든 삶의 상황에 대하여 '아니오'라고 부정하지 않고 긍정한다는 의미이다.

호오포노포노 만트라는 강한 치유 효과를 지닌다. 이러한 말들을 특정 사람을 생각하면서 말해도 좋고, 특정 사람을 생각하지 않고 말해도 좋다. 이것은 수많은 생을 거듭해오면서 얽힌 수많은 업을 풀어준다. 우리는 많은 생을 살아오면서 많은 인연과 많은 만남을 가지면서 수많은 원한 관계를 만들었다. 지금의 기억에서는 사라졌지만, 많은 인연의 얽힘이 무의식 차원에 존재할 것이다. 그 모든 보이지 않는 인연에 대해서 호오포노포노 만트라는 힘을 발휘한다. 내가 잘못한 사람들, 나에게 잘못한 사람들, 그들과의 수많은 얽힘, 원한, 미움, 괴로움, 증오, 두려움, 사랑, 집착, 회한, 후회, 그 수많은 드라마들을 생성시킨 상대방 사람들에게 미안하다고, 용서하라고, 감사한다고, 사랑한다고 말하는 것이다. 그 수많은 업장에 대해, 스토리에 대해, 이생과 전생의 지인들에게 말하는 것이다. 내가 욕심을 부려 미안하다고, 용서하라고, 나를 성장시켜주어서 감사하다고, 사랑한다고.

1) 참회와 용서

'미안합니다, 용서하소서'라고 말하면서, 내가 잘못하고 실수한 모든 인연에게 사과하고 참회한다. 사과와 참회는 업장 해소 방법 중 으뜸의 방법이다. 자기의 죄를 고백하고 사과하고 참회할 때 원한의 얽힘은 풀리고, 악업과 액운은 사라진다.

지금 내가 실수한 것들을 떠올리고 사과하고 참회하라. 부모님에게 참회하고 친구에게 참회하라. 그런데 부모님에게 사과하고 싶은데 이미 돌아가셨다면 어찌해야 하나? 그럴 때는 그냥 돌아가신 분들을 생각하면서 '죄송합니다, 용서하십시오'라고 말하면 된다. 친구에게 잘못했는데 그 친구를 만나기 어렵다면, 그냥 그 친구를 생각하면서 '미안하다, 용서해라'라고 말하면 된다. 우리의 생각이 그들에게 전달된다. 우리가 사는 세상은 양자 역학의 세계이며, 우리의 본질은 육신의 한계를 넘어서 있기 때문이다.

우리에게 잘못한 자들을 모두 용서하는 것도 중요하다. 기독교의 주기도문에서도 '우리에게 죄 지은 자를 용서한 것 같이 우리의 죄를 용서하소서'라는 구절이 있다. 남이 우리에게 잘못한 것을 용서할 때, 우리가 남에게 죄지은 것들도 용서받게 될 것이다. 예수님도 성전에 헌물을 바치기 전에 먼저 이웃과 다툰 것을 화해하라고 했다. 신에게 다가가기 전에 야마와 니야마로 자기를 정화시켜야 하는 것이다. 더 이상 죄를 짓지 않고, 이미 지은 죄를 참회해야 하는 것이다. 그렇게 업장을 소멸시킬 때, 우리는 내면의 고요로 들어갈 수 있다. 우리가 우리 이웃과 맺힌 것을 풀 때, 우리는 신에게 다가갈 수 있다.

'미안합니다. 용서해주세요'라고 말할 때, 그 말을 누가 듣게 될지 모르지만, 그 말은 효과가 있다. 보이지 않는 곳에 있는 우리의 수많은 인연 중에 누군가가 그것을 들을 것이다. 이렇게 우리는 우리가 기억하지 못하는 우리의 죄를 회개할 수 있다.

2) 감사와 사랑

또 우리는 우리의 모든 인연을 향해 '감사합니다, 사랑합니다'라고 말할 수 있다. 우리는 우리가 만난 모든 인연에게 감사할 수 있다. 좋은 인연에게 감사하고 나쁜 인연에게도 감사할 수 있다. 왜 그런가? 그들 모두가 우리의 성장에 도움을 주었기 때문이다. 혹자는 친절하게 도움을 주었고, 혹자는 거칠게 도움을 준 것이 다를 뿐이다. 혹자는 거칠게 말했고, 혹자는 친절하게 말했지만, 그들은 모두 우리에게 뭔가를 주려고 했다. 혹자는 우리와 충돌하면서 고통을 파생시켰고 부정적인 인상을 주었지만, 그들의 의도는 나를 도우려는 것이었고, 그들은 결과적으로 나를 진화하게 만들었다. 부정적이라고 느껴진 것들도 내가 지금의 내가 되도록 도와주었다. 그러므로 긍정적인 경험과 부정적인 경험 모두를 껴안아야 한다. 기쁨의 경험도 나의 자양분이 되었지만, 고통의 경험도 나의 자양분이 되었기 때문이다. 그러므로 우리는 스승과 원수 모두를 향해 감사할 수 있다. 우리는 모두에게 감사하고 모두를 사랑할 수 있는 것이다. 우리가 모두를 사랑할 수 있는 것은 모두가 결국 나 자신이기 때문이다. 나 자신에 대해서는 사랑하지 않을 수 없기 때문이다.

이렇게 말하라. '이제 모든 업장을 풀고 호오포노포노 만트라 수행을 합니다. 미안합니다, 용서하소서, 감사합니다, 사랑합니다.' 고요한 상태에서 모든 원한을 풀고 호오포노포노 만트라를 반복하라. '미안합니다, 용서하소서, 감사합니다, 사랑합니다.' 이것을 원하는 만큼 반복하라. 그리고 이렇게 말하라. '이제 고요 속으로 침잠해 들어갑니다. 선정 상태, 사마디 상태로 들어갑니다.'

6_6. 삼매 명상; 사마디, 선정, 묵조

이제 우리의 업장이 해소되었다. 다음 단계는 고요한 공의 상태로 들어가는 것이다. 삼매의 상태, 선정의 상태로 들어가는 것이다.

소승불교 체계에는 '1선정, 2선정, 3선정, 4선정'이 있다. '1선정'에서는 언어가 끊어지고, '2선정'에서는 생각이 끊어지면서 기쁨이 충만해지고, '3선정'에서는 기쁨이 잦아들면서 고요한 행복감이 나타나고, '4선정'에서는 호흡도 끊어진 고요함 속에서 깊은 존재의 만족감을 느끼게 된다. 이후에는 오직 공만이 느껴지는 '공무변처정(空無邊處定)'으로 들어가고,

그다음에는 오직 의식만이 느껴지는 '식무변처정(識無邊處定)'으로 들어간다. 다음에는 아와 아소, 즉 나와 나의 소유가 모두 사라지는 '무소유처정(無所有處定)'으로 들어가고, 다음에는 형상도 아니고 형상이 아닌 것도 아닌 차원인 '비상비비상처정(非想非非想處定)'으로 들어간다.

실제적인 수행과정에서는 삼매의 단계를 구분하지 않고 그냥 '고요의 상태로 들어간다'라고 말한다. 선정은 점점 깊어질 수 있다. 어떤 고요함의 경지를 경험했다고 해서 완성에 이른 것이 아니다. 더 깊은 고요함, 더 깊은 사마디로 들어갈 수 있으니 우리는 자기가 어떤 경지를 보았다 해도 거기에 만족하지 말고 더 깊이 들어가도록 노력해야 할 것이다.

수행자는 고요의 상태로 들어가면 안내 멘트를 하지 않고 3분 정도 고요하게 머문다. 고요의 시간은 자유롭게 선택할 수 있다. 5분, 10분, 30분 정도까지 늘릴 수 있다.

6_7. 기도: 축원기도

명상의 마지막은 '축원기도'이다. 우리가 사마디를 느꼈다고 하자. 1선정이든 2선정이든 3선정이든 4선정이든, 그 이상이든, 법열을 느꼈다고 하자. 행복감과 지복의 상태를 경험했다고 하자. 깨달았고 견성했다고 하자. 그럼, 다음은 무언인가?

'보림 수행'도 했다고 치자. 그래서 고요함에 머무는 시간이 점점 길어졌다고 하자. 행복감을 매일 느낀다고 하자. 그럼, 다음은 무엇인가?

그 다음은 깨달음을 실천적으로 사는 것이다. 깨달은 자는 깨달음을 표현하고, 깨달음의 열매를 사람들하고 나누어야 한다. 영감을 전달하고, 경험한 천국을 세상에 실현시켜야 한다. 자기 주변 사람들로부터 시작해서 다른 사람들에게 이익을 주어야 한다. 사람들에게 봉사하고 서비스해 주어야 한다. 사람들을 행복하게 만들어 주어야 한다. 자기가 얻은 삿칫아난다를 이웃과 나눠야 할 것이다. 행복감을 주변에 퍼뜨리고, 지혜를 확장시켜야 한다.

이것을 위해 하는 것이 '축원기도'이다. 기도는 영적인 조력자들에게 도움을 구하는 것이다. 먼저 자기 자신을 위한 축복기도를 하고, 타인을 위한 축복기도, 즉 중보기도를 하라. 먼저 자기 자신을 위한 기도를 하라. '나는 나의 발전을 위해서 스스로 이렇게 노력하고 있으니 나를 도우소서'라고 기도하라. 그리고 가족을 위한 기도를 하고, 도반들, 친구들을 위한 기도를 하고, 국가를 위한 기도를 하고, 세상 사람들을 위한 기도를 하라. 조력자들에게 도움을 청하라.

조력자는 영적 차원에 존재하는 신과 천사를 의미한다. 대승불교 식으로 말한다면 부처들과 보살들이다. 고진재, 즉 고등한 차원으로 진화된 존재들이다. 그들은 우리를 도와주려고 우리 주변에 존재한다. 그들은 사람들이 도와달라고 요청하기를 기다리고 있다. 그들은 요청하지 않는 자들을 도울 수 없다. 그들의 조력을 받으려면 반드시 요청하는 기도를 해야 한다. 누군가 신고를 하고 요청을 해야 소방차와 경찰차가 출동하는 이치와 같다. 신호를 보내고 요청을 해야 '짱가'나 '배트맨'이 출동하게 되는 것이다. 영화 '렛미인(Let me in)'에서도 보면, 흡혈귀는 인간이 흡혈귀를 받아들일 때에만, 인간에게 작용할 수 있다고 한다. 천사든 악마든 인간이 요청하고 받아들일 때만 인간에게 작용할 수 있는 것이다.

그러나 모든 기도가 받아들여지는 것은 아니다. 신들에게도 그들의 계획이 있다. 그들의 큰 계획에 부합되는 기도는 들어주지만, 그렇지 않은 기도는 들어주지 않는다. 그러므로 인간은 신들의 뜻에 맞는 기도를 해야 한다. 신들의 의도를 알 수 없으니, 그 한도 내에서 들어달라고 기도해야 한다.

여기 신 또는 천사들을 향한 최선의 기도문 형태가 있다.

'Heavenly Father, I beg you in humbleness. If this human being by the name of ○○○ deserves, bless him bestoying your supreme grace. (Your will be done Amen.)'

창조주시여, 겸손히 기원합니다. ○○○이라고 하는 이름의 인간이 합당하다면 그에게 복을 내리소서. (당신 뜻대로 이루소서. 아멘.)

기독교인이 아니라면 괄호친 부분이 거북할 수도 있다. 창조주라는 호칭도 거북할 수 있다. 그러나 각자가 자기종교 신념에 맞게 기도문을 수정할 수 있다. 불교인은 '관세음보살이여'라고 호칭을 바꿀 수 있고 아멘을 생략할 수 있다. 여기서 ○○○에 자기 이름이 들어갈 수도 있다. 축복기도는 누구에게나 할 수 있다. 자기 자신을 축복할 수도 있고, 부모를 축복할 수도 있고, 스승을 축복할 수도 있다. 자기보다 낮은 사람도, 높은 사람도 축복할 수 있다. 나라를 축복할 수도 있고, 인류 전체를 축복할 수도 있다. 심지어 축복을 구하는 대상인 신들과 천사들을 축복할 수도 있다. 축복은 좋은 것이다. 축복에는 부작용도 없다. 많이 하길 바란다.

축복기도에 '합당하다면'이라는 전제를 깔고 있음을 주목하라. 그러한 전제를 까는 것은 창조주의 권위를 인정하는 것이다. '그가 합당하다고 당신께서 인정하신다면 그에게 복을 내리고 그를 도우소서. 그러나 당신이 그가 합당하다고 여기지 않으신다면 당신 뜻대로 하소서'라는 함의가 있다. '나라는 인간은 신이신 당신 밑에 있는 존재로서, 나는 당신의 의지에 따릅니다. 그러나 그런 나에게도 소망이 있으니 ○○○이라는 이름의 인간이 복 받기를 원합니다. 당신이 허용하시는 한도 내에서 나의 축원기도를 들어 주소서'라고 기도하는 것이다.

이 기도문은 종교에 상관없이, 문화 차이에 상관없이 모든 인간들이 사용할 수 있다. 어떤 신적 존재에게도 통한다. 우리가 상대에게 모든 것을 맡기면서 소원을 요청하면, 우리 위에 존재는 우리의 요청을 들어줄 것이다. 요청하면 우리는 얻을 것이다. '두드려라. 열릴 것이요, 찾으라. 찾을 것이요, 요청하라. 얻을 것이다(Knock and the door will open, Seek and you will find. Ask and you'll be given). 인간을 도우려는 신과 천사들이 우리 주변에서 기다리고 있다. '우리가 원하는 것을 얻지 못하는 이유는 우리가 청하지 않았기 때문이다.'

먼저 자신을 위해 기도하라. 자신을 축복하라. "창조주시여, 기도합니다. (윤동환)이라는 이름의 인간이 합당하다면 그에게 축복을 내리소서. 당신 뜻대로 하소서, 아멘." 그리고 같은 방식으로 다른 사람을 축복하라. "창조주시여, 기도합니다. (홍길동)이라는 이름의 인간이 합당하다면 그에게 축복을 내리소서. 당신 뜻대로 하소서. 아멘." 이후에 자기가 바라는 소망을 기원하라. 이렇게 말하라. "신이여, 나의 소망을 기원합니다. ○○○이 ○○○ 되게 하소서." 무엇이든 구하라. '부모님을 회복시켜 주소서.' '자식들이 성공하게 하소서.' '나의 건강을 회복시켜 주소서.' 당신의 건강 회복을 기원하라. 주변 사람들과의 관계 회복을 기원하라. 가족들을 축복하라. 도반들을 축복하라. '수신제가치국평천하(修身齊家治國平天下)'다. 자기를 축복하고 자기 주변 사람들을 축복했으면, 이제 자기의 공동체를 축복하고, 국가, 즉 대한민국을 축복하고, 인간들을 축복하고, 모든 생명을 축복하라. 이렇게 말하라. "가족을 축복합니다. 도반들을 축복합니다. 나라를 축복합니다. 조국의 통일을 기원합니다. 인간들을 축복합니다. 중생들을 축복합니다." 자기의 상황에 맞게 사람들을 축복하라. 어떤 방식으로라도 상관없다. 생각나는 사람들을 축복하라.

내가 늪에서 빠져나왔으면, 늪 속에 아직 허우적거리는 사람들을 구해야 한다. 자리(自利)가 이루어졌다면, 다음에는 남을 돕는 이타(利他)를 해야 한다. 내가 잘 되었으면 남을 잘 되게 해 주어야 한다. 내가 성공했으면 후배들을 도와주어야 하고, 내가 깨달음을 얻었으면 남을 깨닫게 해 주어야 한다. 나로부터 시작된 깨달음이 주변 사람들에게 퍼지고, 나라에 퍼지고, 모든 인간에게 퍼지고, 모든 생명체에게 퍼지게 해야 한다. 자리이타(自利利他), 요익중생(饒益衆生), 홍익인간(弘益人間)을 기원하고 실천하라.

6_8. 질의응답 명상 워크숍(Mind Investigation Workshop)

플라시보 요가 명상 방식에 더하여 우리는 '질의응답' 방식을 사용할 수 있다. 이것은 선불교의 선문답, 소크라테스의 산파술의 응용이다. 나는 이것을 '마음 조사하기 워크숍(mind investigation workshop)'이라고 이름 붙였다. 바이런 케이티의 '네 가지 질문 테크닉'과 연결되기도 하고, 한국의 여러 명상 단체에서 사용하는 방식이기도 하다. 간단히 흐름을 정리해 보았다.

1) 워크숍 1: 인식론 점검하기 - '화가 날 일이 존재하는가?'

자기의 기억 중에 가장 화가 났거나 가장 짜증이 난 상황을 육하원칙에 의거해 적어 보게 한다.

예: 3년 전 직장 상사가 나에게 멍청하다고 말한 것이 화가 날 일이다.

예: 사흘 전 남편이 나에게 뚱뚱하다고 말한 것이 화가 날 일이다.

예: 작년에 아들이 게임하는 것을 말렸더니 나에게 마우스를 집어던진 것이
    화가 날 일이다.

3년 전 작장 장사가 나에게 멍청하다고 말한 것이 화가 날 일입니까?

왜 화가 났습니까? / 화를 유발시킨 전제된 생각이 무엇입니까?

(전제된 생각이 정말 사실인가? 그 생각이 사실이라면 당신은 어떠한가?)

그래선 안 된다고 어디에 되어 있습니까?

그 일은 어떤 일입니까 /그 생각이 사라질 때 당신은 무엇입니까?

이러한 질문을 통해 '그 일'을 '그 일'로 인식하게 만들 수 있다. 사건을 자기의 필터를 통하지 않고 있는 그대로 볼 수 있게 만들 수 있다.

2) 워크숍 2: '나의 소유가 존재하는가?'

이것은 무엇입니까?

이것은 당신의 것입니까?

정말 그렇습니까?

소유해 보십시오. 증명해 보십시오.

이러한 질문을 통해 '나의 것', '나의 소유'라는 개념이 허구임을 인식하게 만들 수 있다.

3) 워크숍 3: 존재론- '나는 누구인가?'

당신은 누구입니까?

당신은 어디에 있습니까?

당신은 언제 오셨습니까?

당신은 왜 오셨습니까?

이러한 질문을 통해 현상적 자아와 구분된 '참나'를 인식하게 만들 수 있다.

4) 워크숍 4: 실천론- '어떻게 살 것인가?'

당신은 어떤 삶을 살고 싶습니까?

그런 삶을 살지 않으면 안 됩니까?

당신에게 충분한 돈이 있고, 앞으로 3년만 더 살 수 있다면, 3년 동안 어떤 일을 하고 싶습니까? 다섯 가지를 적어 봅니다.

어떻게 남은 인생을 살고자 하십니까?

이러한 질문을 통해 현상세계에서 적극적으로 이상 구현을 하게 만들 수 있다.

여기에 제시된 워크숍 테크닉은 스승님들을 통해 전수받은 것이다. 인간을 진화시키는 것은 '자기 돌아보기'이다. 이렇게 적극적으로 질문해줌으로써 인간은 자기 돌아보기를 실천하게 된다. 자기 자신에 대해 생각하게 된다. 그리고 궁극적으로 자기의 참된 본질을 자각하게 된다.

3부 · 명상 에세이

'욕망'이라는 이름의 나침반-내가 원하는 게 뭐지?

인간의 삶의 나침반은 무엇인가? 그것은 '욕망'이다. 인간에게 중요한 질문은 이것이다. '지금 내가 원하는 것은 무엇인가?'

대형 영화관에 갔다고 치자. 내가 보고 싶은 영화가 세 편이 있다. 그럼 무엇을 먼저 보아야 하는가? 답은 당연히 '가장 보고 싶은 영화를 먼저 본다'이다. 여기서 '가장 하고 싶다'가 행동의 준거가 된다는 것을 알 수 있다. '하고 싶다'의 다른 말은 '욕망'이다.

'욕망'은 우리 인생의 인도자이다. 우리가 무엇을 먼저 경험해야 하는지를 결정해준다. 우리가 무엇을 선택해야 하는지를 결정해준다. 세상에 태어난 우리 인간은 많은 '경험'을 해야 한다. 세상 속에서 우리의 사명은 '경험'이다. 그리고 '경험'은 '욕망'에 근거하여 이루어진다. 욕망은 쾌락과 함수관계를 이룬다. 우리는 우리에게 쾌락을 주는 것을 추구하고 고통을 주는 것을 멀리하게 되어 있다. 쾌락을 즐기고 고통을 피하는 기제가 우리 행동의 준거인 것이다.

흔히 깨달음을 위해서는 쾌락을 제어하고 고통을 감내해야 한다고 하지만, 나는 다르게 말하고 싶다. 깨달음은 최고의 쾌락과 즐거움을 위한 것이다. 깨달음은 쾌락의 완성이다. 그러므로 깨달음을 얻기 위해 쾌락을 잘 살펴야 한다. 쾌락과 즐거움을 누리면서 그 양상을 잘 살펴야 한다. 낮은 차원의 쾌락과 즐거움은 진정한 쾌락과 즐거움이 아니다. 그것은 오히려 고통을 불러일으킨다. 순수하고 참다운 즐거움을 주는 것들이 어떤 것들인지를 살펴라. 깨달음은 저열한 차원의 쾌락을 저열한 차원의 쾌락으로 이해하면서, 초월을 통해 고차원의 쾌락을 얻는 것이다. 그 과정에서 저열한 쾌락을 지나치게 적으로 인식할 필요는 없다. 단지 참된 행복을 방해하는 작용을 한다는 것만 알아차리면 된다.

그러니 삶에서 쾌락을 누리는 것에 대해 죄책감을 느끼지 말라. 쾌락을 즐겨라. 단지 쾌락을 즐기는 상황을 자각하고 살펴라. 고통이 일어날 때도 그것을 너무 피하려 하지 말라. 고통 느끼고 고통의 상황을 자각하고 살펴라. 그때 기쁨과 고통은 우리를 '중도의 길'로 인도할 것이다. 욕망은 나쁜 게 아니다. 오히려 적극적으로 욕망을 이용할 수 있다. 욕망을 통해 행동을 이어나가야 한다. 오히려 그것이 참된 '중도의 길'로 나아가는 최선의 길이다.

나는 스스로 끊임없이 질문한다. '나는 무엇을 원하는가?' 대학을 졸업했을 때 질문했다. '나는 무엇을 원하는가?' 그때 영화감독이나 배우가 되고 싶었기에 연극영화과에 들어갔다. 지금도 무엇을 결정할 때 그 질문을 한다. '나는 무엇을 원하는가? 내가 원하는 것이 무엇인가?' 욕망은 우리의 삶을 이끌어주는 방향타이고 나침반인 것이다.

욕망은 나쁜 단어로 인식되어왔다. 탐욕이나 욕심의 동의어로서 인식되었다. 우리는 욕망이 죄를 낳는다는 말을 들었다. 욕망에 의해 고통이 생긴다는 말을 들었다. 그래서 우리는 욕망이란 단어에 대해 선입견을 가지게 되었고, 욕망을 따르는 것에 죄책감을 느끼게 되었다.

그러나 욕망이란 단어에 대한 새로운 해석과 새로운 인식이 필요하다. 욕망 자체는 나쁜 단어가 아니다. 욕망에는 '참된 욕망'과 '삿된 욕망'이 있고, '삿된 욕망'인 '탐욕'이 나쁜 것이다. 나쁜 것은 '탐욕'이지,

'욕망'이 아니다. 욕망이란 '참된 욕망'을 말하는 것이다. '탐욕'은 우리를 지옥으로 인도하지만, '욕망'은 우리를 천국으로 인도한다. '탐욕'은 고통체의 중독적 외침이지만, '욕망'은 천사들의 안내이다. '탐욕'은 인간의 진화를 방해하지만, '욕망'은 인간의 진화를 촉진시킨다. 우리는 참된 욕망의 소리를 듣고 그것을 따라야 한다.

그럼 참된 욕망과 탐욕은 어떻게 구분하는가? 내가 영화감독의 길을 가려고 하는 것은 참된 욕망이지만, 증권 투자나 도박으로 영화제작비를 마련하려 하는 것은 탐욕이다. 내가 노인들을 위한 요양원을 지으려 하는 것은 욕망이지만, 요양원 건설비용을 마련하기 위해 돈버는 일에 매몰되어 버린다면 그것은 탐욕이다. 정말로 하고 싶은 것은 욕망이고, 욕망 실현을 위해 부가적으로 하려는 것이 가치전도가 되어 욕망의 위치에 올라가 버리는 것이 탐욕이다.

어떤 사람이 한 여인과 사랑을 해서 결혼하고 싶은데 부모님이 결혼을 반대했다는 말을 들었다. 사주를 봤더니 여자가 장인, 장모를 죽이는 팔자였다는 것이다. 그것을 믿고 부모는 여자를 며느리로 받아들이기를 원치 않았다 한다. 그런 경우 남자에게는 그 여인과 결혼하고자 하는 욕망과 부모님 말씀을 듣고 가업을 물려받아 편히 살려는 욕망이 갈등을 일으키게 된다. 그 여자와 결혼하면 부모님을 떠나야 하고 재산 상속도 포기해야 하고, 부모님의 뜻대로 한다면 원하는 여자를 포기해야 한다. 선택의 순간에 이 질문이 중요하다 '내가 정말로 원하는 것은 무엇인가?' 선택자는 자기의 '참된 욕망'을 알아내야 한다.

진리로 가는 길은 중도(中道)의 길이다. 고행으로 깨닫는 것도 아니고, 쾌락으로써 깨닫는 것도 아니다. 고행과 쾌락 사이의 '중도의 길'로 가야 한다. 어느 정도의 고행, 어느 정도의 쾌락이 좋은지는 사람마다 다르다. 어느 길로 가든 우리는 물어야 한다. '진정 내가 원하는 것이 뭔가?' 우리는 진정 원하는 방향으로 가야 한다. 더 큰 진주를 얻기 위해 덜 중요한 진주를 팔아버릴 수 있어야 한다. 아티스트로 살고 싶다면 샐러리맨의 길을 버릴 수 있어야 한다. 진정 사랑하는 여인과 살고 싶다면 부모님의 유산을 포기할 수 있어야 한다. 진정 '자리이타'의 길을 바란다면 기득권을 포기할 수 있어야 한다.

나의 경우 스페인 카미노를 걷기 시작할 때, 몇 가지 일들을 포기했다. 작은 이익들을 버리고 카미노에 갔을 때 더 큰 것을 얻었다. 그러므로 버킷리스트를 작성하고 가장 원하는 것이 무엇인지 우선순위를 정해야 한다. 그리고 상위의 즐거움을 먼저 선택하라.

단박에 '중도'라는 최상의 경지에 도달할 수 있다면 좋겠지만, 우리 대부분은 이쪽 저쪽으로 가보는 경험을 할 필요가 있다. 우리는 경험하고 배우기 위해 세상에 태어난 것이다. '가지 않은 길'이 남겨지는 한 우리는 아쉬움을 가진다. 가고자 하는 길을 다 가보지 않으면 미련이 생긴다. 미련이 깊어지면 '집착'이 된다. '처녀 귀신'이었던 여인은 '남자 경험'을, '총각 귀신'이었던 남자는 '여자 경험'을 충분히 해봐야 한다. '배고픔'의 고통을 겪었던 자는 충분히 먹는 경험을 해봐야 한다.

쾌락으로 기울어지는 것을 걱정하지 말라. 쾌락이 극으로 가면 지겨움이라는 고통이 생기면서 탐닉은 멈추어질 것이다. 쾌락도 가이드이고, 고통도 가이드이다. 고통을 겪는 것은 나쁜 게 아니다. 고통의 경험은 전생의 빚을 갚아나가는 과정이다. 양극을 왔다 갔다 하면서 우리는 중도의 길을 찾을 것이다.

욕망은 우리의 방향타이다. 언제나 묻자. '나는 무엇을 원하는가? 나는 지금 무엇을 하고 싶은가? 나에게 가장 중요한 것은 무엇인가?'

현대의 성자-엑카르트 톨레

태국에 있는 동안에 나는 엑카르트 톨레의 책을 반복해서 읽었다. 그의 두 권의 책『The Power of Now(지금 이 순간을 살아라)』그리고『The New Earth(삶으로 다시 떠오르기)』는 나의 눈을 열어주는 고마운 길잡이였다. 톨레는 실로 크리쉬나무르티, 오쇼 라즈니쉬, 라마나 마하리쉬에 이은 고마운 스승이다.

톨레 선생은 항상 '지금 이 순간(Now)'을 강조한다. 그는 항상 '지금 이 순간 우리는 완전하다'라고 말한다. 그것은 고대 선사들의 이야기와 일치한다. 선사들은 '진리가 무엇인가'라는 질문에 '바로 너 자신이다'라고 대답한다. 소소영영(昭昭靈靈)하게 존재하는 나의 순수의식 자체가 깨달음 자체이니, 자신 안에서 진리를 보라고 한다.

나는 톨레의 책을 보면서 그의 메시지를 면밀하게 궁구(窮究)했다. 누군가 톨레에게 이렇게 물었다. '언제쯤 우리는 문제없는 상태에 도달할까요?' 톨레는 말한다. '당신은 그 상태에 도달할 수 없습니다. 그것은 미래에 오는 것이 아니기 때문입니다. 당신은 이미 그 상태에 있기 때문입니다.' 우리는 깨달음의 상태에 도달할 수 없다. 깨달음은 미래에 오는 것이 아니기 때문이다. 우리는 이미 깨달음의 상태에 있기 때문이다. 깨달음의 상태는 오직 '지금' 드러나는 것이다. 깨달음의 감각은 온 세상에 편재한 것으로서, 우리가 '지금'에 집중하는 순간 감지되는 것이다.

깨달음은 미래의 어느 순간에 획득되는 것이 아니다. 우리 속에 '내재' 되어 있는 것이다. 우리는 본디 자유롭고 완전하다. 톨레의 말은 '직지 인심(直指人心)', 바로 '자기 내면을 보면 거기에서 참 나를 본다'는 선사들의 말과 동일하다.

나의 질문은 '정말 그런가?'였다. '과연 그런가?' '톨레가 말한 그것이 사실인가? 사실이라면 나도 완전한 존재인데 왜 나는 완전함을 느끼지 못하는가? 왜 나는 부족함을 느낄까?' 나는 질문하면서 돌아보았다. '왜 톨레는 이렇게 자유로운데, 나는 자유로움을 느끼지 못할까? 왜 그는 이런 말을 하는데, 나는 이런 말을 못할까? 왜 그는 현자이고 나는 현자가 아닌가?' 이런 생각이 화두가 되었다. 책을 여러 번 읽으면서 곰곰이 생각했다. 그리고 어느 정도 시간이 지나고 나서 문득 이해하게 되었다. 톨레와 선사들과 라마나 마하리쉬와 오쇼 라즈니쉬 등의 성자들이 한 말들이 이해가 되었다.

우리의 완전한 본성이 항상 드러나지 못하는 것은 근본무명, 혹은 탐진치, 혹은 고통체, 혹은 정신적 기생충의 방해 때문이다. 탐진치의 방해는 생각에 개입하는 방식으로 일어난다. 고통체는 우리에게 어떤 생각들을 불어넣고, 그것이 진리이고 사실인 것처럼 믿게 만든다. 그것을 '삿된 생각'일 뿐이라고 알아차려야 하는데, 우리는 그것을 자기의 생각으로 붙들고, 더 나아가 진리로, 사실로 믿어버리면서 고통체의 먹잇감이 되어버리는 것이다. 이러한 악마적 작용을 하는 고통체를 불교에서는 '탐진치 삼독'이라 하고, 기독교에서는 '사탄 마귀'라 하고, 심리학에서는 '트라우마'라 하고, 무속에서는 '영가(靈駕), 귀신'이라고 한다. 이름은 다르지만 같은 존재이다. 그 고통체란 놈이 우리를 사로잡으면서 '진아'를 보지 못하게 눈을 가리는 것이다. 그 고통체만 벗겨내면 우리는 자기 자신의 엄청난 실상을 보게 된다. 그것은 새롭게 찾아야 하는 어떤 것이 아니고 항상 거기 존재하고 있는 것이었다. 그것을 보게 되는 것이다.

이렇게 자기의 본질을 자각하는 방법으로 톨레는 '지금 여기에 존재하는 것', '지금 이 순간에 자각하는 것'을 강조한다. 톨레나 라마나 마하리쉬나 선불교의 선사들이 말하는 것이 모두 동일하다. 그들은 모두 이 순간에 존재하고, 이 순간에 자각하면 즉각적인 깨달음이 일어난다고 말한다.

제주도 원명선원의 금강스님은 한라산을 예로 들며 이렇게 말씀하신다. "제주도 어디에 있든 한라산은 보이는 거리에 있지만 구름이 가리면 보이지 않게 됩니다. 그러나 구름이 가려도 우리는 보이지 않을 뿐 한라산이 저기 있다는 것을 압니다. 마찬가지로 우리의 완전무결한 주인공은 항상 존재합니다. 단지 우리의 마음에 구름이 끼게 되면 이것을 보지 못할 뿐입니다. 그러나 보이지 않더라도 주인공이 거기 없는 것이 아닙니다. 우리가 탐진치에 물들어 정신없이 있을 때도 우리의 진아인 불성은 거기에 존재합니다. 그것을 아는 것이 깨달음입니다."

그렇다면 깨달음은 어려운 것일 수 없다. 방법조차 생각할 필요 없을 정도로 매우 쉬운 것이다. 그냥 자신이 붓다임을 인정하면 된다. 자신이 신성한 존재임을 인식하면 되는 것이다. 선언하면 되는 것이다. 그것을 자각하고 다만 나의 눈을 가리고 있는 구름을 거두어내기만 하면 되는 것이다. 엑카르트 톨레의 두 권의 책은 이런 멋진 통찰을 우리에게 전달한다. 어렵게 느껴지는 고대 선사들의 이야기를 현대적 언어로 잘 설명해 준다. 지금 이 순간 호흡을 고르게 하고, 깨달음의 행복을 만끽하자.

현재만을 사는 지혜-하루살이가 되자

나의 한 친구는 사업을 성공시키려는 것에 대한 강한 의무감 때문에 더 중한 것을 놓치고 있는 듯 보였다. 이상 실현을 위한 건물을 건설하기 위해 돈을 버는데, 돈을 벌기 위해 이상을 놓치는 주객전도의 모습을 보이는 듯했다. 나는 이런 주객전도가 인간 문제의 핵심이라 생각했다.

우리가 잘살기 위해서는 우리의 '생각'에 붙잡혀선 안 된다. 생각에 붙잡히지 않는다는 것은 주어지는 현재 상황에 만족해야 한다는 의미이다. 세상에는 신이 나에게 베푼 프로그램이 있는 것이고, 우리는 그 신의 프로그램에 만족하며 살아야 한다. 신에 대한 믿음이 필요하다. 신은 내 성장에 좋은 것을 제시하고 있다는 믿음이 필요하다. 신을 신뢰하고 나의 계획을 신의 계획에 맞추어야 한다. '이래야 한다. 저래야 한다'는 나의 생각은 내려놓아야 한다. 우리가 '이래야 한다, 저래야 한다'라고 말할 때 우리는 우리가 신보다 우월하다고 말하고 있는 것이다. 우리는 '신이여, 그런 식으로 하지 말고, 이렇게 하는 것이 맞습니다. 내 말대로 하십시오'라고 말하면서 신을 가르치고 있는 것이다. 현실은 신이 만들어 놓은 상황인데, 우리가 현실을 부정한다면, 우리는 신에게 따지고 있는 것이다. 신은 우리가 편하고 행복해하는 것을 원할 것이다. 그러니 우리는 신을 믿고 현재의 순간에 편안하고 행복해할 수 있어야 한다.

우리는 이 순간 깨달아야 한다. 신이 부여한 우리의 본질은 '삿칫아 난다'이며, 우리의 본질은 '무위도인(無爲道人)'이다. 그것을 알아야 한다. 분주할 필요가 없다.

돈은 벌어 뭐하려는가? 그 친구의 경우는 '홍익인간'을 위한 사업을 하려고 했다. 그것을 위해 돈이 필요했던 것이다. 그럼 질문은 이것이다. 왜 지금 바로 홍익인간을 실천하지 않는가? 행복을 위해 사업을 성공시키려 한다. 그러나 왜 지금 바로 행복해 하지 않는가?

미래에 사업을 위해 계획을 세우는 것도 필요하겠으나, 그것이 현재의 삶을 놓치게 해서는 안 된다. 미래의 홍익인간 사업을 준비하면서 현재의 홍익인간을 놓치면 안 된다. 미래의 행복을 위해 오늘을 행복을 놓치면 안 된다. 돈을 벌어 여행을 떠난다고 하는데, 왜 지금 여행하지 않는가? 즐기려고 돈을 버는데, 왜 지금 즐기지 않는가? 미래에 대한 '도모'는 현재의 '즐김'과 조화를 이루어야 한다. 미래를 위해서 현재를 희생시켜서는 안 된다.

사실 우리가 진정 원하는 것을 하는 데는 돈과 시간이 들지 않는다. 본질적 행복을 누리는 데는 돈과 시간이 들지 않는다. 깨달음에는 돈과 시간이 들지 않는다. 진정한 행복은 돈과 상관이 없다. 그러니 헛되이 돈에 정신이 팔려서는 안 된다. 깨달음을 우선시해야 한다. 돈을 벌다가 현재의 행복을 놓치면 안 된다.

사실 우리가 원하는 행복은 '진아에 대한 자각'과 관련되어 있다. '진아', '참된 나'를 인식하는 것이 진정한 행복인데, 그러한 자각과 인식에는 돈과 시간이 들지 않는다. '주이상스', 즉 인간의 참된 행복은 '공짜'이다. 홍익인간을 실천하는 것, 여행하는 것, 즐기는 것, 행복해하는 것은 돈이 없어도 가능하다. 지금 돈을 벌고 나중에 돈으로 이상을 실현하려 한다면, 돈을 어느 정도 벌었지만 이상을 실천할 시간이 남지 않게 되는 상황을 맞이하게 될 것이다. 그러니 '전도'의 오류를 범하지 말아야 한다. 무엇이 더 중한지를 잊지 말라. 규범에 속박된 자신을 돌아보라. 무엇을 위한 의무인가? 무엇을 위한 도덕인가? '주객전도'를 피하라.

우리는 행복의 본질인 '자유'를 찾아야 한다. '사랑'을 누려야 하고 '진리'를 누려야 한다. 삶은 '풀어야 할 문제'가 아니고, '누려야 할 신비'이다. 삶은 수행해야 할 '의무'가 아니고, 즐겨야 할 '축복'이다. 우리의 강렬한 '욕망'을 무시하지 말고, 전생의 '한(恨)'을 풀어나가자. 자유롭고 행복하게 살자. 누리자. 우리가 삶을 누리는 것이 신이 원하는 것이리라.

데이빗 호킨스의 의식지도

데이빗 호킨스(1927~2012) 박사는 미국의 정신과 의사이며 저술가이며 영적 지도자이다. 『의식혁명』, 『나의 눈』, 『놓아버림』 등의 책을 저술했다. 그는 오링(O ring) 테스트와 승모근 테스트를 사용하는 신체 운동학을 이용해서 의식수준을 측정하는 지표를 만들었다. 이 지표에서 로그 값 200 이상은 '파워(power)'이고, 200 이하는 '포스(force)'이다. '파워'는 긍정적인 힘이고, '포스'는 부정적인 힘이다. 우리는 포스에서 파워로 이동해야 한다. 이동하게 하는 관문으로서 우리가 통과해야 하는 것은 '용기'이다. 우리가 진화하기 위해서는 '용기'를 내서 자신을 변화시켜야 한다.

용기 바로 아래는 '자존심'이다. 자존심은 부정적인 것이지만, 용기로 이어지므로 쓸 만하다. 그 밑의 '분노'도 쓸 만하다. 분노할 줄 아는 사람은 변화의 가능성이 있기 때문이다. 가장 낮은 레벨은 '수치심'이고, 그다음이 '죄책감', 그리고 '무력감', '비탄', '공포', '욕망', '분노', '자존심', '용기'로 이어진다. 다음은 '중용', '자발성', '받아들임', '이성', '사랑', '환희', '평화', '깨달음'으로 상승한다.

200 이하는 고통체의 영역이다. 고통체가 모여서 에고를 형성한다. 고통체와 에고의 영역은 부정적이다. 200 이상은 '참나'의 영역이다. 참나의 영역은 긍정적이다. 우리는 200 이하의 동네에서 200 이상의 동네로

신을 보는 관점	삶을 보는 관점	수준	로그	감정	과정
큰 나	존재한다	깨달음	700~1000	형언 못할 강도	순수의식
모든 존재	완벽하다	평화	600	지복	광명 얻기
하나	완전하다	환희	540	평온	변모하기
사랑한다	상냥하다	사랑	500	존경	계시받기
지혜롭다	의미있다	이성	400	이해	추상하기
자비롭다	조화롭다	받아들임	350	용서	초월하기
격려한다	희망적이다	자발성	310	낙관	마음먹기
가능하게 한다	만족스럽다	중용	250	신뢰	풀려나기
허용한다	해낼 수 있다	용기	200	긍정	힘 얻기
무관심하다	부담스럽다	자존심	175	경멸	부풀리기
앙갚음한다	적대적이다	분노	150	증오	공격하기
부인한다	실망스럽다	욕망	125	갈망	사로잡히기
벌주려 든다	공포스럽다	공포	100	불안	물러나기
업신여긴다	비극적이다	비탄	75	후회	낙담하기
심하게 나무란다	절망적이다	무의욕	50	절망	팽개치기
앙심을 품는다	악의적이다	죄책감	30	원망	망가뜨리기
하찮게 여긴다	비참하다	수치심	20	굴욕	없애기

가야 한다. 포스의 동네에서 파워의 동네로 가야 한다.

우리는 다짐하자. 포스의 먹이가 되지 말고, 파워의 주재자가 되도록 하자. 저열한 고통체의 에너지에 놀아나지 말고, *깨달음*으로 나아가자. 함께 가자.

깨달음 위한 수행은 시냅스 길 닦기 작업

조 디스펜자는 뇌 과학적 지식을 통해 우리가 생각하고 상상하고, 이미지화하는 것이 뇌에서 시냅스 회로를 형성한다고 말했다. 우리가 원하는 것을 상상하는 것은 강력하게 작용한다. 하나를 상상하고 거기에 대한 느낌을 가지면, 그것이 작은 실과 같은 연결을 만들어낸다.

예를 들어 '대한민국 통일'을 기도한다고 하면, 조국 통일의 모습을 상상하고 이미지로 그릴 때, 통일의 현실이 뇌에서 시냅스로 연결된다. 기도가 반복되면, 그 시냅스의 실이 점점 굵어진다. 길이 점점 넓어진다. 처음에는 그리기 어려웠던 조국 통일의 이미지가 점점 쉽게 그려지게 된다. 나중에는 생각만 하면 완성된 통일 조국이 떠오른다. 그런 이미지화가 실제로 조국 통일을 가깝게 만든다는 것이다.

영화 〈타이타닉〉으로 오스카 여우주연상을 수상한 케이트 윈슬렛(Kate Winslet)은 자기가 수상하는 장면을 수없이 상상했다고 말한다. "매년 오스카상 수상식을 보면서, 내가 상을 받는다면 무슨 말을 할까를 상상했습니다. 제가 저 자리에 서는 장면을 상상했습니다. 그리고 마침내 그 상상이 현실이 되었네요."

우리의 현실은 과거에 우리가 상상한 것이었다. 지금 우리가 그저 그런 현실 속에 있다면, 우리가 과거에 그저 그런 상상을 하고 살았다는 의미이다. 우리가 지금 희망 없고 칙칙하고 패배감에 빠져 있다면, 희망 없고 칙칙하고 패배주의적인 생각을 하고 살았다는 의미인 것이다. 우리가 지금 긍정적이고 행복하다면, 우리는 과거에 긍정적이고 행복한 상상을 하고 살았다는 의미인 것이다.

상상이 현실이 된다. 이것은 뇌과학으로도 설명이 된다. 조 디스펜자 박사는 우리가 뭔가를 상상하고 그것을 느끼면 그 상황으로 시냅스가 연결된다고 말한다. 그러니 우리가 원하는 방향으로 시냅스를 연결시키고, 원하지 않는 방향의 시냅스는 퇴화시켜 버려야 한다. 우리가 가장 원하는 방향으로 시냅스를 연결시키자.

당신의 가장 원하는 것은 무엇인가?
내가 가장 원하는 것은 무엇인가?

무소유 담론

A: 당신은 '무소유' 얘기를 자주 하더군요.

B: 예.

A: 무소유가 뭐요? 어떻게 인간이 소유를 안 하고 살 수 있단 말이요?

B: 무소유는 '소유의 바탕'입니다. 무소유는 '공(空)'이고 소유는 '색(色)'입니다. '색'은 '공'을 바탕으로 존재합니다. 그러니 무소유를 깨달아야 소유하며 잘 살 수 있습니다. 무소유를 모르면 소유에 대한 집착 때문에 잘 못살게 됩니다.

A: 이상주의적이고, 현실성이 없는 얘기로 들립니다.

B: 이해가 안 되십니까? 예를 들어보죠. 애초에 당신의 소유가 있나요?

A: 있죠.

B: 무엇이 당신 소유입니까?

A: 내 차, 내 돈, 내 땅, 내 가족, 내 몸이 다 내 것이죠.

B: 그것들을 죽을 때 가져갈 수 있나요?

A: 그건 아니죠.

B: 그런데 그것들을 내 것이라고 할 수 있나요?

A: 우리가 살아있는 동안 내 것이죠. 그것들은 중요한 가치가 있지 않겠소이까?

B: 그것들보다 더 중요한 게 있지 않을까요? 그것들이 왜 중요하죠?

A: 그것들은 삶을 단단하게 합니다.

B: 그것들은 삶을 단단하게 하는데, 그렇게 강화된 삶 자체가 목적하는 것은 무엇인가요?

A: ….

B: 삶 자체가 목적하는 것이 뭐겠습니까?

A: 글쎄요. 그게 뭡니까?

B: '잠나'입니다.

A: 그게 뭐요?

B: '영혼'이고 '본질'이죠. 물질적인 것은 '본질'에 봉사해야 합니다. 그런데 인간들이 영혼, 본질을 무시하고 돈, 소유, 재산, 재물에 집중하니 주객이 전도된 상황에 살게 되는 것입니다. 그래서 법정 스님이 '무소유' 얘기를 강조하게 된 겁니다.

A: 음, 일리는 있습니다.

B: 더 나아가 '나', '에고(ego)'라고 하는 것도 가상적인 오온(五蘊)의 집합체일 뿐이지 실재가 아니죠. 나도 없는데 내 것이 있을 수 있겠습니까?

A: 에고가 없다고요?

B: '에고'는 '페이크 아이덴티티(fake identity)', 즉 가공의 캐릭터입니다. 우리의 참된 아이덴티티는 '삿칫아난다(Sat-Chit-Ananda)'입니다. 에고가 아니고요.

A: '삿칫아난다'는 뭐요?

B: '존재, 의식, 행복감' 삼위일체죠. 우리의 본질은 '공', 즉 '비어있음'이고, '존재 자체'입니다. '우주 전체'입니다. 전체성으로서의 우리 본질을 자각해야 합니다. 신으로서의 우리 본질을 우리가 자각해야 합니다.

A: 음, 어렵소.

B: 먼저 우리 에고, 즉 '몸 감각 생각 감정 가치관'의 조합으로서의 우리 '에고'는 '뻥'이라는 것을 인지하십시오. 에고가 '뻥'이라면, 에고의 소유물도 '뻥'이겠죠. 그것을 인지하십시오. 우리는 속고 있는 겁니다, '아(我)', '아소(我所)', 즉 '나', '나의 것'이라는 생각, 관념에 말이죠. 그걸 깨라고 하는 것이 무소유 담론인 겁니다.

A: 조금 알 듯하오. 감사하오.

B: 천만에요.

명상 담론

A: 명상의 방법이 뭐요?

B: 명상의 방법은 '비파사나'입니다. 무슨 생각을 하든 무슨 말을 하든 무슨 행동을 하든 알아차리는 거죠.

A: 그건 압니다.

B: 그것으로 '견성'이 가능합니다. 또 다른 방식은 '초기 선불교' 방식입니다. 자기가 원하는 이상적 상태를 즉각적으로 끌어들이는 방식입니다.

A: 그건 알겠는데, 문제는 깨달음 경험이 잘 안 된다는 것입니다.

B: 그것은 우리에게 작용하는 '마구니' 때문입니다. 우리는 본질이 '참나'인데 '마구니'는 그것을 부정하는 생각을 하게 합니다.

A: 거기까지는 알겠소. 그러나 깨달음이 없습니다.

B: '나에게 아직 깨달음이 없다'라는 그 생각도 '생각'일 뿐입니다. 그런 생각을 하게 하는 것이 '마구니'입니다. 사실 그 생각은 '마구니의 생각'이고 '고통체의 생각'입니다. 그런데 인간은 그것이 '타자'의 생각이며 '참나'의 생각은 아니라는 것을 알아차리지 못하고, 그냥 '자기 생각'이라 여깁니다. 심지어 그 생각을 '사실'로 믿습니다. 거짓을 진실로 착각하는 겁니다. 여기서 '무명'이 발생하고, '고통'이 발생합니다. 명상은 '마귀 생각'을 '마귀 생각'으로 알아차리고, 그것이 '참나의 생각'이 아님을 인식하고, 생각과 거리두기를 하고, 생각을 객관화하는 것입니다. '생각'에 따라 말

하고 행동하는 것을 중지하고, '참나'를 오롯하게 지키는 것입니다. 깨달음은 나의 본질이 '참나'임을 인지하고 인정하는 것입니다.

A: 그런 것들은 알겠는데 경험적으로 못 깨닫는 것은 왜죠?

B: '나는 못 깨닫고 있다'라는 생각, 그 생각을 자각하고 알아차리십시오. 그리고 제가 하나 질문하겠습니다. 애초에 왜 깨달으려고 합니까?

A: 쓰레기 세상에서 자유를 얻으려고요.

B: 깨달음이 무엇이라고 생각하십니까?

A: '자유롭고 걸림 없음'이지요.

B: 왜 '자유롭고 걸림 없음' 상태로 가야 한다고 생각하십니까?

A: 그걸 뭘 질문하시나요? 인간은 당연히 자유를 구해야 하는 거 아닙니까?

B: 제 질문은 왜 '지금 이대로'는 '안 된다'라고 생각하냐는 겁니다.

A: ….

B: 왜 '지금 이대로는 안 되고 변화되어야 한다'라고 '생각'하시는 겁니까?

A: ….

B: 그렇게 '변화되어야 한다'는 생각도 '생각'일 뿐입니다.

A: 그건 그렇죠.

B: '해탈해야 한다'라는 생각을 객관적으로 바라보십시오. 그리고 바라보는 의식 자체에 주목하십시오. 그게 명상입니다. 깨달음은 오늘의 고행을 통해 미래 어느 순간에 얻게 되는 그런 것이 아닙니다. … '지금 이 순간', '이해'하는 것입니다.

A: ….

연출의 최종 목적: 모두를 행복하게 하기

한양대에서 안톤 체홉의 작품 '갈매기'로 첫 번째 연극 워크숍을 할 때 나는 메드베젠코 역할을 맡았다. 당시 연출을 맡았던 김광주 형님과 의상을 맡았던 여학생 사이에 문제가 발생했다. 연출은 의상의 의견을 받아들이지 않고 자기의 의견을 고집했을 것이다. 그 때문에 의상 담당이 울음까지 터뜨리고 그 상황이 당시 우리 연극을 총지휘하시던 최형인 교수님에게까지 전달되어 교수님이 수업 시간에 모두를 모아 놓고 연출에게 가르침을 주었다. 교수님은 말했다. '이봐. 연출이 하는 일이 뭔지 아나?' 광주 형이 뭐냐고 질문하자 교수님은 말했다.

"모든 참가자를 행복하게 하는 거야."

엥? 연출의 임무는 작품을 잘 만드는 거 아닌가? 물론 그것도 있지만, 그보다 선행되어야 하는 것이 참가하는 모든 사람이 행복하게 되는 것을 도모하는 것이라는 말이었다. 그 말이 뇌리에 남아 있다.

무슨 프로젝트가 진행되든, 어떤 사회가 구성되든, '리더'가 필요하다. 국가에서는 대통령, 회사에서는 사장, 오케스트라에서는 지휘자, 축구에서는 감독, 연극 영화에서는 '연출'이 '리더'가 된다. 누군가 지휘봉을 잡는 '지휘자'가 된다. '지휘자'의 임무는 조화를 이루는 것이다.

과거 역사를 보면, 왕이 된다고 해서 마음대로 할 수 있는 것이 아니었다. 신하의 힘과 왕의 힘이 길항 관계에 있어서 왕들은 신하들과의 긴

장관계 속에 있었다. 왕은 신하들의 눈치를 보면서 붕당 간의 대립을 잘 조절해 가면서 국정을 운영해야 했다. 지금도 대통령이 되면 반대세력, 국민, 부하들을 잘 구슬리고 달래야 한다. 예를 들어 남북통일을 하려 한다고 할 때, 국내의 반대세력을 잘 다루면서, 중국 미국 일본 등 강대국들, 북한과 잘 대화하면서, 여러 면에서 추진을 해야 한다.

영화나 연극을 연출하는 것도 여러 측면을 조율해야 하는 어려운 작업이다. 배우들, 스텝들과 잘 소통해야 하고, 투자자, 극장주와도 잘 소통해야 한다. 관객과의 소통에서도 관객의 취향을 생각하면서, 이게 좋을지 저게 좋을지, 이 대사가 좋을지 저 대사가 좋을지 고민해야 한다. 이것들을 다 잘해야 좋은 작품이 나온다.

잘 만들어진 좋은 작품이란 무엇인가? 이 질문은 좋은 인생이란 무엇인가, 라는 질문과 통한다. 붓다는 최선의 길은 극단으로 치우치지 않은 '중도의 길'이라 했다. 자기를 괴롭히는 금욕주의와 쾌락에 매몰되는 쾌락주의 사이의 '중도의 길'을 찾아야 한다. 명리학으로 볼 때도, '오행' 즉 '목화토금수(木火土金水)' 다섯 원소가 잘 조화를 이루어야 좋은 것이다. 한쪽으로 치우친 것은 문제를 일으킨다. 너무 화(火)가 많으면 조갈증에 걸리고 조급해지고 분노에 시달리게 된다. 너무 수(水)가 많으면 우울증에 걸리게 된다. 그러므로 우리는 사주에서 모자란 것을 채워주고, 조화를 맞추기 위해 노력해야 한다. 화(火)가 많아 조급한 사람은 화를 다스리는 노력을 해야 하고, 수(水)가 많아 축축한 사람은 햇빛을 접하는 노력을 해야 한다. 관건은 중용과 균형이다. 밸런스를 잘 맞추는 것이 삶의 핵심인 것이다. 자기의 약점을 파악해서 조심하고 보강하고, 자기의 강점을 파악해서 개발하고 조화롭게 발휘시켜야 하는 것이다.

한 집안의 가장은 가족 구성원들의 욕망과 에너지 관계를 잘 파악해서, 모든 가족 구성원이 잘되게 해야 하고, 한 기업의 사장은 회사와 회사 사람들 각자가 잘되게 해야 하고, 대통령은 국가의 모든 부분에서 국가와 국민들 각자가 잘 되게 해야 한다. 영화와 연극에서는 감독과 작가는 작품과 참가자 모두가 잘 되게 해야 한다. 정점에서 지휘봉을 잡는다는 것은 어려운 것이고, 책임이 큰 것이다.

나도 '개아빠'라는 영화와 '우리 마을'이라는 연극을 연출했다. 마마치 않았다. 법화림이라는 불교 커뮤니티에서도 극작과 연극 연출을 했다. 그 과정에서 연습이 된 것은 사람들과의 커뮤니케이션이다.

커뮤니케이션이 삶의 전부이다. 모든 것이 커뮤니케이션이다. 공연도 커뮤니케이션이다. 어떻게 커뮤니케이션을 잘 하는가가 관건이다. 스탭들과 배우들과 어떻게 커뮤니케이션 하는지가 중요하다. 균형잡힌 커뮤니케이션이 삶의 전부이다.

인생은 '커뮤니케이션'이라는 예술을 터득해 가는 과정이다. 인생은 '연극'이고, 연극은 '커뮤니케이션의 예술'이다. 영화와 연극의 연출자들은 커뮤니케이션의 대가가 되어야 한다. 남이 말하는 것을 잘 듣고, 잘 표현하고, 모두가 다 즐겁게 동참하게 해야 한다. 자기가 즐거워야 하고, 스탭들이 즐거워야 하고, 관중이 즐거워야 한다. 관객들이 뭘 즐거워하고, 뭘 알고 싶어하고, 뭘 보고 싶어하는지를 알아야 한다. 관객의 등을 긁어줄 수 있어야 한다.

작가와 감독은 이 모든 것을 점검하고, 모든 사람의 이익을 위해 노력해야 한다. 어떤 직업을 가지든, 어떤 영역에서든 동일하다. 리더가 추구해야 할 것은 무엇인가?

모든 인간을 행복하게 하기, 자리이타(自利利他), 홍익인간(弘益人間)

그노시즘과 디모놀로지(demonology)

'검은 사제들'이라는 영화를 재미있게 봤다. 엑소시즘을 소재로 한 영화다. 나는 다리오 아르젠토(Dario Argento)의 공포영화도 좋아한다. 그의 영화를 보면 '악'이라는 영역에 대한 철학적 사색을 하게 된다.

또 나는 그노시즘(Gnosticism), 즉 영지주의(靈知主義)에 대해서도 관심을 가지고 공부했다. 나는 전생에 그노시스트 일파인 '카타리 파(Cathari)'였다고 느꼈다. 내가 프랑스 '랑귀독(Langue d'Oc)' 지방 툴루즈(Toulouse)로 유학 간 것도 우연이 아닐 거라 느꼈다. 툴르즈야 말로 카타리 파의 중심지였기 때문이다. 나는 카타리 파의 반골 기질이 마음에 들었다.

카타리 파는 알비(Albi)파라고도 불리는 교파로, 12, 13세기에 알비와 툴루즈를 중심으로 생겼다. 11세기에 랑그독 지역에 전파되었다. 그들은 사랑과 세상 권력이 양립할 수 없다는 '이원론'에 입각하여 '동등한 지위를 가진 둘로 된 하느님'을 믿었다. 그들은 '세상의 왕(Rex Mundi)'인 악마가 물질적 세계를 만들었으며 그가 세상의 권세를 지니고 있지만, 순수한 사랑과 평화와 질서의 하느님이 인간을 구원한다고 믿었다. 삶의 목적은 물질적인 것과의 연결을 끊고 권력을 포기하여 사랑의 법칙에 합하는 것, 혹은 물질적인 것을 영적인 것으로 변화시키는 것이라 보았다. 로마 교회에는 카타리파가 하느님의 전지전능과 선함을 부정하고, 예수의 완전성을 부정하고, 물질세계를 창조한 것은 악마에 의한 것이라고 주장하는 이단이라고 규정하고, 1209년 탄압을 위해 십자군을 일으켰다. 카타리파는 1350년 사라진다.

나는 카타리파가 전멸당한 성에 가 보았다. 거기서 과거의 내가 그곳에 있었을 것이라 생각했다. 희생당한 카타리파 신도였을 수도 있고, 어쩔 수 없이 그들을 죽인 바티칸 쪽의 병사였을 수도 있다고 느꼈다. 그들과의 인연이 느껴졌다. 영혼이 이어져 지금의 나로 태어난 것이라 생각했다.

'악령(demon)'이란 어떤 존재일까? 나는 도서관에서 악령들에 대한 정보를 찾아봤는데 자료가 거의 없었고 다만 그것을 연구하던 자 중에 루돌프 쉬타이너가 있음을 알았다. 유명한 교육가이자 영성가였던 그의 설명에 의하면 악령은 인간 몸속의 탁한 피, 썩은 피, 고름, 침, 가래 등에 깃든다고 한다.

무당(샤먼)들은 귀신들에 대한 지식을 가지고 있다. 그들은 귀신에 의해 야기된 문제들을 해결하는 해결사들이다. 샤먼들은 인간과 신의 커뮤니케이션을 돕는 역할을 한다. 귀신을 몰아내고 병을 고친다. 사실 모든 종교의 창시자들과 신부들과 목사들은 샤먼이다. 그들도 인간과 신을 소통시키고 인간을 돕는 일을 하기 때문이다. 예수와 그의 제자들도 인간과 신을 소통시키고 병 고치는 일과 귀신 몰아내는 일을 했다. 붓다도 인간의 고통 문제를 해결하는 일을 하기 때문이다. 엑카르트 톨레도 귀신들려 편집증에 걸린 자들의 문제를 해결해 주었다. 그는 문제를 일으키는 귀신들을 '고통체(pain body)'라고 불렀다. 인간의 육체적, 정신적, 영적 문제를 해결해 주는 일을 하는 '활인업자'들은 모두 샤먼, 무당이다.

내가 귀신에 대해 인지하게 된 것은 나의 정신적인 문제를 해결하기 위해 장 원장님을 찾아가면서이다. 그분은 사람에게 붙은 귀신을 인지하고, 귀신을 떼어내어 사람들을 도와주는 일을 하는 샤먼이다. 그를 통해 많은 인간의 문제가 귀신이 달라붙어 있기에 생긴다는 것을 알게 되었다. 정신병의 대부분이 귀신이 달라붙어서 생긴다고 한다.

사람들은 귀신 이야기를 하면 이상하게 여기지만, 귀신이란 허무맹랑한 존재가 아니다. 귀신이나 악령은 존재한다. 정신병원의 정신병들은 모두 귀신 때문이다. 정신병이란 나의 정신에 뭔가가 달라붙어 발생하는 빙의 현상으로 봐야 한다. 분노 현상은 그러한 빙의의 계기가 된다. 영화 '파니와 알렉산더'에서 잉그마르 베르히만이 등장인물의 입을 빌어 이렇게 말한다. "세상에는 귀신도 괴물도 도깨비도 다 있다."

우리 몸에는 많은 기생충들이 있다. 어린 시절 나는 기생충 약을 먹고 한참 후, 화장실에서 길고 거대한 것이 나오는 것을 경험한 적이 있다. 편안히 오랫동안 뱃속에 거주하던 놈들이 나오게 된 것이다. 우리 속엔 얼마나 많은 그런 놈들이 존재할까? 바이러스는 또 다른 기생충이다. 생긴 것부터 끔찍하게 생긴 그놈들이 전염을 통해 우리 안에 들어와 면역체계와 전쟁을 벌인다. 그들이 이기면 우리를 지배하고 우리를 질병으로 몰아간다. 우리는 기생충, 바이러스, 세균, 암세포 등의 무시무시한 것들의 노림에 항상 노출되어 있다.

신체에 그러한 것들이 존재하듯, 우리 마음에도 그러한 것들이 존재한다고 추론할 수 있다. 심리 차원의 기생충, 바이러스, 세균, 암세포가 존재한다. 그렇게 나에게 달라붙은 타인들, 초대받지 않은 손님들을 톨레는 고통체(pain body)라 명명한 것이다.

그리스에 가보면 많은 신을 모신 '판테온 신전(pantheon)'이 있다. 우리 몸이 곧 '판테온 신전'이다. 우리 몸이 곧 '만신전'이다. 수많은 신이 우리 몸에 기거한다. 나의 영혼만 사는 게 아니란 말이다.

영화 '프라이멀 피어'에서 에드워드 노튼이 다중 인격자 연기를 한다. '두 얼굴의 사나이'와 '지킬 앤 하이드' 등에서 주인공은 잠재된 내면에 괴물을 지닌다. 그러한 다중 인격자 캐릭터는 특별한 사람의 모습이 아니다. 바로 우리 모두의 모습이다. 우리 내부에는 수많은 다른 성격의 존재들이 살고 있다. 그들은 잠잠히 있다가 어느 순간 튀어나와 우리를 지배한다.

인간에게 고통체가 덕지덕지 붙어있음을 인지한다면 쉽사리 결혼하려는 생각이 들지 않게 될 것이라고 톨레는 암시했다. 그는 결혼을 하려거든 '고통체가 적거나 약한 사람'을 택하라고 충고한다. 속으로는 "인간이 이러한데 결혼이 하고 싶냐?"라고 말하는 듯하다.

불교우화에 또 이런 이야기가 있다. 장자의 집에서 연회를 하는데 여인이 찾아왔다. 아름다운 여인이어서 초청을 받지만, 여인은 말한다. "저를 맞이하려면 제 친구도 맞이해야 합니다. 우리는 항상 같이 다닙니다." 그녀의 옆에는 추하고 더럽고 병에 걸린 여인이 있었다. 배우자에게서 좋은 것만 취할 수 없다는 말이다.

톨레는 이렇게 말했다. "우리가 결혼할 때 우리는 한 사람하고만 결혼하는 것이 아니다. 우리는 그 사람의 '고통체'들 하고도 결혼하는 것이다." 보이지 않는 수많은 고통체 식구들과 관계를 맺게 된다는 말이다.

'고통체'들은 왜 인간에게 달라붙어 있는가? 물질적 차원의 기생충들이 인간의 신체에 달라붙어 있는 이유와 같다. 인간에게 기생하여 양분을 받아먹으며 생존하려는 것이다. 고통체는 인간의 에너지를 얻으려 하는 것이다. 인간의 영혼이 세상에서 경험하며 얻어내는 것들을 얻어내려 하는 것이다.

고통체 중에는 우리의 '조상 영혼', 즉 '조상령'들도 있을 수 있다. 전생의 친구 영혼도, 동물 영혼도, 외계 차원의 영혼도 있을 수 있다. 우리보다 낮은 차원의 영도 있을 수 있고, 높은 차원의 영도 있을 수 있다. 우리와 인연이 있는 어떤 존재도 고통체가 될 수 있다. 보이지 않는 영적 세계의 일들을 자세히 알 수 없다. 그러나 그러한 것들이 인간에게 붙어 작용한다는 것은 추론할 수 있다는 것이다.

고통체는 '사로잡힘(possession)' 현상을 일으킨다. 인간은 고통체에 사로잡혀 분노의 발작적 증상들을 나타내고, 타인의 말을 듣지 않는 아집에 사로잡힌다. 인간이 자유롭게 되기 위해서는 고통체의 지배를 벗어나야 한다. 이방인 고통체가 우리의 안방을 차지하게 해서는 안 된다. 일본제국이 조선을 통치하게 해선 안 된다. 일본 제국주의를 몰아내야 한다. 인간이 제대로 살기 위해선 자기 속의 고통체를 제압하고 주권을 장악해야 한다. 그러기 위해 우리는 먼저 고통체를 고통체로 볼수 있어야 한다. 도둑을 도둑으로 볼 수 있어야 한다.

고통체가 우리의 마음을 장악해서 어떤 생각을 일으킬 때, 그것을 '인지'해야 한다. '이것이 고통체가 일으킨 생각이다'라고 인지해야 한다. '침략적 행위'를 '침략적 행위'로 인지해야 한다. 일어나는 마음 작용이 '귀신이 일으킨 것일 수 있음'을 인지해야 한다.

우리 자신의 마음, 생각과 감정을 믿어선 안 된다. 검토하고 체크해봐야 한다. 그것이 고통체가 일으킨 물결일 수 있음을 인지해야 한다. 그것을 어떻게 인지하는가? '반야의 지혜'로 인지한다. '통찰지'로, '지혜의 빛'

으로 인지한다. 어떻게 지혜의 빛을 작용하게 하는가? 진리에 대한 열망으로 탐구의 노력을 함으로써 그렇게 한다. 정보들을 수집하고, 비교 분석하고, 최선의 판단을 하려는 노력으로, 직관력 개발로 그렇게 한다.

요컨대 자기의 '생각'을, '감정'을, '판단'을 믿지 말라. 90퍼센트가 고통체의 생각이고, 고통체의 감정이고 고통체의 판단이다. 참된 생각, 참된 감정, 참된 판단을 찾으라. 진리를 추구하라. 먼저 '내가 안다'라고 하는 것을 부정하면서 '무지(無知)의 지(知)'에 도달하라. 인간의 머리로 참된 사물을 알 수 없다는 것을 인정하라. 에고의 지배권을 부정하라. 자신의 에고를 내려놓으라. 자기의 고집을 내려놓으라. 모든 것을 내려놓으라. 이현필 성자의 고백처럼, '나는 천하의 죄인'이라는 것을 고백하자. 우리의 잘난 에고를 버리고, 만인의 종이 되자.

소승과 대승이 결합된 세계관-삼사라(Samsara)

티벳 영화로서 호평을 받은 '삼사라(Samsara)'(2004)라는 영화가 있다. 티벳의 승려가 파계하고 여자와 결혼하여 자식도 낳는다. 그러다가 새로운 여자를 만나면서 '바람'을 피운다. 그러던 중에 사건이 복잡하게 되자 세속에 환멸을 느끼게 되고, 다시 승려 생활을 하려고 떠나려 한다. 그때 아내가 나타나 그를 막고 울면서 따진다. "수행을 꼭 세속을 떠나야만 할 수 있는 겁니까? 세속을 떠나서 하는 수행만이 진짜 수행입니까?"

붓다께서 깨달음을 얻고 나서 자기의 집으로 돌아와 아내를 만났을 때, 아내도 같은 말을 했다. '그렇게 떠나야만 수행을 하고 깨달을 수 있는 겁니까? 깨달음은 어디서든 가능한 것 아닙니까?' 그러자 붓다가 말한다. "그렇소. 당신 말대로 깨달음은 어느 곳에서나 가능하오. 그러나 당시 나는 그것을 몰랐소. 그것을 알았더라면 굳이 떠나지 않았을 것이오."

집에 있으면서도 깨달을 수 있다는 것은 이론적으로는 가능하다. 깨달음은 장소와 관계없고, 처한 상황과 관계없다. 누구나 언제 어디서나 어떤 상황에서나 깨달을 수 있다.

그러나 소승적으로 볼 때, 실제적으로 깨달음을 얻기 위해서는 성지로 사원으로 수도처로 떠나는 노력이 필요하다. 과정상 실제적인 출가의 노력이 필요하다.

그러나 다시 대승적으로 볼 때, 깨달음은 있는 그 자리에서 얻는 것이다. 혹은 깨달음은 누구나 내재적으로 지니고 있는 것이다. 따로 얻을 것이 없다. 속세에 환멸을 느끼는 그 순간, 그 순간에 자각해 버리면 견성인 것이니, 따로 재출가를 할 필요가 없다.

그러나 다시 소승적으로 볼 때, 환멸의 느낌으로 여자를 떠나 재출가를 해서 다시 수행에 박차를 가하는 것은 여전히 의미있는 일이다.

그러나 다시 대승적으로 볼 때, 그 수행자는 다시 모든 세속을 껴안을 것이다. 세속과 승려의 삶이 다르지 않음을 다시 깨닫게 될 것이다. 그때 그는 다시 여인에게 미안하다고 사과할 것이다.

나의 집에 '파랑새'가 있음을 나가서 찾기 전에는 발견하지 못한다. 파울로 코엘료의 『연금술사』의 주인공 순례자도 보물을 찾기 위해 멀리 가지 않았다면 자기 집에 있는 보물을 알 수 없었다. 한국이 좋다는 것을 해외여행을 떠났을 때 비로소 알게 된다. 내면의 '참 보물'을 알아차리기 위해서는 밖으로 돌아치는 '보물찾기' 과정이 필요한 것이다. 대승의 깨달음을 위해 소승의 노력이 필요한 것이다. 모든 순례를 마치고 집으로 돌아왔을 때, 비로소 집안의 보석이 빛을 발한다. 내면의 '보물'을 깨달을 때, 성속은 하나임을 인지하게 될 것이다.

영화제 천국, 대한민국

우리나라만큼 영화가 대접받는 나라가 또 있을까? 할리우드를 가진 영화 대국 미국, 발리우드을 가진 인도, 영화의 발상지 프랑스 등이 영화 강국이라지만, 영화제가 우리나라만큼 많을까? 부산국제영화제(BiFF), 전주국제영화제(JiFF), 제천국제음악영화제, 부천판타스틱영화제, DMZ 다큐멘터리영화제, 환경영화제, 청소년영화제, 인권영화제, 이탈리아영화제, 배리어프리영화제, 실험영화제, 들꽃영화제 등, 수많은 영화제가 여기저기서 열린다. 영화의 잔치가 시시때때로 열린다.

나는 영화제 마니아다. 영화제가 열리면 달려가 영화들의 폭포수 밑에 들어간다. 내가 처음 영화제 마니아가 된 것은 '환경영화제'를 보면서다. 우연히 들러서 영화를 보았는데, 영화들이 장난이 아니었다. 나는 매일 출근하면서 영화제가 끝날 때까지 열심히 보았다. 영화가 이렇게 많은 정보를 주는구나 하고 느끼면서, 누가 시킨 것도 아닌데 전투적으로 영화를 보았다. 영화를 통해 엄청난 교육을 받았다.

프랑스 몽펠리에 유학시절에는 '지중해영화제(Mediterranean film festival)'가 열렸는데, 그때도 시작부터 끝까지 열심히 봤다. 사람 많고 답답한 극장에 너무 오래 있다 보니, 공황증까지 일어나서 극장 밖으로 나와 심호흡을 했던 기억도 있다. 클레르몽페랑 단편영화제가 열리는 기간에는 그곳으로 이동해서 영화제 전체를 섭렵했다.

한국에서는 부산영화제, 전주영화제, 부천영화제를 다녔다. '약탈자들'이란 영화에 출연해서 초대되어 부산에 갔었고, 전규환 감독님의 '불륜의 시대(From Seoul To Varanasi)'로는 부산영화제와 베를린영화제와 후쿠오카영화제와 블라디보스톡영화제까지 다녀왔다. 베를린영화제에서 본 최고의 영화는 이탈리아 타비아니 형제의 '시저는 죽어야 한다'였다. 영화와 연극이 세상에서 어떻게 작용할 수 있는지, 어떻게 작용해야 하는지에 대한 생각을 하게 하는 영화였다. 이후에는 전규환 감독님의 '무게(the Weight)'로 세상을 떠난 김성민 배우와 함께 부산영화제에 갔었고, 남기웅 감독님의 '미조(Mizo)'로 전주영화제에 갔다. 이후 태국을 다녀와서 부산영화제에 다시 들렀을 때는 정란기 선생님의 배려로 이탈치네마 소속 출입증을 받아 편하게 다녔다. 이때, 외국 생활을 하느라 못 봤던 한국 영화들을 몰아 보았다. '공작', '신과 함께 2', '변산', '인랑', '마돈나' 등이었는데, '놀랄 노'자였다. 한국 감독들, 왜 이렇게 잘 만드는 거야?

코로나 이후 2021년 부산영화제는 순수 관객 입장으로 갔다. 그때 최고의 영화는 인도 감독 미라 네어의 '살람 봄베이(Salam Bombay)'였다. 오래된 영화로 당시 칸느 그랑프리 작품이었는데, 최고 중의 최고였다. 그런 영화를 가슴에 간직하는 것은 큰 재산을 간직하는 것과 같다.

재미와 학습을 제공하는 영화제는 최고의 선물세트이다. 나는 우리나라에서 영화를 전공하려는 학생들이 굳이 영화학교에 갈 필요가 없다고 생각한다. 영화제는 진정한 영화학교이다. 여기저기서 열리는 영화제에 가서 영화를 보고 GV 등에 참석하는 것만한 영화 공부가 있을까 싶다. 세계 최고의 영화들이 우리에게 온다. 수많은 영화작가가 와서 자기들의 노하우를 들려준다. 그런 기회를 놓친다는 것은 '손흥민을 수비수로 쓰는 것'과 같은 '신성모독(blasphemy)'이다.

영화는 매력적인 커뮤니케이션 수단이다. 짧은 시간 동안에 감각의 즐거움을 누리면서 정보를 받을 수 있다. 책을 보는 데는 오랜 시간과 노력이 필요하지만, 영화는 편하게 두 시간 정도 편히 앉아 볼 수 있는 것이다. 영화는 세상을 보는 창이다. 그리고 영화제에서 보는 영화는 일반 영화관 영화와 차원이 다르다. 영화제를 많이 여는 우리나라는 대단한 나라이다. 한국인으로서 그런 기득권을 선용하지 않는다면 애석한 일이다.

과거 한 부산 시민 여성분이 부산영화제를 매년 즐기는 자기의 행복을 이야기한 적이 있다. 자기 사는 지역에서 이런 호사를 누리는 것이 정말 좋다는 것이다. 지혜롭고 지성적인 말씀이다. 코로나가 사라지고 이제 다시 영화제들이 열린다. 한국인으로 태어난 어드벤티지를 같이 누리자.

존엄사에 대한 생각

프랑스에서 캐나다 퀘벡 감독인 드니 아르캉의 '야만적 침략(Les Inva-
sions Barbares)'(2003)이라는 영화가 있다. 대학교수인 주인공 레미는 병
에 걸려 죽게 된다. 멀리 떠나있던 아들 세바스티앙이 아버지를 만나러
온다. 그들은 사이가 좋지 않았지만, 이제 시너지를 일으킨다. 아들은
아버지에게 사회에서 금지된 마약을 제공하면서 안락한 존엄사를 맞
이하게 만들어 준다. 아버지는 사랑하는 모든 친척을 불러 모아 하나
하나와 작별하고, 아들이 제공한 마약을 몸에 주입하여 스스로 하늘로
간다.

'야만적 침략'이란 제목은 과거 로마를 망하게 한 게르만 민족 등의
침략에서 가져온 것으로서, 기존 질서에 도전하는 하위문화에 대한 비
유인 듯하다. 혹은 견고한 체제에 존재하는 구멍들에 대해 도전하는 편
법적 사상에 대한 비유일 수도 있다.

영화 속의 아버지는 명리학의 '정관(正官)'적 사고방식으로 살았던 것
이고, 아들은 관성이 없는 '무관(無官)'적 사고방식으로 살았다. 물과 기
름 같은 아버지와 아들이 마지막 순간에 화해한다. 하늘이 맺어준 인연
이니, 원수로 생을 마감할 순 없다. 아버지는 아들이 제공하는 편법적
방편으로 현대의학이 허락하지 않는 '안락사'를 선택한다. 이렇게 원칙
과 편법이 상생하여 조화를 이룬다. 상극의 원리가 만난다.

가까운 친지들이 식물인간 상태에서 연명하고 있는 모습을 본다. 애초에 회복 불가능한 사람의 목에 구멍을 뚫어 영양공급을 한다는 것은 발상 자체가 끔찍하다. 연명하는 것이 무슨 의미인가? 인간이 제 발로 화장실을 못 가는 상태가 되면, 그냥 사망하는 것이 나은 것 아닌가? 말도 다리가 부러져 달릴 수 없는 상태가 되면, 안락사시킨다. 개도 병이 심해져 회복 불가능하게 되면 안락사시킨다. 인간이 개, 돼지보다 못한 취급을 받는 것은 아닌가? 힘들게 오래 살게 하는 것보다 존엄하게 가시게 하는 것이 더 나은 선택이 아닐까 한다.

같은 주제로 나온 영화가 스페인에서 보았던 알레한드로 아메나바르 감독의 '씨 인사이드(Mar Adentro)'(2004)였는데, 실제 인물이었던 라몬 삼페드로의 존엄사 투쟁을 다룬 영화이다. 어린 시절 바다에서 다이빙을 하다가 척추를 손상당해 평생 휠체어를 타게 된 주인공은 존엄사를 택하고자 하지만, 스페인 가톨릭 전통은 신이 부여한 인간의 목숨을 인간 스스로 멈추게 하는 것을 허용하지 않는다. 주인공은 죽고 싶어도 죽지 못하고 구차한 목숨을 연명하게 된다. 라몬이 안락사를 스스로 선택할 수 있느냐의 문제는 사회적 이슈가 된다. 그 주제와 관련된 텔레비전 토론까지 벌어진다. 결국 라몬은 비디오 녹화를 하면서 스스로 빨대로 죽음에 이르게 하는 약을 탄 음료를 마시면서 자기의 생을 마감한다. 누군가 자기의 죽음을 도우면 도와준 자가 법에 걸려 처벌받게 되므로, 스스로 죽음을 선택했다는 것을 비디오로 남긴 것이다.

나도 단편 영화로 안락사 문제를 다룬 적이 있다. 영화 제목은 '로드 투 홀란드(Road to Holland)'(2008). '휴스턴 국제 영화제'에서 사회적 이슈 부문의 작품으로 상영되었다.

내가 볼 때 존엄성을 가지고 인생을 하직하는 것은 인간의 기본권이 되어야 한다. 사람들이 병원에서 식물인간으로 살다가 생을 마감하는 작금의 현상들이 극복되어야 한다. 인생을 하직하는 장소는 병원이 아니라 '자연인'들이 사는 산속, 자연의 품이 되어야 한다. 말년이 된 인간은 산 속에서 쑥 캐면서 햇빛 쪼이고 흙 만지며 살다가 죽는 것이 최선이다. 그것이 나의 친지들의 고통을 보면서 드는 생각이다.

인생의 목적

둑카(dhukka), 즉 고통은 나쁜 것이 아니고 나를 성장시키는 것이다. 소승적 관념에서 둑카는 벗어나야 하는 나쁜 것이지만, 대승적 관점에서 둑카는 나를 성장시키는 좋은 것이다.

명리학에서 '좋은 것'은 육친적으로는 나를 도와주는 '정인(正印)', 번듯한 명예직 '정관(正官)', 나에게 돈이 되는 '정재(正財)', '편재(偏財)', 나의 식복이면서 나의 일과 자식에 해당되는 '식신(食神)' 같은 것들이고, 관계상으로는 서로 합하는 '합(合)'이다. '나쁜 것'은 육친적으로는 나를 괴롭히는 '편관(偏官)', 번듯한 직장을 훼손하는 '상관(傷官)', 계모 같은 '편인(偏印)', 재물을 빼앗는 '겁재(劫財)' 등이고 관계상으로는 '형충파해(刑沖破害)', '원진(怨嗔)' 등이다.

'나쁜 것'을 사라지게 하고, '좋은 것'이 다가오기를 바라는 마음에서 우리는 사주를 보고 점을 친다. '복을 바라고 화를 피하는 것'은 인지상정이니 잘못된 것은 아니다. 그러나 인생의 길흉화복을 다룸에 있어서 소승의 방법과 대승의 방법이 있음을 알아야 한다. 소승의 방법은 나쁜 것을 피해 좋은 것을 취하는 것이고, 대승의 방법은 나쁜 것과 좋은 것을 동시에 포섭하는 것이다. 대승적인 입장에서 본다면, 좋은 것도 없고, 나쁜 것도 없다. 혹은 다 좋다. 형충파해(刑沖破害)와 원진(怨嗔)도, 나에게 주어지는 고통도 나쁜 것이 아니다. 왜인가? 그것은 나를 성장시키기 때문이다. 그리고 인생의 목적은 성장이기 때문이다.

지두 크리쉬나무르티는 '인생의 목적은 자기중심적 사고방식에서 벗어나는 것'이라고 했다. '에고 중심적 삶의 패턴에서 벗어나는 것'이 인생의 목적이란 말이다. 우리 대부분의 인간은 '자기중심적'으로 산다. 거의 예외가 없다. 오직 성인들만이 예외이다. 그리고 우리의 인생의 목적은 성인이 되는 것이다. 에고를 벗어나 우주적인 입장에서 사는 것이다. '나'라는 것이 사라진 경지에서 사는 것, 우주 전체의 경지에서 사는 것이다.

그렇게 볼 때, 인생에는 좋은 것도 나쁜 것도 없다. 모든 것이 좋은 것이다. 고통도 '에고'를 사라지게 도와준다. 좋은 것은 좋으니까 좋고, 나쁜 것은 '에고'를 인식하게 해 주니 좋다. 우리를 화나게 하는 것들은 나쁜 것이 아니라 좋은 것이다. 우리의 '분노하는 에고'를 드러나게 해 주기 때문이다.

우리를 분노하게 하는 인간들을 만난다면, 미워하지 말라. 오히려 좋아하라. "아, 나의 내면의 '분노 고통체'가 작동하는 것을 다시금 느끼게 해 주는구나. 좋다. 잘 관찰하고 다시 한 번 극복하자"라고 생각하면 된다. 삶은 우리에게 필요한 것들을 준다. 신은 우리에게 필요한 것들을 제시한다. 삶의 모든 것을 긍정적으로 수용하고, 파이팅하고 나아가자.

어머니를 회상하며

어머니는 어느 가족 모임에서 내가 무대에 나가는 것을 싫어하자 미간을 찡그리며 이렇게 말했다. "쟤는 숫기가 없어."

그 한 장면이 나에게 상처가 되었다. '그래. 나는 숫기가 없다. 그런데 그렇게 말을 해야 할 일인가? 당신이 내가 숫기 없는 것을 해결하기 위해 도움을 주었는가? 왜 나에게 비판질인가? 그게 필요한 말인가? 그렇게 아들을 키운 건 당신 아닌가? 당신 자신을 비판해야 하는 거 아닌가?' 그 한 장면은 내가 어머니를 싫어하게 된 많은 계기 중의 하나였다. 나에게는 격려가 필요했다. "너도 할 수 있어. 나가 봐. 너를 믿어" 등의 말을 해줄 수는 없는가? 아, 나에게 그런 서포터가 있었다면!

그렇게 나는 어머니를 미워했다. 나를 '서포트'하지만 '서포트'하지 못하는 어머니! 당신은 왜 그래야만 했는가? '우리들의 블루스'의 동석과 어머니 옥동의 관계와 비슷하게 사랑하지만 미워하는 애증의 관계였다. 나를 믿지 않으시고, 신뢰하지 않으시고, 의심하시고, 이상하게 보시고, 모자란 놈이라고 보신 어머니. 다 큰 자식인데도, 자기의 도움이 필요할 것이라고 믿으면서 불필요한 도움을 주려 하셨다. 내가 원하는 것을 주려고 하지 않으시고, 나에게 필요한 것을 자기가 알아서 줄 테니 그것을 내가 받아야 한다고 생각하셨다. 내가 뭘 원하는지 묻지 않고, 자기 판단으로 나를 대하셨다. 어머니! 왜 그러셨던 겁니까?

미치고 팔짝 뛸 노릇이다. 이것을 어찌해야 하는가? 어린 시절부터 그리 살다 보니 힘들었다. 나이 들어도 괴로움이 이어졌다. 그 어머니가 7년간 병상에 계시다가 2022년 10월 14일에 돌아가셨다. 덕이 되는 말씀을 별로 하신 적이 없었던 어머니, 자기를 돌봐줄 사람들이 떨어져 나갈까 봐 끝까지 돈을 움켜쥐셨던 어머니, 흉한 모습이 되어버린 어머니, 자기의 존엄스러운 종말을 선택할 수 없으셨던 어머니. 20년 동안 병환으로 고생하셨던 어머니.

아, 어머니는 내 말을 안 들으셨다. 이렇게 말년을 맞이하지 않을 수 있다는 말을 안 믿으셨다. 대체적 방식을 취하자는 내 말을 안 들으셨다. 자연친화적이며 인간적인 질병 대응 방법이 있으며, 내가 도울 수도 있다는 나의 말을 안 들으시고, 고집스럽게 고통의 길을 가셨다. 그것이 최선의 길이 아닐 수 있음을 모르신 채.

어머니. 어머니는 어머니의 운명대로 사신 것이다. 그의 운명에 내가 개입할 수 없다. 그리고 어머니로 인해 내가 느낀 괴로움은 나의 몫이다. 과거의 인연이 그러해서 그분을 만난 것이다. 이유가 있었다. 그리고 나의 고통은 전생의 업의 해소 과정이었다. 업이 그러해서 그렇게 나타났던 것이다. 어머니를 미워할 수 없다. 어머니는 나의 일부분이기 때문이다. '여자'를 미워할 수 없다. 여자는 나의 일부분이기 때문이다. '어머니'는 '여자'의 대표인 것이다. 전생에 내가 여자를 대한 방식에 문제가 있었기에 여자로 인해 고통을 경험하는 것이다. 그러니 감수해야 한다. 그것은 나의 행동의 결과인 것이다. 그리고 나의 '고통'은 곧 '업장의 해소'이니, 고통을 싫어하지 말아야 한다. 업장이 해소되는 것을 싫어할 이유가 없다.

모든 것이 그리되어야 하니 그리된 것이다. 삶은 스크린 위에 영화가 상영되는 것과 같다. 내가 상황을 선택할 수 없다. 모든 것이 필름에 기록된 대로 진행될 뿐이다.

나를 잉태하고 나를 젖 먹이고 나를 키우신 어머니가 죽음을 맞이하였다. 그녀는 모든 여성의 대표이시고 모든 죽음을 맞이하는 인간들의 모델이시다. 그녀의 죽음은 나의 미래의 죽음의 모습이다. 우리 모두가 죽는다. 앞서 가시는 분들은 우리에게 교훈을 준다. 우리 모두가 곧 죽을 거라는 것을 상기시켜 준다. '너는 남는 생을 어찌 살 거냐?'라고 질문한다. '나처럼 힘들게 살다 죽을래? 아니면 너는 어찌 살려 하니?'라고 질문한다.

돈을 추구하며 살 것인가? 탐욕으로 살 것인가? 사회적 의무감으로 살 것인가? 에고 중심적으로 살 것인가? 자기 고집을 '신줏단지' 모시듯 지키며 살 것인가? 어찌 살 것인가?

어머니, 사랑합니다. 미워하기도 했지만, 사랑합니다. 당신도 나를 사랑했습니다. 고통이 있었지만 그것은 본질이 아닙니다. 당신 영혼의 진화를 기원합니다. 당신도 당신이 내게 잘못한 것이 뭔지를 아시게 될 겁니다. 이번 생의 드라마는 당신 성장의 발판이고, 저의 성장의 발판입니다. 고생 많으셨습니다. 저도 고집이 만만치 않지만, 당신은 대단한 고집의 소유자였습니다. 당신의 고집이 점점 누그러지기를 바랍니다. 당신이 성장하시기를 바랍니다. 당신은 나에게 큰 문제였고, 힘든 존재였습니다. 고통을 많이 주셨습니다. 당신의 역할을 해 주신 것에 감사합니다. 큰 고통이었지만, 나는 성장했습니다. 당신도 저 때문에 고생 많으셨습니다. 이제 한 단계가 마무리되었습니다. 당신은 그리할 수밖에 없었습니다. 당신이 달리 어찌할 수 있었겠습니까. 압니다. 우리 인간은 자기 수준에서 사는 거죠. 그것이 인간의 굴레입니다. 다만 우리는 수행할 수 있습니다. 진화할 수 있습니다. 저는 진화를 위해 노력합니다. 당신도 진화하실 수 있습니다. 더 나아갈 수 있습니다. 이생에서 많이 도와드리지 못했지만, 다른 생에서 다시 만나면 많이 도와드리겠습니다. 보다 상생적으로 만납시다. 계속 도를 닦으십시오. 이번 생에 많이 고생하셨습니다. 계속 노력하십시오. 당신을 위해 기도합니다.

우리들의 블루스

바다만 보지 말고 반대로 돌아봐

신은 우리에게 적절한 상대를 만나게 한다. 우리는 그 사람과의 경험을 통해 '그 사람'이 '나'라는 것을 알게 된다. 그리고 세상은 '삿칫아난다'임을 알게 된다. 집착으로 인해 자아 개념이 생기고 그로 인해 결핍, 투쟁, 트라우마, 상처가 생겼지만 모든 어긋남은 화해로 간다.

노희경 작가는 이렇게 말한다. '바다만 보지 말고 반대로 돌아봐.' '우울증이 시작되면 이것은 가짜이고 환영이라 생각해.' 우울증에 걸린 우리 인간들을 향한 프랙티컬한 조언이다.

드라마에 나타나는 인물들은 우리의 모습이다. 우울증 걸린 신민아의 모습은 우리의 모습이다. 아픔을 지닌 모든 캐릭터가 우리의 모습이다. 우리 모두 모여서 비비고 살면서 상처주고 상처받고 화해하고 치유받는다. 남자는 자기보다 더 상처받은 여자를 보고 위로받는다. 여자는 자기만큼 상처받은 남자를 보고 위로받는다. 여자는 남자가 보지 못하는 것을 보고 충고를 한다. '어머니가 너에게 왜 그랬는지 어머니에게 직접 물어봐.'

그리고 우리가 알게 되는 것은 상대의 말은 내가 생각한 그런 의도가 아니었다는 것이다. 누군가 '똘(딸) 앵벌이 시키니 좋냐?'라고 한 말은 나를 바로잡게 하려는 의도였다. 아들이 '나 이제 당신 아들 안 해!'라고 말한 것은 어쩌다 그리 말한 것이다. 그저 실수로 도와달라고 말하기 어려워 짜증 석인 말을 내뱉은 것이고, 무언가에 떠밀려서 헛소리가 튀어나온 것이다. 우리의 '어린아이'와 상대의 '어린아이'는 사랑을 하려 했고 사랑을 구한 것뿐이다. 세상을 움직이는 '사랑'의 명령에 따르다가 조금 실수한 것뿐이다.

모든 탐진치의 신구의 업장은 '열락(jouissance)'을 누리려는 인간 노력이 실패한 결과일 뿐이다. 어긋난 모자 관계, 어긋난 부녀 관계, 어긋난 부자 관계, 어긋난 남녀 관계, 이 모든 것이 노력의 실패일 뿐이다. 그러나 주인공들은 문제 상황을 통과하며 자신들을 진화시킨다. 부분적 자아를 초극하고 전체가 된다. 우리를 괴롭히는 모든 것은 전체를 파악하기 위한 과정상의 장치였다. 과정을 통과하면서 인간은 서로 돕게 된다. 도움을 청하기 어려워하는 자는 도움을 청하는 연습을 한다. 두려움에 시달리는 자는 두려움을 이기는 연습을 한다. 중독에 빠진 자는 기어 나오는 연습을 한다. 의심에 빠진 자는 의심을 이기는 연습을 한다.

'무명'이 밝아지고 '무상과 무아'가 '상락아정'으로 변한다. 삶은 경험을 통해 깨달음을 익히는 깨달음의 장이다.

'우리들의 블루스'로 '화광반조'

문제가 '말'로 일어난다. 순간적으로 뱉은 '말'이 상대에게 상처가 된다. A의 말이 B에게 상처가 되는 것은 A의 생각과 B의 생각이 다르기 때문이다. A는 방을 어지럽혀서는 안 되고, 항상 정리를 해야 한다고 생각하지만, B는 그렇게 생각하지 않는다. 그래서 B가 방을 어질러 놓으면 A가 잔소리한다. 그런데 B는 '자기에게 잔소리를 해서는 안 된다'고 생각한다. 이렇게 생각이 다른 두 사람은 서로 싸우게 된다.

'우리들의 블루스'에서 옥동은 왜 동석에게 사과 안 한 건가?

동석: 왜 사과 안 했어? 나한테 미안한 감정 없었어?
옥동: 내가 바보 천치여서 그래.

옥동은 동석을 안고 사과하고 싶다. 그러나 옥동은 자연스럽게 사과할 줄 모르는 사람이었다. 나의 부모들은 나에게 왜 그랬을까. 그들은 그럴 수밖에 없는 사람들이었기 때문에 그렇게 한 것이다. 나도 지금 이런 사람일 수밖에 없듯이 말이다. 그러니 그들을 용서해야 한다. 내려놓고 수용하고 풀고 이해하는 것이 답이다.

문제를 만들지 않으려면 말을 '절제'해야 한다. 나의 생각과 감정은 나의 것일 뿐 보편적인 진리가 아니다. 그러니 튀어나오는 생각을 질러 버리지 말아야 한다. 상대가 뭐라고 하든 그것을 나의 판단으로 재단하지 말아야 한다. 상대의 말과 행동으로 촉발된 나의 감정을 지켜보라. 상대의 자극과 나의 리액션이 홀로그램 속의 물결임을 보라. 이미 상처 받은 것에 대해서도 그것에 관련된 나의 판단이 진리가 아님을 보고 자각하라.

동석은 어머니를 미워하고 저주하고 싶었던 것이 아니라 화해하고 싶었다. 인간이 인간을 미워하고자 할 리가 없다. 공격적으로 대하는 것은 자기방어 기제이다. 본심은 사랑하고 소통하고 싶은 것이다.

미움은 왜 생기나. 이건 안 된다, 라는 생각 때문에 미움이 생긴다. 'should, shouldn't, must, mustn't' 때문에 미움이 생긴다. 그런 생각이 사라지면 문제가 사라진다. '슈드 슈든트'가 감옥이다. 우리 모두 자기의 '슈슈 감옥' 속에 살고 있다. '슈슈 감옥'을 제거하라.

인간은 안 듣는다

인간은 안 듣는다. 그것이 인간의 문제이다.

'자기 자신 안에 스승이 있다' 해도 안 듣는다.

'대체 의학'을 이야기해 줘도 안 듣는다.

'자기 자신 안에 의사가 있다' 해도 안 듣는다.

'병원에 의지하지 말라' 해도 안 듣는다.

'스스로 고칠 수 있다' 해도 안 듣는다.

'너는 안 듣고 있다'라고 이야기해 줘도 안 듣는다.

A: 야, 너는 네가 남의 말을 안 듣는다는 것을 알고 있나?

B: 뭔 소리야? 그리 말하는 너는? 너는 나의 말을 듣니?

A: 먼저 내 질문에 대답해 봐. 너는 자기가 듣지 않는다는 것을 자각하냐고?

B: 나만 너의 말을 들어야 하고, 너는 내 말 안 들어도 된다고 생각하는가?

A: 이보게, 일단 네가 남의 말을 듣지 않는다는 것을 자각하는지 어떤지를 말해 봐.

B: 아, 너는 계속 자기 이야기만 하고 있잖아!

(관람자들: 으아아악)

우리가 싸우는 패턴이다.

A의 상황을 보자. A는 상대가 듣지 않는다는 것을 굳이 자각시키려 든다. A는 B에게 뭔가를 가르쳐 주려는 좋은 의도를 가졌다. 그러나 상대가 배우지 않겠다는데, 가르치려 든다는 것은 어리석은 일이다. B에게 뭔가가 씌여있음을 스스로 알고 그것을 벗어버리기를 바라면서 노력하고 있지만, 상대방이 듣지 않으려 한다면 A는 재빨리 대화을 접어야 할 것이다.

B의 문제를 보자. B여, B 당신의 눈귀가 막힌 것을 모르겠는가? B는 자기의 막혀 있음을 A에게 투사하고 있다. B가 A에게서 보는 부정적인 것들은 B 자신에게 있는 것들이다. B는 눈과 귀가 막혀 자기 자신의 문제를 보지 못하고 있는 것이다.

문제의 핵심은 고통체의 방해로 우리의 눈과 귀가 막히게 된다는 것이다. 무엇이 우리의 눈, 귀를 막는가? 고정관념이 막고, 고통체가 막는다. 고정관념과 고통체에 사로잡혀 우리는 새로운 것을 거부한다. 우리는 죽을 때까지 우리 머리의 생각으로 세상을 산다. 생각의 수인(囚人)이되어 세상을 산다. 그것을 불쌍히 여겨 성자들이 조언을 하지만 그것을 들을 필요가 있는 자들이 그것을 무시한다. 환자가 자기를 도와줄 의원을 무시하고 욕하고 나온다. 치유가 필요한 자가 치유를 거부하고, 물에 빠진 자가 구원을 거부한다. 자기에게 뭐가 필요한지 모른다.

당신은 남의 말을 잘 듣는가? 당신은 고정관념에서 벗어나 있는가?
남의 비난을 들으면서 자기를 돌아볼 수 있는 자는 행복에 이른다.

분노 고찰하기

버스를 타려 하는데, 버스 운전사가 나를 향해 화를 냈다. 표를 잘 못 샀으니 내리라는 것이다. 표를 바꾸고 올 것이니 조금 기다리라고 했는데, 와 보니 버스는 떠나버렸다. 내면의 분노 고통체가 움직인다. 속에서 소리가 울린다. '이런 미친놈. 표를 잘못 산 것이 그렇게 잘못한 일인가? 이게 소리 지르고 화낼 일인가?' 고통체가 소리를 지른다. 움직거리는 분노를 관찰한다. 내 안에서 스스로 열 받아 내뱉어지는 말들을 주시한다.

이때 주목할 만한 생각이 떠오른다.

저놈이 잘못한 것이다. 근데 그렇다고 나도 화를 내야 하나?

저 인간이 화를 낸다고 나도 화를 내야 하나?

저 인간이 나쁜 소리 한다고, 나도 나쁜 소리를 해야 하나?

저 인간이 기분 안 좋다고, 나도 기분 안 좋아져야 하나?

저 인간이 쓰레기 에너지 뿜어낸다고, 나도 쓰레기 에너지를 뿜어야 하나?

아니다. 이번 일은 단지 어떤 성숙하지 못한 인간이 고통체를 분사한 사건일 뿐이다. 누군가가 나의 내부의 분노 문제를 다시 돌아보게 만든 사건일 뿐이다. 그렇다면 회광반조해서 나의 내면을 관조하면 된다. 5분 정도 부글거림이 있었고 1시간 정도 괘씸함의 느낌이 있었다. 생각이 달라진다. 저잣거리에서 인성 부족한 사람을 보면 내 부족함을 돌아보게 되니 그건 나쁜 것이 아니다.

회두를 든다. '이게 뭐지?' 이 분노는 뭐였지? 저 인간이 그리 행동하고 말했다고, 부글거리는 이 분노와 자존심이라는 이 감정은 뭐지? 그것이 '고통체'라면 그것의 모양은 어찌 생겼는가? 그것의 색깔은 어떠한가? 그것은 왜 나에게 붙어있는가? 그것은 분명 나의 본질이 아니고 그것은 잡귀이다. 내 안에 둥지를 틀고 기생하는 조상의 영혼이거나, 어디선가 들어온 동물의 영혼일 것이다. 욱하기도 하고 으르렁거리기도 한다. 태어날 때부터 있었나? 어린 시절에 달라붙었나? 왜 내게 붙었나? 나와 있는 목적이 뭔가?

많은 고통체가 결합되어 만들어지는 '펑키 아이덴티티'가 존재한다. 그것은 '사카야 디티'라고 불리운다. 그것은 조상의 영혼들, 떠돌이 귀신, 여우, 짐승들로 구성된다. 그리고 수호천사님들도 있다. 진짜 나는 누구인가? 고통체도 '나'인가? 수호천사가 '나'인가? '나는 누구인가?' 심리학자들이 말하는 '내면아이(inner child)'가 나일까? 아니면 내면아이 이전의 공, 비어있음, 그것이 참된 '나'인가?

우리 인간 속에는 야수성이 존재한다. 킬레사가 존재한다. 그것을 통제하는 것. 그것이 수도의 길이다.

60종의 인간이 있다

60종의 인간이 있다. 인간이 서로 다르건만, 자기 관점으로 판단하니 문제다. 음악가는 음악 중심으로 판단하고, 화가는 그림 중심으로 판단한다. 음악가는 화가가 못마땅하고 화가는 음악가가 못마땅하다. 자기 평가는 자기 평가일 뿐, 그것으로 진리 판단은 할 수 없는 것인데, 우리 인간은 그걸 모른다. 자기 경험에 집착하여, 과거에 그러했으니 그렇다고 판단한다.

그러니 '자기 판단'을 메타적으로 '판단'하는 '회광반조'가 필요하다. '자기의 바라봄'을 메타적으로 '바라봄'이 필요하다. 사람이 일생에 단한번 '회광반조'를 한다 해도 다행스러운 일이다. 평생 한번도 자기를 돌아보지 못하는 사람도 많을 것이기 때문이다. 돌아봄으로 인간은 진화하고 상승하는 것이다.

인생은 돌아보게 하는 시스템이다. 인생이란 지옥불은 영혼을 정제하기 위한 것이다. 영혼은 돌아봄을 통해서 정제된다. 각자가 인생에서 보완해야 할 주제가 다르다.
어떤 이는 보시를 강화해야 하고.
어떤 이는 고집을 '방하착(放下着)'해야 하고.

어떤 이는 욕망을 충족시켜야 하고

어떤 이는 '우페카'를 연습해야 한다.

자기만의 미션을 가지고 태어난 우리는 각자의 '난리블루스(우리들의 블루스)'를 추어야 한다.

욕망의 가이드를 따라가되 그 가운데 배워 나가야 한다. 삶은 고통을 통해 '회광반조'를 유도해 배우게 한다. 명상은 고통이 일어나기 전에 앞서서 회광반조를 하는 것이다. 지혜로운 명마는 채찍이 날아오기 전에 달리는 것처럼 지혜로운 인간은 죽음의 고통이 오기 전에 회광반조한다.

회광반조를 하자.

죽음이 임박하니 '참나'를 찾고 '적덕(積德)'을 하자.

그렇구나

언젠가 실험적으로 모든 상황에서 '아, 그렇구나'라고만 말해 보았다. 그러자 문제가 사라졌다.

세상은 우리가 취하는 게 아니고 우리에게 주어지는 것이다. 세상은 우리에게 흘러왔다가 흘러간다. 성별, 운명, 인간관계 등이 인연 따라 나에게 흘러왔다가 흘러간다. 내가 뭔가를 선택한다는 생각은 환상이다. 인간은 흐름을 선택할 수 없다. 인간은 흐름을 수용하는 태도를 선택할 수 있을 뿐이다. 기쁘게 수용할 수도 있고, 힘들게 수용할 수도 있다.

'일체유심조(一切唯心造)'이니, 세상을 어떻게 수용할 것인지가 우리 마음에 달렸다. 우리의 생각이 모든 것을 결정한다. 그리 생각하면 그리되고, 저리 생각하면 저리된다. 원하는 걸 생각하고 말하면, 원하는 삶을 살게 된다. 깨달음을 생각하고 말하면, 깨달은 삶을 살게 된다. 톨레가 깨달았고 스승들이 깨달았다면, 우리도 깨달으면 된다.

깨달음이 뭔가? 뭐가 깨닫는 건가? '조견오온'하고 '회광반조'하면서 본질이란 몸과 마음이 아니고, 몸과 마음 너머의 '삿칫아난다'임을 자각하고 인정하는 것이 깨달음이다.

어찌 그리 인정할 수 있는가?

'인정함'으로써 인정할 수 있다.

중요한 건 그 다음이다. '삿칫아난다'를 깨달은 내가 그다음에 할 일은 무엇인가?

'보시', '인욕', '육바라밀', '자리이타'.

나의 고통을 제거하고 남의 고통을 덜어주고 나와 남을 이롭게 하는 것, 남을 돕고 이웃을 사랑하는 것이다.

노희경 작가는 '우리는 행복하게 되기 위해 산다'고 했다.

'행복'은 '깨달음'이다. 우리는 깨닫기 위해 사는 것이다.

제행무상(諸行無常), 시생멸법(是生滅法), 생멸멸이(生滅滅已), 적멸위락(寂滅爲樂).

모든 것이 무상하다는 것은 생멸법의 차원이다. 생멸이 사라지면 그것이 참된 행복이다.

참 행복은 '참나'를 자각하는 깨달음의 행복이다.

생멸이 사라지는 경지에 도달하여 우리 모두 행복하게 되자.

함부로 이야기하지 말자

대학생 때 기억이 난다. 신분증 분실 신고하러 경찰서로 갔다. 분실 장소를 적는 난에 '디스코텍'이라 적었다. 그것을 본 경찰이 말했다. "잘 하는 짓이다." 나는 생각했다. 'What? What kind of reaction is this?' 그런 말이 경찰이 해야 할 말인가? 실상을 말하자면, 내가 디스코텍에 간 것도 아니고 우연히 그곳에 내 지갑을 가져간 친구가 지갑을 잃은 것이다. 경찰의 리액션은 매우 기분 나빴다. 전후 사정을 이야기했는데, 사과도 안 한다.

어느 스님이 환속했다고 말하자 누군가 이렇게 말한다. "수행 포기하시는구만. 결혼하시려나 보다." 혹자는 또 이렇게 말한다. "이제 제대로 세속에서 수행하시려나 보다." 둘 다 잘못된 반응이다. 문제가 있는 반응이다. 모두 쓸데없는 추정을 했다. 문제가 없는 반응은 무엇인가? 단지, '아, 그러셨구나' 하면 문제가 없다.

어느 정치가가 어떤 혐의를 받는다는 기사가 돌면 사람들은 벌써 그가 범죄자인 것처럼 생각하고 말한다. 그러나 쓸데없는 말을 할 필요가 없다. 단지, '아, 그런 기사가 있구나' 하면 충분한 것이다.

우리는 어떤 정보를 들으면 그것을 증폭시키고 가공시켜서 평가를 내린다. 사물을 있는 그대로 보지 못한다. 사물은 전도되고 왜곡된다. 머릿속에서 사물이 변질된다. 그러니 문제가 생기는 것이다. 그렇게 만들 필요가 없다. 단지 '그렇다고 하는구나'라고 인식하면 충분하다.

'쓸데없는 추론'이라는 인간의 문제를 해결하는 방법은 무엇인가? '그렇구나'라고 말하는 것이다. 다른 사람이 뭔 이야기 하면 내 생각을 첨가하여 해석하지 말고 단지 '아, 그렇구나' 하는 것이다. 오직 '그렇구나'라고 말하는 것이다.

깨달음

질문자: 제가 노력하면 언젠가 미래에 깨달음을 얻을 수 있을까요?

성자: 그럴 수 없다. 미래에는 깨달을 수 없다는 말이다. 깨달음은 '지금 여기'에 있기 때문이다.

과거 가톨릭에서는 교황이나 사제를 통한 깨달음만이 가능했다. 어느 날 반역자가 나와서 딴지를 걸었다.

"우리는 너희 교황이나 사제를 통하지 않고도 깨달음을 얻을 수 있다."

그 반역자의 이름은 '존 캘빈(John Calvin)' 그리고 '마틴 루터(Martin Luther)'이다.

바라문교가 베다를 중심으로 전개되었을 때, 반역자 붓다가 나타났다.

바라문: 베다는 깨달음의 유일한 통로다.

붓다: 나는 그리 생각하지 않소. 베다를 통하지 않아도 깨달을 수 있소.

이스라엘 땅에서는 반역자 예수가 나타났다.

성직자: 토라의 율법을 지켜야만 깨닫는다.

예수: 아니, 율법을 통해서 깨닫는 것이 아니다. 신을 직접 만나는 것을 통해 깨닫는 것이다.

중국 땅에도 반역자 달마가 나타났다.

왕: 복덕을 통해 정토로 갈 수 있는 거 아니요?

달마: 복 짓는 것으로가 아니라 깨달음으로써 정토로 가는 것이오.

달마는 그렇게 권력자와 척을 졌다.

모든 성자는 반역자들이었다. 그들은 왜 반역자인가? 외부의 매개를 통해서가 아니라 전통과 권위를 통해서가 아니라, 내면에서 다이렉트로 신을 만난다는 이야기를 했기 때문이다. 그래서 그들은 반역자인 것이다.

질문자: 붓다여, 당신은 베다 경전도 전통도 무시하면서 어떻게 깨달을 수 있다고 말하시오?

붓다: 베다 경전과 전통이 깨닫게 하는 것이 아니오. 팔정도, 비파사나, 사념처 수행 등으로 깨달을 수 있는 것이오. 호흡과 몸과 감각과 마음을 주시하고 자각하는 것으로 깨달을 수 있는 것이오. 전통과 권위와 제의가 깨닫게 하는 게 아니오. 자각하는 의식이 깨닫게 하는 것이오.

붓다는 '비본질'이 아닌 '본질'을 강조했다. 캘빈과 루터처럼. '깨달음을 이루기 위해서는 '이것 저것'이 필요하다'고 주장하는 자들이 제시하는 '비본질'을 치워버린 것이다.

명리학을 접하다

　박화영이라는 친구는 여동생의 학교 동기인데 그림을 그리면서도 영화를 만드는 예술가다. 그녀가 나를 자기의 영화에 출연시키는 문제로 만나자 해서 오랜만에 만났다. 나는 두 번째 카미노를 가야 하기 때문에 출연할 수 없음을 밝혔다. 여러 이야기를 하는 중에 그녀는 자신이 사주팔자 명리학 공부를 하게 되었다는 이야기를 했다. 그녀와의 만남 이후 나도 사주팔자에 관심을 가지게 되었다. 그것은 중요한 공부였다. 몇 가지 사실을 알 수 있었다.

　　1. 좋음과 나쁨이 순차적으로 일어난다는 것.
　　2. 모든 것이 이미 정해진 것이란 것.
　　3. 어울림과 어울리지 않음으로 관계 배치가 되어있다는 것.
　　4. 좋은 시절이 있고 나쁜 시절이 있다는 것.
　　5. 좋아 보여도 나쁜 것이 있고, 나빠 보여도 좋은 것이 있다는 것.

　모든 것은 조물주가 만들어 놓은 프라크리티(물질세계) 원리로 돌아간다. 거기에는 좋고 나쁨이라는 부침이 존재한다. 인간은 좋은 것이 오면 좋아하고. 나쁜 것이 오면 싫어한다. 기쁨과 고통 속에서 인간은 웃고 운다. 그 가운데서 고통스러운 인간의 삶이 진행된다.

한계 상황을 보고 그것을 해결하고자 하는 노력을 인간들은 해 왔다. 수많은 선각자가 해결법을 찾아내어 그것을 전했고, 그것이 종교, 철학으로 남겨졌다. 종교 철학 전통 들을 보면 공통점이 있는데, 그 공통점을 찾아내어 실천하면 문제가 해결된다. 인간은 선각자의 유산을 수용하고 실천하여, 고통을 해결하고, 그 방법론을 다시 후배들에게 전해야 한다.

종교들의 결론은 동일하다. 선을 행하고, 악을 행하지 말라는 간단한 도덕률이 최종적 결론이다. 남을 해치고 자기의 욕망을 추구하면 문제는 해결되지 않고 고통은 지속된다. 인연 속에서 얽힘은 심해지고, 지옥을 느끼게 될 것이다. 반면 남을 돕게 되면, 악업이 상쇄되면서 천국의 차원으로 나아가게 된다.

명리학의 핵심적인 교훈도 그러하다. 명리학의 원리는 불교의 인연법의 원리와 같다. 현재의 운명이 꼬인 것은 전생의 악업 때문이다. 현생에서 고생하는 것은 악업을 갚는 과정이다. 그러니 현생의 고통을 싫어하지 말고 수용하는 것이 좋다.

우리 인간들은 앞으로 다가올 액운들을 피하기 위해 여러 노력들을 한다. 부적을 써 벽에 붙이기도 한다. '업상대체(業象代替)'라는 방법도 있다. 업상대체는 업의 대상을 대체한다는 말이다. 예방주사를 맞듯이 미리 업을 가볍게 겪음으로써 정작 큰 문제를 피해간다는 것이다. 또 문제적 에너지의 힘을 약하게 하는 방식이 있다. 편관이 나를 공격할 때, 편관 앞에 인성을 배치하면, 편관의 힘이 약해지고 부드러워진다. 이렇게 액운을 피하는 여러 방식이 있지만, 가장 좋은 방법은 '활인(活人)' 공덕을 쌓는 것이다. 남을 살리는 공덕을 쌓는 것이다. 선업을 쌓는 것이다. 남을 돕는 일을 하는 것이다. 그것이 모든 방법을 포섭하는 최고의 방법이다.

왜 그런가? 그냥 그렇다. 인간 세계에서의 원리이다. 남에게 해를 끼치지 않고, 남을 돕는 것이 최선의 행위이다. 남에게 화내지 않고, 나쁜 소리 안 하고, 도둑질 하지 않고, 보시하고, 도움이 되는 말을 하고, 아픈 자를 치료하고, 혼란스러운 자를 인도하고, 가르치고, 남이 먹은 것을 설거지 해 주고, 남이 어지른 것을 청소해주고, 봉사하는 그것이 최선의 행위이다. 남이 원하지 않는 것을 행하지 않고, 남이 원하는 것을 행하는 그것이 최선의 삶의 방식이다.

내가 나의 삶에서 절대적인 존재이듯, 모든 사람이 그들의 삶에서 절대적인 존재이다. 절대적 존재들이 인연법으로 연결되어 살고 있다. 그 미묘한 삶의 현장에서, 막 살지 말고, 정신 차리고 살아야 한다. 최선의 삶을 살아야 한다. 모두에게 최선의 상황이 전개되는 방식으로 살아야 한다. 그것은 바로, 모두에게 도움을 주는 방식으로, 모두를 살리는 방식으로 사는 것이다. 나를 전체에 녹여서 전체를 위해 사는 것이다(2018년 5월 18일).

영화 '닥터 스트레인지'를 보고

'멀티버스' 개념을 떠올리면 '아'와 '아소', 즉 '나'와 '나의 것'이라는 개념은 사라지고, 세상은 '유아독존'으로 가득 찬다. 세상은 '공무변(空無邊)', '식무변(識無邊)'의 세상, 즉 '공'으로 가득하고, '의식'으로 가득한 세상이 된다. '무소유처', 내가 없으니 나의 소유랄 것도 없는 세상이 된다. '비상비비상처(非想非非想處)', 실체도 아니고, 실체가 아닌 것도 아닌 세상이 된다. '멀티버스(Multibus)'에 무수한 '나'가 존재하는데 지금의 '나'란 뭔가? 멀티버스 개념으로 '화엄 중중법계(重重法界)'가 상식이 되는 세상이 되었다. '나'란 없고 '나' 아닌 것도 없다. 모든 인간은 '나'이다.

영화를 보면, 한 여자가 죽은 자기 자식에 대한 애착에 사로잡혀 '마녀'가 된다. 사라진 자식들을 곁에 두어야 한다는 욕망에 사로잡혀, 자기를 반성하지 못하면서, 에고의 생각대로 나아간다. 그녀는 다른 '멀티버스'에서 아이들과 잘 사는 시나리오를 누리려 한다. 그래서 그녀는 '멀티버스'를 이동하는 능력을 가지려 한다. 이것은 대부분 인간들이 추구하는 것이다. 인간들은 대부분 '현실'에 만족하지 못하면서 지금 세상에서 갖지 못한 것을 추구한다. 어떤 것을 소망하는 것이 나쁜 것은 아니나, '소망이 고착되는 것'이 문제이다. 고착은 끈적거리게 한다. 피가

고름 덩이가 되게 한다. 공과 색의 밸런스를 깬다. 답은 '집착을 버리는 것'이다.

영화에 나오는 악인은 '전도망상'과 '에고 중심주의'를 보여준다. 마녀로서의 '나'는 다른 세계에 있는 또 다른 '나'와 나의 자식들을 본다. 마녀로서의 '나'는 그 아이들을 붙잡으려고 한다. 아. 그런데 어쩌나. 마녀는 다른 세계에서는 자기가 타자로 보인다는 것을 망각했다. 아이들이 자기를 보고 놀란다. 다른 세계에서 온 '엄마'를 '귀신'으로 본 것이다. 그 세계의 '또 다른 나'는 자기 아이들을 보호하려 한다. 그래서 '마녀 나'는 '또 다른 나'를 때린다. 철썩. '또 다른 나'가 쓰러지자 아이들은 비명을 지른다.

질문을 해 보자. 왜 이런 소동을 벌여야 하는가? 그냥 내려놓으면 문제가 없다. 아이들은 '또 다른 나'가 돌보게 내버려 두면 안 되나? 내가 사랑하는 자를 '또 다른 나'가 돌보면 왜 안 되는가? 내버려 두면 되는 거다. 푸틴은 돈바스를 내버려 두면 된다. 나토는 우크라이나를 내버려 두면 된다. 여자는 아이들을 내버려 두면 된다. 아이들을 왜 '자기가' 키워야 한다고 생각하는가? 산토샤를 상기하고 만족하면 된다. 지금 조건에 자족하면 된다.

자타가 하나임을 이해하는 여부가 관건이다. 자타가 하나임을 이해하면 문제가 사라지고, 자타가 분리되면 문제가 시작된다. 마녀 눈에 '또 다른 나'는 타인으로 보였다. 그래서 '다른 여자'가 '내 아이'들을 차지하는 것으로 보였다. 마녀는 그것이 '잘못된 일'이라 여겼다. 그러나 그 일은 잘못된 일이 아니었고, 단지 어느 세계의 그러한 모습일 뿐이었다. 단지 마녀가 그것을 잘못된 일로 본 것이 문제였다.

마녀는 두 가지를 몰랐다. 첫째, 그렇게 그것을 문제로 보는 마녀 자신이 타인들의 눈에는 문제로 보인다는 것을 몰랐다. 타인들의 눈에는 분노를 가지고 나타난 마녀가 문제였던 것이다. 둘째, 그 '또 다른 여자'는 '마녀 자신'이었다는 것을 몰랐다. 마녀가 문제로 생각한 그 여자는, 바로 마녀 자신이었다. 그녀는 '나'였던 것이다.

여기서 우리는 또 생각할 수 있다. 우리가 무언가를 문제로 볼 때, 실은 우리가 문제라는 것이다 그리고 우리가 타인이라 보는 모든 인간은 사실 '나'라는 것이다. 본디 '나 아닌 것'이 없는 것이다. 모든 아이가 '나의 아이'이고, '나의 아이'가 따로 없는 것이다. 그렇다면 '내 아이'들을 '나'가 꼭 키울 필요가 없다. 소유 개념이 없어지니, '내 아이'를 '그녀'가 키워도 되고, '내'가 '남의 아이'를 키워도 되는 것이다. 그렇게 소유개념이 사라질 때, 천국이 도래할 것이다. 천국에 가기 위해, 우리는 '자타'가 분리되어 있다는 분별의식이라는 악마적 주술에서 해방되어야 한다. 착각에서 풀려나야 한다.

정진홍 교수님이 들려준 세 가지 이야기

정진홍 교수님 수업에서 교수님은 종교학개론 마지막 수업 때 종교에 대한 세 가지 이야기를 들려주셨다. 종교의 본질이 뭔가에 대해서 생각하게 하는 이야기이다.

1

아프리카에서 어떤 사람이 스승에게서 거인의 모습을 한 신에 대한 이야기를 들었다. 스승이 말했다.

'옛날에 신은 거인의 모습을 하고 있었지. 이런 저런 생김새였고, 활과 화살을 들고 다니면서 사람들을 죽였어. 그러나 신은 이제 사라졌어. 더 이상 실재하지 않아.'

어느 날 그는 길을 가다가 이야기 속의 거인과 동일하게 생긴 거인을 만난다.

그는 거인에게 말한다. '어? 당신은 이야기 속의 거인의 모습을 한 신이군. 하지만 당신은 실재하지 않아.'

거인이 말했다. '뭔 소리요?'

'아, 뭔 소리냐 하면, 내가 스승님한테 당신 이야기 들었거든. 이런 저런 모양으로 생긴 거인 신이 있었다고. 그런데 그 거인 신은 없어졌대. 그러니 당신은 실재하지 않는 거지.'

'뭔 소리야? 나는 여기 이렇게 살아 있는데.'

'당신은 이야기 속의 존재야. 당신이 존재한다는 건 환상일 뿐이야. 당신이 내 앞에 나타났지만 나는 알아. 당신이란 존재하지 않는다는 것을. 하하하.'

그 말을 듣고, 거인은 화가 나서 화살로 그 인간을 죽여 버렸다.

세자가 거인에게 죽었다는 소문을 듣고 스승은 혼잣말을 했다.

'아, 내가 그에게 잘못 말해 주었구나. 아무리 존재하지 않는 것이라 해도 힘을 가진 것은 실재하는 것과 동일하다는 것을 말해 주었어야 했는데.'

2

2차대전 당시 홀로코스트가 벌어지는 아우슈비츠 수용소에서 독일군이 뭔가를 훔쳐 먹었다고 어린 아이를 공개적으로 목 매달았다. 아이가 매달려 죽어가고 있었다.

그것을 보던 한 유대인이 말한다

"아, 신은 어디 있단 말인가?"

옆에서 같이 서 있던 다른 유대인이 말을 받는다.

"어디 있긴 어디 있겠소? 저기 목매달려 죽어가고 있지 않소."

3

고대의 이스라엘 왕국에서는 위기가 닥칠 때마다 왕은 제사장의 도움으로 신에게 제사를 지냄으로써 왕국의 안전을 도모했다. 어느날 적국이 침략하자 왕은 제사 절차를 잘 아는 훌륭한 제사장을 모시고 제사를 모시게 되었다.

왕은 이렇게 신에게 기도했다. '신이여, 이렇게 최선을 다해서 제대로 제사를 지내오니, 저희를 불쌍히 여기시고 저희를 도우소서.'

그리고 신은 그 기도를 받아들였다. 그리고 왕은 적국의 침략을 막아낼 수 있었다.

시간이 흘렀다. 후대의 왕이 다시 적국의 침입을 받아 국가의 위기를 맞이하게 되었다. 왕은 당대의 제사장을 모셔서 제사를 지내려 하는데 문제가 생겼다. 그 제사장이 제사 절차를 많이 잊어버리고 있었기 때문이다. 시간이 지나면서 제사법이 점점 잊혀졌던 것이다. 그러나 왕과 제사장은 최대한 기억을 되살려 제사를 지내기로 했다. 그들은 이렇게 신에게 간구했다.

'제사의 형식을 잊어 죄송합니다. 제사가 완전하지 않지만, 불쌍히 여기시고 우리를 도우소서.'

그리고 신은 그 기도를 받아들였다. 그리고 왕은 적국의 침입을 막아낼 수 있었다.

또 시간이 흘렀다. 후대의 왕이 또 위기를 맞아 당대의 제사장을 불렀다. 그러나 이제 정말 문제가 생겼다. 그 제사장은 제사법을 완전히 모르고 있었던 것이다. 이제 제사를 지낼 수 없게 되었다. 할 수 없이 왕과 제사장은 제사의 형식 없이 신에게 기도를 올렸다.

"신이여, 이제 제사를 전혀 드리지 못하게 되었습니다. 죄송합니다. 그러나 마음으로 간절히 기도하니, 우리를 불쌍히 여기시고 우리를 도우소서."

그리고 신은 또 그 기도를 받아들였다. 그리고 왕은 또 외적을 막을 수 있었다.

4부
·
미셀러니

삼독 오개는 귀신들이다

'삼독(三毒) 오개(五蓋)'는 귀신들이다.
각성하고 객관화해야 할 대상들.

'보리 지혜(菩提 智惠)'는 나의 친구.
어느 벗도 그대 같은 이가 없도다.
제3의 눈, 나의 헤드라이트.

애정이 있으니 번뇌 고통도 있다.
음양이 공존하는 이 세상이여.

지혜의 처세법은 무엇인가?
입 다물고 내면을 청소하기.

될 일은 되고 안 될 일은 안 된다.
남들은 내 뜻대로 움직이지 않는다.

최고의 개운법은 침묵하고 내 공부하기.
그리고 인연 되면 돕기.

아이러니: 뭐가 더 중한디?

혹자는 돈은 잘 버는데, 친구 관계를 잘 못한다.
혹자는 돈은 잘 버는데, 가족 관계를 잘 못한다.
혹자는 자식에게 잘 해주려 하지만 자식을 불행하게 만든다.

코미디 프로 SNL에 나왔던 이야기.
한 나라의 공주가 나라의 외적의 침입을 알려야 하는데
자기 드레스, 화장, 외모 생각하다가 타이밍을 놓치게 되고
나라는 망해버린다.

돈은 벌려고 하면 안 벌린다는 말이 있다.
여자는 얻으려 따라가면 멀어진다는 말이 있다.
돈과 여자는 추구하면 멀어지고,
자기 자리에 있으면 스스로 온다고 한다.
아이러니.

부모가 자식 생각하다가 자식을 망친다.
사업가가 잘 살겠다고 사업 하는데, 건강 잃고 인생을 망친다.
여자가 예뻐지겠다고 수술하는데, 얼굴이 더 망가진다.

바이러스 피한다고 백신 맞는데, 부작용으로 사망한다.

사랑 전파한다면서 선교하는데, 종교 전쟁을 일으켜 사람을 죽인다.

명상 전파해 봉사하겠다면서, 남 수행법을 무시하고 논쟁한다.

사랑하면서 살겠다는 사람이 남 식구는 미워한다.

자선사업 하겠다는 사람이 사업 자금 모으는데 도움 안 되면 무정하게 대한다.

세계평화 위한다는 사람이 핵무기를 축적한다.

정의를 지키겠다는 푸틴은 전쟁을 일으켜 사람들을 죽게 하고 있다.

불의에 맞서 싸운다는 젤렌스키는 세상을 불안하게 만들고 있다.

선배가 사랑하고 생각해서 이러는 거라면서 후배를 욕하고 야단친다.

치과 병원이 이를 좋게 해 주겠다고 하면서 이를 더 망가뜨린다.

병원 의사가 암 치료해 준다고 하면서 암을 더 키운다.

아이러니. 웃기지 않는 웃기는 상황.

인간은 누구를 어찌 대하는 것이 더 중한지 모르고

자기의 조력자를 사기꾼으로 알고,

자기를 속이는 자를 조력자로 안다.

우리에게는 바른 판단을 못 하게 하는 뭔가가 존재한다.

오델로는 이아고 말을 무시하고 데스데모나의 말을 믿어야 했지만,

이아고의 말을 믿고 데스데모나의 말을 무시했다.

아테네 배심원들은 소크라테스의 말을 믿었어야 했지만,

그의 말을 무시하고 그를 죽였다.

예루살렘 사람들은 예수를 존중했어야 했지만,

예수를 십자가에 매다는 것에 동의했다.

인간은 잘못된 판단을 한다.

인간은 자기가 잘못 판단할 수 있음을 자각해야 한다.

판단을 흐리게 하는 고통체들이 존재함을 알아야 한다.

소크라테스의 교훈은 무엇인가?

우리의 판단은 '오류'임을 알아야 한다는 것이다.

우리의 지식은 '오류 지식'임을 알아야 한다는 것이다.

'우리는 모른다'는 것을 알아야 한다는 것이다.

인간의 최고의 앎은 '내가 모른다는 것을 아는 것'이다.

인간이 건강하다 하니 병든 것이다.

최면에 빠진 인간이 몽유병 환자처럼 걸으면서 '나는 깨어있어'라고 말하고 있다.

술 취한 인간이 비틀거리며 걸으면서 '나 안 취했어'라고 말한다.

장님이 장님을 인도한다.

전도 망상.

슬픈 아이러니.

도반들이여, 우리의 머리의 판단이 '엿'임을 알자.

사주 공부로 느끼는 것들

1.
나쁜 것도 좋은 것도 없다.
다만 조화를 못 이루는 것이 나쁜 것이고,
조화를 이루는 것이 좋은 것이다.
우리 문제를 푸는 법은
'설계자의 입장'을 상상하는 것이다.
인식을 제대로 하고,
고통체에 사로잡히지 않게 정신 차려야 한다.

귀신에 물려가도 정신만 차리면 산다.
고통체에 휘둘려도 정신만 차리면 산다.
고통체에 휘둘리면
인간은 자기와 주변 사람을 괴롭힌다.
정신 차려야 남을 괴롭히지 않게 된다.
참나와 고통체는 투쟁한다.

인간이여.
원숭이 수준에서, 양떼 수준에서, 벌레 수준에서 벗어나자.

낙타 단계에서 벗어나 사자가 되자.
들리는 고통체의 소리에 초연하자.

2.
명상은 있는 그 자리에서 자기를 돌아보는 것.
누운 자리에서 누운 채로 자기를 보는 것.
앉은 자리에서 앉은 채로 자기를 보는 것.

명상의 목적은 '자기중심적 사고방식'을 제거하는 것.
'악마적인 것'을 제거해 내면서
내면의 다이아몬드를 드러내게 하는 것.
'악마적인 것'이란 '자기중심적 사고방식'이다.

명상은 '언제나 어디서나' 할 수 있다.
숨이 붙어있는 한 할 수 있다.
명상은 '정신을 차리는 것'이다.
'정신을 수습하는 것'이다.

명상은 정신과 의사 앞에서 정신을 차리는 정신병 환자의 노력과 같다.
명상하는 사람들의 자세는
영화 '뻐꾸기 둥지로 날아간 새'에서 볼 수 있는
정신병동에 갇힌 사람들의 자세와 같다.
최선을 다해 감옥 같은 정신병동에서 벗어나려고 해야 한다.
정신병동이란

온갖 생각과 감정이 불쑥불쑥 튀어나오는 우리의 정신 상태,
트라우마에 겹겹이 둘러싸인 우리의 정신 상태,
스스로의 규칙과 판단에 갇혀 버린 우리의 정신 상태,
과거의 기억에 자신을 규정해 버린 우리의 정신 상태이다.

모든 '과거의 업장'이 그저 '기억'일 뿐임을 자각하고,
모든 속박에서 튀어나올 때 우리는 자유를 얻는다.
'원래의 자유'를 느낀다.
모든 자기 '판단'을 내려놓자.
모든 '이래야 한다'는 자기 '의무'를 내려놓자.

영화 '쇼생크 탈출'의 포스터에 나오는 팀 로빈스의 자세로
쏟아지는 비를 맞으며 자유를 만끽하자.
인생의 목적은 그 느낌을 느끼는 것이다.

내 머릿속 생각은 현실화된다

지혜 있는 인간은 부정적인 말을 안 한다.
말은 현실화되기 때문이다.
내가 말하는 모든 것이 현실화된다는 것을 알기 때문이다.

인간들은 대개 뭔가에 홀려
원치 않는 생각을 하고 원치 않는 것을 말한다.
그리고 원치 않는 사건이 일어나면 의아해한다.
'왜 이런 일이 벌어지는 거지?'
'왜 그 인간은 나를 괴롭히지?'

왜 그런 일이 일어난 것일까?
본인이 그렇게 생각하고 말했기 때문이다.
본인이 머릿속에 그린 대로 세상은 펼쳐진 것이다.

우리는 현실이 이러이러하다, 라고 생각한다.
우리는 사람들이 이러이러하다, 라고 생각한다.
그리고 이렇게 말한다.
'저 친군 무례한 놈이야!'

'저 놈은 파렴치한 성범죄자야.'
지리산 둘레길은 이러하고.
백신은 저러하고
코로나는 이러하고.
조국은 저러하고
문은 이러하고
윤은 저러하고
통일은 이러하고
진리는 저러하고
이 남자는 이러하고
저 여자는 저러하다고 말한다.

그러나 그 어느 대상을 어찌 여기든
그것은 그 대상 자체의 실상이 아니다.

'그놈은 책을 보고는 정리를 안 하니 나쁜 놈이야.'
'그놈은 방 청소를 제대로 안 하니 나쁜 놈이야.'
아니다.
책을 제자리에 꽂지 않으면 안 된다는 생각이
그 인간을 나쁜 놈으로 만든 것일 뿐이다.
어디가 '제자리'인가?
책이 꽂혀 있던 자리가 '제자리'인가,
책이 지금 놓인 곳이 '제자리'이면 안 되는가?
'제자리는 머릿속의 '제자리'일 뿐이다.'

'내 머릿속 제자리'가 진정 '진정한 제자리'이겠는가?

그건 본인의 생각일 뿐이다.

'내 머릿속 제자리'가 '진정한 제자리'라고 믿고,

그것을 고집하니 문제가 되는 것이다.

'나의 파트너는 나만 사랑해야 하고 다른 사람을 사랑해선 안 된다'는 생각이 그 인간은 나쁜 놈이라고 규정하게 만든다.

'그는 나에게 화를 내지 말았어야 했다'라는 생각이 그 인간은 나쁜 놈이라고 규정하게 만든다.

인간은 자기가 붙잡고 있는 '자기의 원칙의 터무니없음'을 보지 못하고 남을 비난하고 욕한다.

'그는 이래서 자살한 거야.'

저들이 가진 정보는 매스컴에서 나온 정보일 뿐이다.

저들은 자기 판단의 근거의 부실함을 보지 못한다.

인간은 자기 인식을 돌아보지 못한다.

최면술에 걸린 사람이 '나는 정상이야' 하고 외치면서

최면술사의 암시대로 움직인다.

수인(囚人)이 '나는 자유인'이라 외치며 교도소 마당을 배회한다.

우리는 자기 생각으로 환상을 만들고

그것을 진실로 믿고

그것에 의거해 판단하고 행동한다.

그것이 맞는지 안 맞는지 검토도 안 하고 이렇게 말한다.

'내 생각과 판단은 명백한데 확인이 뭐가 필요해?'
정녕 인간은 우리의 대부분의 정보가 사실이 아님을 모르고 있다.

거짓된 정보를 진실로 보이게 만드는 작업은 '고통체'가 한다.
우리는 모두 끊임없이 지껄이는 '고통체'들을 지니고 산다.
고통체는 '자기의 말'이 '참나의 말'이라 생각하게 만든다.
'자기의 말'이 '진리'라 여기게 만든다.
그리고 인간은 자기가 고통체의 말에 놀아난다는 것을 인지하지 못한다.

인간이 수행을 한다는 것은 그런 인과, 카르마, 업장,
고통체에 조종당하는 우리의 삶을 개선시켜 보자는 것이다.
얽매인 상태에서 풀려나 보자는 것이다.
그리고 붙잡혀 사는 이웃 중생들도 자유롭게 만들자는 것이다.

명상의 핵심은 '자기를 돌아보는 것'이다.
남을 탓하지 않고 '자기에게 가해지는 고통체의 작용을 돌아보는 것'이다.

내려놓으면 여기가 극락

사랑은 갈애.
사랑은 집착.
사랑도 미움도 내려놓는다.
옳고 그름도 내려놓는다.

지금 보이는 모습, 들리는 소리.
생각들, 기억들.
그러하고 그러하다.

후회, 상념, 감상, 아쉬움.
이런저런 생각 느낌,
한순간에 사라진다.

행복의 비결은 단순하다.
그냥 놓으면 된다.
색수상행식 객관화하고
몸과 마음 객관화하면 된다.

가장 신속한 깨달음: 순수한 수용

순수한 받아들임은 깨달음의 지름길이다.

인도의 한 스승이 제자에게 말했다.
스승: 너는 네가 누구인지 아는가?
제자: 글쎄요.
스승: 너는 네가 누구인지 알고 싶은가? 내가 알려줄까?
제자: 예.
스승: 너는 신이다.

그 말을 듣고 제자는 스승의 말을 받아들였다.
그리고 그는 신이 되었다.
깨달았다.

세상에는 나와 나의 거울만이 존재한다

세상에는 나와 나의 거울만이 존재한다.
내가 보는 모든 것은 나의 모습이다.

내가 남에게서 보는 혐오스러운 요소들은
바로 내게 존재하는 것들이다.

내가 나의 모습을 타인에게 투사하여
타인을 혐오하고 있었던 것이다.

세상에는 나와 나의 거울만이 존재한다.
내가 보는 세상은 나이다.

자가 치료 방법 공개

목소리 회복의 비결.
요가, 명상, 부황사혈.
그러나 최고는 걷기, 운동, 등산.

마음 다스리는 최고의 방법은
명상, 비파사나.
회광반조, 조견.

한번 돌아보면 모든 것이 풀린다.
삶의 핵심은
킬레사를 통제하는 것.

막힌 곳을 풀면. 해탈이다.

동료들이여, 수탈을 벗어나 피안으로 가자.

탐진치 중에 진이 무서운 줄 알았는데

탐진치 중에 진이 무서운 줄 알았는데
가장 무서운 것은 치다.

치의 핵심은 스스로 안다고 여기는 것
스스로 맞다고 여기는 것.
자기중심적인 사고이다.

성자는
너희가 안다고 하니 모른다고 말하였다.
스스로 안다고 여기지 말자.

내 삶을 돌아보매

'나의 삶'을 돌아보면 나는 스스로 내 복을 찼다는 것을 고백하게 된다. 드라마 주인공 주겠다는데도 거절하기도 했다. 건방이 하늘을 찔렀다. 인간사를 보지 못하고 도 닦는다는 상에 잡혀 살았다. 남들과 다르다는 선민의식에 잡혔다. 세상에서 잘사는 것이 도 닦는 것임을 몰랐다.

손웅정 님의 지혜를 갖추지 못했었다. '호사다마(好事多魔)'이므로 잘나갈 때 스스로 몸을 낮춰야 한다는 것을 몰랐다. 인생에서 주어지는 것을 감사히 수용하는 것이 최고의 삶의 방식임을 몰랐다. 언제나 '일 따로, 명상 따로'였고, '일 따로, 예술 따로'였다. 그러니 일과 예술이 잘 될 리 없었다.

이제 손웅정이란 스승이 나타나 나는 다시금 나의 삶을 돌아보게 되었다. 그는 겸손하게 말한다. '말씀 중에 죄송한데요. 내가 아직 월드클래스 안 만들었습니다. 내 작품은 아직 완성 상태가 아닙니다.' '경주 최씨 부자'의 처세술과 '새옹지마(塞翁之馬)'의 노인의 지혜와 운과 불운의 변증법을 터득한 사람의 말이다.

위대한 스승들이 세상에 나타나고 있다.
스승 천지다.

고통체를 다루는 방법

고통체 다루는 방법은 고통체의 작용을 있는 그대로 느끼고 보는 것이다.

과거 친구와 산행하다 비가 와서 내가 우산을 빌려주려 하자. 그는 '미쳤냐' 하고 말했다. '뭐? 잘해 주려 하는데, 이놈이 뭐라는 거야?' 내면의 분노의 고통체의 소리가 들렸다. '이놈 자식, 잘 해 주나 봐라.' 그러나 나는 그 목소리를 '내 소리'로 인정하지 않고, '고통체의 소리'로 객관화하면서 분노의 기운을 주시했다. '그가 잘못 한다고, 나도 잘못하면 되겠는가?' 나는 그렇게 생각하면서 분노의 충동에 따르지 않았다. 그리고 그렇게 잘 넘어갔다. 나는 그렇게 고통체를 다루는 훈련을 하고 있다.

감정이 우리를 다루게 하지 말고, 우리가 감정을 다루어야 한다. 요령은 부정적 감정이 오는 것을 두려워하지 말고, 욕망, 분노, 의심 등 어떤 것이 나타나든 그것을 느끼고 주시하고 객관화하는 것이다. 감정은 진실로 참된 우리의 것이 아님을 철저하게 관찰하는 것이다.

분노에 대하여

얼마 전에 만난 방송국에서 일하시는 작가님이 달라이 라마 성하를 만난 이야기를 해 주셨다.

성하: 어떤 수행을 하고 있는가?
작가: 화를 다스리는 노력을 하고 있습니다.
성하: 화를 왜 내는가?
작가: 그냥 화가 납니다.
성하: 화를 내면 어떤 이득이 있던가?
작가: 아니요
작가: 그렇다면 왜 화를 내는가?

'우리는 무익한 줄 알면서 왜 화를 내는가?' 나는 일생 동안 화를 많이 내고 살아왔다. 화란 것이 이 따위라는 것을 왜 아무도 내게 가르쳐 주지 않았던 건가? 화를 내면서 우리는 내가 이 정도로 말하면 상대방이 알아듣고 반성하겠지, 하고 생각하지만, 그것은 완전한 착각이고 엄청 야무진 생각이다. 실제 효과는 정반대이다. 내가 화내면, 대부분의 상대는 '놀고 있네'라고 말하면서 나를 비웃을 것이다.

분노의 말을 내뱉는 것은 최악의 행위이다. 분노를 내뿜는 순간 우리는 고통체에 놀아나게 된다. 화를 분출하는 것은 '참나'가 아니라 나를 사로잡은 '고통체'이고, 그것은 내게 기생하는 기생충이다. 이런 고통체를 이해하지 못하는 것이 인간이 낭패하는 핵심 원인이다.

이해하라. "세상에는 나와 거울만이 존재한다." 자타는 하나이므로, 우리가 보는 것은 '나'이다. 나를 화나게 하는 상대의 쓰레기는 반영되어 보이는 나의 쓰레기이다. 나를 짜증나게 하는 상대의 얍삽함은 반영되어 보이는 나의 얍삽함이다. 나를 역겹게 하는 상대의 이기심은 반영되어 보이는 나의 이기심이다. 그러므로 상대에게 화내는 것은 내가 나에게 화내는 것이다. 그러니 자기 안의 쓰레기를 치우고 스스로 먼저 바로 잡아야 할 것이다.

인간 고통의 원인

1.

인간 고통의 원인은 무엇인가? 고통은 왜 생기는가?

1. 생각과 감정을 믿기 때문이다. 정신적 고통체를 달고 다니며 그것
   이 이끄는 대로 따라가기 때문이다.

2. 안 듣기 때문이다.

세상에는 검은 것을 희다 하고 흰 것을 검다 하는 탐진치 마귀가 존
재한다. 우군을 적군으로 보게 하고 적군을 우군으로 보게 하는 마귀
가 존재한다. 정신 착란을 일으키는 마귀가 존재한다. 잘못된 명제를
믿게 하는 마귀가 존재한다. 인간은 자존심, 아만, 교만, 고집 등의 기질
을 지닌 고통체가 하는 발언을 자기의 발언으로 여긴다. 인간은 고통체
의 욕망을 자기의 욕망으로 여긴다. 여기서 모든 문제가 발동한다.

고통체는 자기의 문제점을 타인에게 투사하여 그를 비난한다. 자기가
순수하지 못하면서 타인이 순수하지 못하다고 말한다. 자기가 욕심을
내면서 남이 욕심을 부린다고 말한다. 자기가 화를 내면서, 남이 화낸
다고 말한다.

'자기 오온을 객관화하는 것'은 쉽지 않다. 문제가 자기 문제로 다가
올 때, 그것을 객관적으로 보는 것은 쉽지 않다. 그러나 쉽지 않은 그것

을 하는 것이 수행이다. 어렵지만 해야 하는 것이다.

2.
깨달음의 방법 두 가지.
첫 번째. 몸과 마음을 '주시'하기.
두 번째. 잘 듣기.

뭘 잘 들으란 것인가?
남이 나를 위해 하는 말.
지혜로운 사람이 하는 말.
자기 내면의 양심의 소리.

깨달음의 두 방식은 '주시하기'와 '잘 듣기'.

자기 돌아보기 실례

어떤 사람이 나에게 분노를 유발시켰다. 나는 그가 화를 내자 반발했다. 그의 고통체 발현에 나의 고통체도 발현했다. 그것은 파괴적이었다. 화를 내면서 모든 것이 '개판'이 되었다.

사실 그가 먼저 이상한 행동을 했다. 그의 행동은 어이없는 것이었다. 그는 먼저 나에게 화를 냈다. 그러나 나의 문제는 그의 분노에 대해 덩달아 분노했다는 것이다. 그에 대한 나의 분노도 어이없는 것이었다. 나는 어이없음에 어이없음으로 대한 것이다. 그의 문제에 나도 문제로 대한 것이다. 그의 잘못에 나도 잘못으로 대한 것이다. 그도 잘못했지만 나도 잘못한 것이다. 여기 중요한 질문이 있다.

'누군가 화를 낸다고 나도 화를 내야 하는가?'
"누군가가 고통체가 작동시킨다고 나도 나의 고통체를 작동시켜야 하는가?"

당연히 아니다. 그러니 남에게 지적질하고 남을 바로잡기 전에 내가 먼저 잘 해야 한다. 내가 잘못하는 것을 먼저 스스로 돌아봐야 한다.

항상 생각해야 할 것은 '우페카'. 즉 '사각지(捨覺支)' 혹은 '사무량심(捨

無量心)'이다. 상대의 고통체가 난리를 부릴 때, 그것에 덩달아 부화뇌동(附和雷同)하는 것을 제어해야 한다. 상대가 난리를 부릴 때, 상대하지 않는 힘을 키워야 한다. 그는 그의 프로그램을 사는 것이다. 남의 일에 끼어들지 말라. 너는 너의 일을 하라.

사죄에 대하여

　사과하고 사죄하고 참회하는 것은 중요하다. '신과 함께' 2탄을 보면 전생에 하정우는 주지훈과 김향기를 죽였다. 그것을 알게 된 주지훈과 김향기는 하정우에게 왜 사과를 안 했냐고 묻는다. 자기 잘못을 알았으면 사과해야 했다. 그럼 그들의 분노도 풀렸을 것이다.

　나도 누군가가 사과를 했어야 한다고 생각하는 부분이 있다. 그 인간은 사과를 충분히 안 했다. 그가 사과만 했어도 한이 안 맺혔을 것인데, 그가 사과를 안 했기에 나는 오랫동안 한을 느끼며 살아야 했다.

　그러나 질문하게 되었다. '그가 사과를 안 한 것은 유감스러운 일이긴 하다. 그러나 그가 그렇게 잘못했다고, 내가 영향을 받아야 하는가?' 다른 누구 때문에 내가 괴로워해야 하는가? 나의 행복이 남에게 달려 있어야 하는가? 당연히 아니다. 나는 남이 사과를 하든지 말든지 나는 행복할 수 있어야 한다. 남의 행동에 무관하게 나는 행복해야 한다. 남이 반성을 하든 안하든, 남이 사과를 하든 안하든, 나는 행복해야 한다. 남이 그러든 말든, 그것은 본질적으로 그의 문제이고, 나와 상관없는 일이다. 그것은 그가 선택한 그의 삶이고, 그가 선택한 그의 행동인 것이다. 그가 똥통에 뛰어 든다고, 나도 따라가야 할까? 당연히 아니다. 그러니 남에게 연연하지 말고, 나는 나의 삶을 살아야 한다.

　남이 잘못한 것에 주목하지 말고, 남이 잘못한 것을 다 용서하라. 남이 화낸 것에 덩달아 화내지 말라. 덩달아 화를 낸 것이 잘못임을 인정하고 참회하라. 더 이상 남의 일에 간섭하지 말고, 자기 일만을 하라. 신의 일은 신에게 맡기고, 그의 일은 그에게 맡기고, 너는 너의 일만을 하라.

악마 다루기

『아함경(阿含經)』에 보면 붓다가 악마를 만나는 장면이 나온다. 붓다
는 용이 출연하는 곳에 가서 하룻밤을 지내게 된다. 참선하고 있는데
용이 나타나 위협을 한다. 그러나 붓다는 용에게 저항하지 않는다. 붓
다는 용을 달래고, 용은 강아지처럼 변해서 붓다의 바릿대에 들어가 놀
게 된다.

'드래곤 길들이기'라는 애니메이션도 있었다. 드래곤은 내면의 길들여
지지 않은 '고통체'를 의미한다. '말괄
량이 길들이기'라는 셰익스피어의 작
품도 있다. 엘리자베스 테일러
가 연기한 '말괄량이'는 길
들여지지 않은 고통체를
상징한다. 리처드 버튼은
프루샤이고 엘리자베스 테
일러는 프라크리티이다.
프루샤는 프라크리티를 길
들여야 한다. 이성은 감성을 길
들여야 한다.

244

황진이는 당대의 고승 지족선사를 무너뜨리고. 이제 서경덕을 무너뜨리기 위해 찾아왔다. 그러나 서경덕이 중심을 지키자 그녀는 예의를 갖추었다. 지족선사와 서경덕은 무엇이 달랐을까? '도장깨기'를 하는 것은 여인 속의 여우였다. 지족선사는 여우에게 말려들었지만 서경덕은 여우를 전체의 시각에서 볼 수 있었다. 전체 속에서의 여우의 위치와 그것에 반응하는 자기의 위치를 보고 대응법을 찾았던 것이다.

애니메이션 '바람의 계곡 나우시카'를 보면 나우시카는 공격하는 동물에 반응하지 않았다. 그러자 동물은 얌전해졌다. 에고는 야생마이다. 길들이지 못하면 위험하고, 길들이면 좋아진다.

'신과 함께'에 나오는 '원귀'는 '성화 과정' 속에 있다. 나와 다르지 않다. 모든 존재는 '성화 과정' 속에 있다. 나와 다르지 않다. '타자'를 대할 때 우리는 '그들이 곧 나'임을 인지해야 한다. 보시(布施)와 인욕(忍辱)으로 대해야 한다.

우리의 판단

'이 사람은 이런 사람이다', '저 사람은 저런 사람이다', '이래야 한다'. '저래야 한다' 등. 생각을 믿고 사는 우리들! 우리는 생각들이 다 '구라' 임을 자각해야 한다. 매트릭스에서 탈출하는 첫걸음은 우리의 생각들이 다 '구라'임을 자각하는 것이다. 그러나 우리 대부분은 생각 속에 갇혀 살면서도 생각 속에 갇혀 사는 줄도 모른다. 그러니 중생이다.

인간이 해야 하는 유일한 중요한 일은 '회광반조', '조견 오온 개구라' 이다.

그게 되면 어찌 되는가? 자성자현(自性自現), 본성이 스스로 드러난다.

'자기 보기'. 쉬운 것이지만 어렵기도 하다.

감옥에 사는 우리들!

우리는 감옥에 갇혀 살고 있다.

동환아, 너는 감옥에서 살지 말거라.

물 자체-딩 안 지히(Ding an Sich)

사물 자체, 물 자체는 알 수 없다고 한다.
칸트의 말이다.
실상을 물으면 '모른다'가 정답이다.
안다 하니 틀린다.
안다 하니 무지한 것이다.

의지와 표상.
드러나지 않은 것과 드러난 것.
실재계와 상징계.
이데아 세계와 시뮬레이션 세계.
적멸(寂滅) 세계와 생멸(生滅) 세계.
공(空)의 세계 색(色)의 세계.

실재계는 직관으로 드러난다.
선정을 통해 색에서 공이 드러난다.
아는 자는 말이 없고. 말하는 자는 알지 못한다.

임윤찬은 음악으로, 소니는 축구로,

인간은 각자의 수단으로 실재계에 접속한다.

예술 종교 학문으로, 여러 직업으로, 여러 방식으로

우리는 실재와 접속한다.

신은 실재이다.

샷칫아난다이다.

반야의 검

제3의 눈.

나를 보는 눈.

그만한 것이 없다.

최고의 친구

그것이 활성화되면

감정과 생각과 기억과 욕망과 모든 것은

집착이 사라진 대상이 된다.

그러면 세상을 어떻게 살까?

프라크리티(물질세계)

그것을 잘 사용하라.

생각을 육신을 감정을

판단을 감각을

프라크리티를 적절하게 사용하라.

쓰라. 무심으로.

비파사나

'비파사나'는
'하는 것'이 아니고 '하지 않는 것'이다.
'그냥 자각만 하는 것'이다.

'진리'는 '행위'를 통해 도달하는 것이 아니다.
'행위'를 멈출 때 드러나는 것이다.

머스트, 머스튼트, 슈드, 슈든트
(must, mustn't, should, shouldn't)

가톨릭이 개혁되어 개신교가 되었다. 개신교는 사제가 필요 없으며 신과 인간이 직접 만난다는 것을 강조한다. 그러나 어느덧 목사가 사제의 자리를 대신하게 되고, 예배가 미사를 대신하게 된다.

선불교는 기존 불교의 시스템에 도전했다. '살불살조'라고 외치며 부처의 권위는 필요 없다고 말한다. 사성제 연기법 등 기존의 모든 교리를 부정한다. '오온'을 '조견'하여 '견성성불' 하면, 불교 사원도 승려 체계도 필요 없다. 자기를 직관하기만 하면 된다. 스승도 필요 없고 공부도 필요 없다. '회광반조' 하여 자성이 불성임을 보면 끝인데, 뭔 공부가 필요한가. 그런 선불교에 체계가 생긴다. 모든 체계를 깨부수었던 선불교는 이제 자기의 체계를 구축한다. 체계가 생기면서 선은 선이 아니게 된다.

깨달음으로 가는 종교에 체계가 생기고 의무가 생긴다. '예불해야 해. 사경을 해야 해. 무드라는 이래야 해. 경전을 암송해야 해. 좌선을 해야 해. '무문관(無門關)'을 해야 해. 금욕해야 해. 부지런해야 해. 교회 가야 해. 세례 받아야 해. 신앙 고백해야 해. 명상은 이렇게 해야 해. 요가는 이렇게 해야 해. 아니. 요가를 하면 안 되고 안반수의(安般守意)를 해야 해.

아니. 화두를 해야 해. 선방에 가야 해. 다라니 암송해야 해. 방언해야 해. 성경 구절 암송해야 해.' 이렇게 머스트. 머스튼트, 슈드, 슈든트(must, mustn't, should, shouldn't)가 생긴다.

어떤 수행법이 나쁘겠는가? 그러나 혁명가의 권고가 '도그마'로 바뀌면 함정에 빠지게 된다. 아무튼 질문해 보자. '종교 없이도 깨달을 수 있는가?' '종교 없이도 신과 하나 될 수 있는가?'

'그럴 수 있는 거라면, 지금 우리가 신과 하나 되지 못한다고 느끼는 것은 무엇 때문인가?'
'우리 속의 무엇이 우리를 깨닫지 못하게 하는 것일까?'

타타타(tathata)

시골에서는 택시를 전화로 불러야 한다.
시골에는 버스가 적다.
시골에는 가게가 문을 빨리 닫는다.
독일에선 히치하이크를 받아주지 않는다.
프랑스에선 숙소 반드시 예약해야 한다.

세상 경계는 그러하다.
세상 사람들은 그리 행동한다.
우리가 그것을 싫어하든 좋아하든 상관없이 그러하다.

그것을 좋아하고 싫어하니 중생이다.
초연하면 편하다.

'자아 없음'을 상기하고
자아의 주장을 버리고
봉사자의 마음으로 타인을 섬기라.

진아를 찾는 우리가 있고,

진아를 찾지 못하게 하는 '탐진치'가 있다.
음양의 싸우는 그 게임의 이름은 '릴라'

게임의 법칙을 잘 살피고
결을 타고 잘 달리자.

인간에게는 '고통체'가 존재한다

인간에게는 '업장'이 존재한다. 인간은 업장에 갇혀서 웅얼거리면서 살아간다

배움은 '소통'에서 나온다. 최고의 배움은 '신성을 자각하는 것'이다. 신성을 자각하려면 에고의 껍질을 벗어야 한다. 에고의 껍질을 벗는 것은 타인과의 소통을 통해 이루어진다. 소통이 안 되면 타인은 '지옥'이지만, 소통이 잘 되면 타인과의 공존은 '천국'이 된다.

소통이 왜 안 되는가? 안 듣기 때문이다. 인간은 대개 안 듣고 자기 얘기만 한다. 깨달음은 '들음'에서 난다. 스승들은 목숨 걸고 이야기해 주는데, 중생들은 목숨 걸고 귀를 막는다. 귀를 막으니 중생이다. 귀를 여니 부처다.

소통에 대한 조언은 다음과 같다.
1, 말은 최소한으로 하고 최대한 묵언하라. 끄덕이고 '그렇군요' 하라. 남의 말에 토 달지 말고 벙어리로 살라. 지껄임은 싸움이 된다.
2, 조언은 상대가 요청할 때에만 하라. 먼저 설교하지 말고 먼저 도우려 하지 말라.

3. '아니다' 싶으면 떠나라. 에고를 잡고 씨름하지 말라. 오직 듣는 자에게 말하고 에고와 논쟁하지 말라.

지금 이 순간은 '성령체험'의 시간이다. 상황을 의식하는 '주인공'을 자각하라. '그리스도 의식', '불성'을 자각하라. '범아일여(梵我一如)'의 각성이 일어남을 보라. 은둔자로 살 것도 없고, 자본가로 살 것도 없다. 진리는 햇살처럼 도처에 널렸으니 그저 취하고 먹으라. 입을 닫고, 귀를 열라.

실상과 현상을 설명하는 비유들

실상과 현상을 설명하는 비유들은 다음과 같다.

1. 하늘과 구름: 하늘에 구름이 변해도 하늘 자체는 여여하다.

2. 바닷물과 물결: 파도가 변해도 바다는 여여하다.

3. 방의 공간과 방의 형상: 가구들로 방 모양이 변해도 방의 공간 자체는 여여하다.

4. 돌아온 탕자: 집 떠난 아들이 거지가 돌아오지만, 그의 본질은 장자의 아들이다.

5. 닭들 속의 독수리. 미운 오리 새끼. 양 떼 속의 사자: 신의 본질은 더 나은 것이었다.

퇴계 이황 선생님은 말했다. "인간들은 성인의 지위를 어려운 것이라 생각하고 포기해 버린다. 안타까운 일이다."

왜 인간들은 그러는가? 우리 본성이 이미 성인임을 알지 못하고, 노력해서 성인이 '되는 것'이라 착각하기 때문이다. 우리가 바다임을 자각하지 못하고 바다가 되어야 한다고 착각하기 때문이다. 우리가 하늘임을 자각하지 못하고 하늘이 되어야 한다고 착각하기 때문이다. 구름 형상에 속고 물결에 속기 때문이다. '생각'과 '감정'에 속아, '바탕 의식'을 놓치고 있기 때문이다. '바탕 의식'이 '참나'이다.

기독교 불교 통합 비전

기독교의 '믿음'은 불교의 '깨달음'이다.
'그리스도'는 '붓다'이고 '참나'이다.
'천상천하 유아독존'의 '나'도 '참나'이고,
'나는 길이요, 진리요, 생명이다'의 '나'도 '참나'이다.

그럼 이렇게 말할 수 있다.
"너희가 '참나'를 깨달으면 죽지 않고 영생을 얻는다."
"'참나'는 길이고 진리이고 생명이다."
"천상천하에 참나만이 존재한다."

선사가 거울을 보면서 말한다.
"속지 마라 주인공아."
그때의 주인공은 '참나'이다.

'참나'는 명백한데
놓쳐지고 있다.

'참나'라 이름하니 '참나'이다.

실제로는 '참나'라 이름할 수 없다.

'참나'라고 불리는 그것.
그것은 우리의 '본질'이다.
우리의 본질은 그것이다.

바이런 케이티의 '작업(the Work)'

바이런 케이티는 힘든 시절을 보내면서 깊은 사색을 통해 문제를 해결한다. 그녀의 결론은 놀랍게도 '생각'이 문제였다는 것이다.

"내가 나의 생각을 믿을 때 나는 고통스럽다. 생각을 믿지 않을 때 나는 자유다."

"자유는 간단하다. 고통이란 옵션이다. 내 안에 기쁨이 발견되었다. 이 기쁨은 나를 떠나지 않을 것이다. '생각에 대한 믿음'이 고통의 원인이다. 생각은 허구다. 우리가 지금의 현실과 다투는 생각을 믿을 때 고통을 경험한다. 마음이 맑을 때, 지금 있는 것이 우리가 원하는 것이 된다."

"생각을 바꾸라. 생각은 본질이 아니다. 원하는 대로 바꿀 수 있다. 생각으로부터 자유로운 것이 나의 본질이다."

인간의 비극은 '생각'에 있다

인간의 비극은 '생각'에 있다. 대상을 있는 그대로 보면 좋겠는데, 우리는 '업장의 필터'를 거쳐 본다. 필터링을 통해 '맞다 틀리다. 좋다 나쁘다'라는 판단을 한다. 그러면서 생각과 감정의 연속적 흐름 속에 존재하게 된다. 그러니 문제가 생긴다. 머리 작용을 버려야 해방이 온다.

성인은 관조를 권했다. 관조를 하면 '아이엠(I am)', '삿칫아난다(Sat Cit Ananda)', '참 자아'가 드러난다.

자기를 낮추고, 자기를 낮추는 과정이 필요하다. 모욕을 당하고, 당해 가면서, 나의 단단함이 무너져야 한다. 그리 되지 않는다면 그리 될 때까지 고생하리라. 단단함이 무너져야 '공(空)'이 된다.

편관, 상관, 편인, 겁재라는 고통체

편단, 상관, 편인, 겁재.
인간은 부정적 속성을 가지지 않을 수 없다.
인간은 고통체 이다. 수행과 해탈은 의무이다.

우리는 트라우마를 해결해야 한다.
인생의 목적은 행복.
행복이 뭔가?
행복을 막는 것이 뭔가?
탐진치 삼독 오개는 뭔가.
킬레사 근원이 뭔가?

우리에게 딸린 고통체는 문제 양산자.
심리적 고통체를 경계하라.
에고의 마성, '아', '아소'.
업장의 자기 지속력

생각과 기분을 믿어선 안 된다.
나는 생각과 기분이 아니기 때문이다.

고통체를 고통체로 보라

고통체를 고통체로 보라.
'분노'를 자기로 보면 안 된다.
'분노'는 모든 것을 파괴하는 마귀의 작용이다.
'빙의'의 상태에서 '주체'는 사라진다.
'빙의'로 인간은 '애욕'과 '분노'의 노예가 된다.
애욕과 분노가 발동할 때 관하라.
탐진치를 잘 보라.
관찰하는 의식이 주인공이다.
주인공을 잡는 것이 수행이다.

진행되는 연극을 보는 깨어있는 주인이 있다.
그는 오는 것을 막지 않고, 가는 것을 잡지 않는다.

'고통체'는 파악되면 정지된다.
정체를 알면 대응이 나온다.
정체를 모르니 답이 안 나온다.
법의 원리와 이치를 알고 대하라.
'고통체'의 생리를 알고, 그의 지배 전략을 파악하라.

인생의 화두는 주인과 노예의 변증법.

노예로 살 것인가, 주인으로 살 것인가?

자유로이 살 것인가, 자유 없이 살 것인가?.

자유를 위해 고통체를 통제하라.

에필로그

새로운 나, 요가 명상 마스터

지금까지 나의 지난 이야기를 했고 플라시보 요가 명상에 대해 소개했고 또 나의 에세이를 소개했다.

요점은 '플라시보 요가 명상'을 소개하는 것이었다. '플라시보' 개념은 즉각적으로 자기의 원하는 바를 선언하는 것이다. 아주 간단한 결론이다. 깨달음이란 간단하다. 자기 깨달음을 자각하기만 하면 된다. 행복이란 간단하다. 자기의 행복을 자각하기만 하면 된다. 무엇을 원하든 자기의 본질이 구족하고 있음을 자각하면 된다. 우리의 본질은 모든 것을 구족하고 있으므로, 우리가 원하는 모든 것이 현상세계에 구현될 수 있다. 그것이 원효가 경험한 '일체유심조'의 진리이다. 나는 나의 모든 것을 스스로 결정한다.

요가는 몸과 마음에 무조건 좋다. 요가는 명상을 준비하는 것이다. 명상은 모든 것을 있는 그대로 자각하고 인지하는 것이다. 모든 것의 여여함을 인정하는 것이다.

깨닫고 나서 오직 '소데스까'만을 말하고 산 일본의 선사처럼, 나도 우연치 않게 언젠가부터 '그렇구나'를 입에 달고 살기 시작했다.

'그렇구나. 그렇구나.'

다툼을 피하기 위한 전략이었는데, 그것이 나에게 평화를 주었다. '그렇구나', 이 매직 워드는 모든 갈등을 종식시켰다.

나는 내가 먹는 것이고,

나는 내가 보는 것이고,

나는 내가 스스로 생각하는 그것이고,

나는 내가 스스로 선언하는 그것이다.

좋게 생각하면 좋게 되고,

나쁘게 생각하면 나쁘게 된다.

좋기를 바라면서 나쁘게 생각하는 것은

나무에 가서 물고기를 찾는 것이다.

병을 치유받길 원한다면

건강한 자기를 상상하고,

건강을 선언하고 건강을 끌어들여야 한다.

그러면 건강해진다.

우리가 무엇을 원하든지
원하는 것을 선언하고 끌어들이면
그것을 획득한다.

깨달음을 선언하고 끌어들이면
우리는 깨닫는다.

행복을 선언하고 행복을 끌어들이면
우리는 행복해진다.

문제 해결은 의외로 간단하다.
내가 마시는 물이 해골물이라는 인식을 스스로 하지 않는다면
나는 평생 구역질 없는 삶을 살 수 있게 된다.

플라시보를 이해하고,
요가와 명상을 실천하고, 자기를 돌아보면서
모두 행복하게 살기를 기원한다.

나를 키워주신 모든 스승님들에게 감사한다.

또 하나의 에필로그

항상 뭔가 표현함에 있어서 장애가 되는 것은 '자의식'이었다. 자기에 대한 의심. 내가 그럴만한 사람인가? 명상과 깨달음에 대한 책을 씀에 있어서도 자의식이 방해가 되었다. 내가 이런 책을 쓸 자격이 있는가? 내가 깨달았는가? 내가 도인인가? 지도자인가? 자기를 스스로 낮추는 목소리가 들린다. 자기를 축소시키는 목소리가 들린다. 겸손을 가장한 고통체의 잡소리이다. 이것에 대한 대처법은 하나의 도구로 나를 인식하는 것이다. 신의 도구, 부처의 도구로. 나는 아무것도 아니지만 도구로서 의미가 있는 것이다. 그러면 자의식의 문제가 해결된다.

예술가는 도구이다. 영성가는 도구이다. 동일한 중생이지만, 의식을 키워나가는 중생은 구도자가 된다. 나는 도정에 있다. 갈 길이 멀다. 그러나 내가 아는 만큼 내가 온 만큼 표현한다. 내가 생각한 것들을 드러내고, 나의 관심사를 드러낸다. 그렇게 하는 이유는, 이전에 자기를 드러낸 사람들을 통해서 내가 도움을 받았기 때문이다. 내가 도움을 받았으니 내가 도움을 주어야 하는 것이다. 영화 작가들, 책을 쓰신 작가들,

배우들, 예술가들, 사상가들, 가르침을 주신 스승들. 이들 모두가 자기를 드러냈기 때문에 내가 도움을 받을 수 있었다.

마하비라와 붓다를 보자. 그들은 동시대 사람이고 그들은 모두 깨달은 사람들이었는데 왜 마하비라는 유명하지 않게 되었고 붓다는 유명하게 되었는가? 그분들이 가르침을 편 방식이 다르기 때문이다. 붓다는 적극적으로 체계적인 가르침을 전했기에 불교가 거대 종교가 되어 후대인들에게 도움을 주게 된 것이다. 마하비라의 깨달음도 동일한 깨달음이었지만, 그의 가르침이 임팩트를 주지 못하는 것은 표현 방식이 달랐기 때문이다.

수많은 성자들이 있었겠지만 후대에게 알려지는 도인들은 전체의 백분의 일, 천분의 일, 만분의 일도 안 될 것이다. 많은 도인들이 깨달음을 얻었지만 그냥 조용히 사라져 갔다. 수많은 치료사들이 치료 기술을 익히고도 많은 사람들을 치료하지 못하고 사라져 갔다. 많은 지식인들이 지식을 축적하고도 많은 사람들에게 가르침을 주지 못하고 죽어갔다. 얼마나 낭비인가?

그러니 완성을 기다릴 수 없는 것이다. 부족하지만 부족한 상태에서 뭔가를 해야 하는 것이다. 나는 이렇게 말하게 되는 것이다. "나는 완성된 성자가 아니지만, 지금 나의 수준에서 내가 알고 내가 깨달은 것을 표현하리라. 나는 대단한 부자가 아니지만, 지금 내가 가진 것을 공공의 선을 위해 사용하리라. 지금의 나의 수준에서 나를 드러내어 홍익인간을 실천하리라." 그렇게 해 나갈 때, 나의 진화도 더 효율적으로 이루어질 것이라 믿는다.

모든 사람에게 수많은 아이디어가 점멸한다. 모두에게 수많은 영감이 왔다가 간다. 그러나 그것을 잡고 글로 쓰고 영상으로 표현하는 사

람만이 예술가가 되는 것이다. 그 작업을 할 때 비로소 남에게 도움을 주는 사람이 되는 것이다. 그런 것들을 느끼면서 자기를 표현하는 작가들, 영화감독들, 영화 제작자들, 시나리오 작가들, 극작가들, 철학자들, 번역가들, 음악가들, 미술가들, 무용가들을 다시 보게 되었다. 문서 자료, 영상 자료들을 남기는 자들은 엄청난 공덕을 베푸는 자들인 것이다. 남을 치료하는 힐러들, 사회봉사자들, 공공의 이익을 위해 힘쓰는 정치가들, 경제인들, 남을 위해 봉사하는 자들, 묵묵히 수행하는 수행자들. 수많은 수준 높은 의식의 인간들이 사회 곳곳에 있다. 사실 모든 사람이 다 수행자이고 보살이고 부처이고 신이다. 다만 어찌 된 일인지 '탐진치 고통체'가 개입하면서, 우리 인간이 자기를 못 보고, 건강을 잃고, 미로 속을 헤매는 상황에 처한 것이다. 그 상황에서 수많은 철인들, 성자들, 예술가들, 시인들이 인류가 길을 찾는 데 도움을 주기 위한 유산을 남겼던 것이다. 그들의 도움을 받아 나도 길을 찾아 나가고 있다. 나도 내가 간만큼의 흔적을 남겨서 다른 사람에게 도움을 주고 싶

은 것이다. 그런 의도로 이 책이 만들어졌다.

같이 살고 있는 모든 이들이 도반들이다. 스승님들도 도반이고, 선배님들도 도반이고, 후배님들도 도반이다. 도반님들이여, 진리는 널려 있다. 선조들의 유산을 잘 받아 건강을 찾고 행복을 누리자. 일체유심조이니, 우리가 선택할 수 있다. 우리는 우리가 아는 우리가 아니다. 우리는 신이고 우리는 부처다. 우리는 아이 엠(I am that I am)이고 여래장이고 법성이다. 우리는 우리의 행위의 주체이고, 사고의 주체이고, 감정의 주체이다. 우리는 건강의 주인이고, 의원이고, 초능력자이고, 예술가이다. 우리는 마술사이고, 선사이고, 영성가이고, 성공하는 생활인이다. 우리 자신을 새롭게 발견하자. 우리 자신을 새롭게 선언하자. 자신의 의지로 자기의 삶을 선택하자. 주체적으로 살자. 운명의 희생자가 되지 말고 운명의 주인이 되자. 용기를 가지고 나아가자. 우리의 선택과 행위를 다른 사람에게 허락받지 말자. 우리의 영성을 다른 종교인에게 맡기지 말자. 우리 안의 예술가를 다른 사람이 지시하지 말게 하자. 우리의 말년의 건강을 다른 누군가에게 맡기지 말자. 죽는 순간까지 우리 몸의 주인으로서, 우리 마음의 주인으로서, 하루하루를 생생하게 살아가자. Gate Gate Paragate Parasamgate Bodhi Svaha.

용어 해설

- **공(空, emptiness)** 비어있음. 이데아. 프루샤. 쉬바. 절대 세계. 카오스. 존재 자체의 상태. 만물이 발생하는 근원이면서 만물이 돌아가는 귀결점. 연기법에서 도출된 개념. 모든 물질세계의 현상은 실상이 없고 연기법에 의해 가상으로 나타난 것이다. 그러므로 모든 형상은 비어있다는 것이다.
- **관심일법 총섭제행(觀心一法 總攝諸行)** 선불교의 시조인 달마대사의 말이다. 마음을 돌이켜 보는 관심법 하나가 모든 수행법을 포섭한다는 의미이다.
- **고통체(Pain Body)** 업장. 인간에게 고통을 일으키고 장애를 주는 요소. 에카르트 톨레의 용어. 영가, 영체, 트라우마, 킬레사. 삼독. 그림자. 심리적 기생충, 영적 바이러스 등으로노 설명될 수 있다.
- **니야마(Niyama)** 권계. 요가의 8기둥 중 두 번째. 깨달음에 이르기 위해 해야 할 것을 권하는 것이다. 정화(사우차 Sauca), 만족하기(산토샤 Santosha), 정진(타파스 Tapas), 공부(스바디야야 Svadyaya), 진리에 대한 열망(이쉬바라프라니다나 Ishvarapranidana)
- **다라나(Dharana)** 집중. 요가의 8기둥 중 여섯 번째.
- **대승불교(Mahayana Buddhism)** 불교의 개혁을 주창하고 소승불교에서 갈라진 불교의 일파. 계율을 유연하게 해석한다. 신들에 대한 숭배를 수용한다. 깨닫고 아라한이 되고서 단지 열반의 세계로 떠나는 것이 아니고 보살(보디사트바 boddhisattva)로 현상세계에 다시 돌아와서 중생을 구제해야 한다고 주장한다.
- **데이빗 호킨스(David Hawkins)** 『의식혁명』의 저자. 의식 지수표를 만들었다. 영적 지도자.
- **디아나(Dhyana)** 명상. 요가의 8기둥 중 일곱 번째.
- **릴라(Leela)** 신의 게임. 세상은 신들이 벌이는 놀이이고 게임이라는 의미이다.
- **범아일여(梵我一如 Ayamatma Brahma)** 인간의 영혼의 정수와 신의 본질이 일치한다는 의미이다.
- **브라만(Brahman)** 신. 신의 본질. 이데아. 힌두교 우파니사드에서 말하는 우주의 본질.
- **비기아나 바이라바 탄트라(Vigyana Bhairava Tantra)** 탄트라 경전.
- **사마디(Samadhi)** 삼매. 고도의 집중상태. 몰아의 상태. 요가의 8기둥 중 여덟 번째.
- **삼독(Kilesa)** 악. 독소. 인간을 방해하는 세 가지 해악. 탐욕과 분노와 어리석음이다.
- **상락아정** 영원하고 즐겁고 실재하며 깨끗하다. 소승불교의 '무상 고 무아 부정' 개념에 상대적으로 나온 대승불교의 개념. 깨닫고 나면 부정적인 현상세계의 모든 것이 긍정적인 것으로 바뀐다.
- **삿칫아난다(Sat-Cit-Ananda)** 존재 의식 지복. 존재와 의식과 지복의 삼위일체 상태를 의미한다. 깨달음에 도달했을 때의 정신 상태이다.
- **선문답** 선불교에서 사용하는 문답법. 질문을 통해 수행자로 하여금 자기를 돌아보게 하는 테크닉
- **색(色, form)** 형상. 세계. 현상세계. 프라크리티. 샥티. 시뮬라크르.
- **소승불교(Hynayana Buddhism)** 테라바다 불교라고도 한다. 오리지날 정신에 입각하여 사성제, 연기법, 칠각지 등을 중시하며, 수행하여 아라한이 되는 것을 추구한다.
- **수처작주 입처개진(隨處作主 立處皆眞)** 임제선사의 말이다. 내가 가는 곳마다 내가 주인이 되고, 내가 서는 곳마다 모두 참이라는 의미이다.
- **사념처(사티파타나 Satipatana)** 불교 수행법인 팔정도에서 일곱 번째 정념(samma sati)의 네가지 대상들. 그것은 신수심법이다. 즉 몸과 감각과 마음과 우주구성요소이다.

- 사성제(四聖諦) (고집멸도) 고(dukkha) 집(samudaya) 멸(nirodha) 도(magga) 인간이 문제 상황에서 벗어나 깨달음에 이르는 과정을 순차적으로 제시한 것. 인간이 고통의 상황에 처해 있는데, 그 원인은 집착이고, 집착은 멸할 수 있으며, 그 멸하는 방법이 팔정도임을 보여준다.
- 사카야 디티(sakaya dithi) 사견. 주관적인 견해. 편협된 견해. 고통체에 의해 오염된 견해.
- 삼마 디티(samma dithi) 정견. 바른 견해. 사적인 의견이 개입되지 않은 채로 사물을 있는 그대로 보는 견해.
- 삼법인 세 가지 중요한 불교의 진리. 모든 것이 항상적이지 않다는 '무상(제행무상)', 모든 현상에 고통이 존재한다는 '고(일체개고)', 모든 것에 실상이 존재하지 않는다는 '무아(제법무아)'
- 삼매 몰아상태. 사마디(samadhi)를 중국어로 표기한 것. 명상이 깊어질 때 도달하는 초월의 상태
- 아비나바굽타(Abhinavagupta) 850년 경의 탄트라 비이원주의인 카쉬미르 샤이비즘(트리카 샤이비즘)을 이끈 영적 지도자.
- 안위동일(엑카요가크쉐마 ekayogaksema) 유가철학의 개념. 몸과 마음이 같이 움직임을 의미한다. 몸이 좋아지면 마음도 좋아지고, 몸이 나빠지면 마음도 나빠진다. 역도 성립한다. 그러므로 마음의 정화를 위해 몸을 정화시키고, 마음의 수련을 위해 몸의 수련을 한다.
- 아사나(Asana) 요가 수행 중에서 몸으로 자세를 취해서 수행하는 것
- 여래장 여래의 씨앗이 숨어있음. 인간에게는 깨달음의 종자가 존재한다, 즉 성스러움의 종자가 존재한다는 의미이다. 누구나 작은 부처라는 말이다.
- 아트만(Atman) 참된 나. 영혼. 인간의 본질. 진아. 참나. 힌두교 우파니사드에서 말하는 인간의 정수.
- 엑카르트 톨레(Eckart Tolle) 독일계 캐나다 인. 『지금 이 순간을 살아라(the power of now)』와 『삶으로 다시 떠오르기(the new earth)』의 저자. 현대의 대표적인 영적 지도자.
- 연기법(緣起法)/ 십이연기(12緣起)(Dependent Origination - Paticca Samuppada) 연기법은 세상의 사물들이 실재하는 것이 아니라 단지 인연에 의해 가연적으로 생기는 것임을 설명한다. 특히 인간의 생로병사 고통의 원인을 파악하는 의도로 나타난 이론이다. 이것을 12단계로 설명한다. 무명, 행, 식, 명색, 육입, 촉, 수, 애, 취, 유, 생, 노사(슬픔 비탄 고통 고뇌 좌절)
- 오개(Panca Nivarana) 다섯가지 덮개. 인간을 방해하는 다섯가지 해악을 의미한다. 그것은 탐욕, 분노, 게으름, 들뜸, 의심이다.
- 야마(Yama) 금계. 요가의 8기둥 중 첫 번째. 깨달음에 이르기 위해 먼저 하지 말아야 할 것을 금지하는 것이다. 불살생(아힘사 ahimsa), 불망언(사티얌 satyam), 불투도(아스테야 asteya), 불사음(브라마차리아 brahmacharya), 무집착(아파리그라하 aparigraha)
- 오온(five Skhandas) 색수상행식, 즉 몸, 감각, 생각, 충동, 분별의식. 이것은 인간 전체를 의미한다.
- 요가(yoga) 깨달음을 위한 인도의 전통적 수행 방식
- 요가의 8기둥 금계(야마 yama), 권계(니야마 niyama), 자세(아사나 asana), 호흡수련(프라나야마 Pranayama), 제감(프라티하라 pratyahara), 집중(다라나 dharana), 명상(디아나 dhyana), 삼매(사마디 samadhi)
- 육근 육경 육식 '안이비설신의(眼耳鼻舌身意)'가 '색성향미촉법(色聲香味觸法)'을 만나 '안식, 이식, 비식, 설식, 신식, 의식' 이라는 여섯가지 의식작용을 일으킨다. 이것이 인간 세상의 전부이다.

- 자등명 법등명(自燈明 法燈明) 붓다의 마지막 유언. 스스로의 반야의 빛을 비추는 것에 의지하고, 붓다의 교설에 의지하여 수행하라는 말이다.
- 조견오온(照見五蘊) 오온, 즉 색수상행식을 밝게 비추어 본다는 뜻이다. 조견은 vipassana의 의미를 가진다.
- 주인공 참나. 참된 실재로서의 나. 붓다로서의 나. 신으로서의 나. 불성. 브라만.
- 팔정도(Samma Pada) 사성제 고집멸도의 마지막 도성제를 이루는 여덟가지 지침으로서 깨달음의 길을 제시한다. 정견, 정사유, 정언, 정업, 정명, 정정진, 정념, 정정으로 되어 있다.
  -정견(Samma Dithi) 바르게 보기. 자기 생각과 감정을 개입시키지 않고 있는 그대로 보는 것. 반대말은 사카야 디티(sakaya dithi) 로서 '사견'이다.
  -정사유(Samma Sankhapa) 바르게 사유하기.
  -정언(Samma Vacca) 바르게 말하기
  -정업(Samma Kammanta) 바르게 행동하기
  -정명(Samma Ajiva) 바르게 직업생활하기
  -정정진(Samma Vayama) 바르게 노력하기
  -정념(Samma Sati) 바르게 알아차리기. 자각하기
  -정정(Samma Samadhi) 바르게 집중하기. 몰입.
- 차크라(Chakra) 에너지 센터. 인간에게는 7개의 에너지 센터가 있다.
- 칠각지(Sambojjangha) 깨달음을 위한 일곱가지 요소. 념각지, 택법각지, 정진각지, 희각지. 경안각지. 정각지. 사각지. 이렇게 일곱가지가 있다.
- 코샤(Kosha) 몸을 의미한다. 요가에서는 5층의 몸이 존재한다고 본다. 육체, 에너지체, 멘탈체, 아스트랄체, 코잘체가 그것이다.
- 탄트라(Tantra) 밀교 수행법. 문자적으로는 지식의 보급, 지식의 확산, 테크닉을 의미한다. 인더스 강 유역에서 발생한 샥티 신앙과 쉬바 신앙에 기반을 둔다. 카쉬미르 지역에서 8~11세기 까지 성행했다. 쉬바파 문헌은 아가마, 비쉬누파 문헌은 상히타, 샥티파 문헌은 탄트라라고 부른다.
- 탐진치 kilesa. 삼독. 탐욕과 분노와 어리석음. 인간을 나락에 떨어뜨리는 세 가지 독소.
- 프루샤(Prusha) 우주의 남성적 원리. 서양철학에서의 이데아 개념이다.
- 프라나야마(Pranayama) 호흡 조절 수련
- 프라티하라(Pratyahara) 제감. 감각을 통제함. 요가의 8기둥 중 다섯 번째.
- 프라크리티(Prakriti) 우주의 여성적 원리. 물질세상. 서양철학에서의 시물라크르 개념이다.
- 플라시보 효과(Placebo effect) 위약효과. 가짜 약을 주면서 진짜라고 속이면 실제로 진짜 약의 효과가 나는 것을 의미한다. 인간의 무의식적인 믿음이 효과를 나타낸다는 것이다.
- 회광반조(廻光返照) 빛을 돌이켜서 비춘다는 의미이다. 빛은 이성의 빛이고 반야의 빛이다. 자등명(自燈明)한다는 의미이다.
- 화엄세계 화엄경의 철학에 입각한 세계. 화엄경의 세계관에서는 무한한 우주가 펼쳐진다. 무한한 세계가 겹겹이 존재한다. 현상세계와 극락세계가 구분되지 않는다.
- 호오포노포노 명상법 하와이의 전통적 명상법. '미안합니다, 용서하소서, 감사합니다, 사랑합니다' 이렇게 네 가지 말을 반복하는 것으로 영혼을 정화시키는 방법이다.

참고도서

성경

요가 수드라(Yoga Sutra)- 파탄잘리

선의 나침반(Compass of Zen)- 숭산스님

중론- 용수보살

유식철학- 요코야마 고우이츠

선의 황금시대- 존 C H 우.

소녀경

탄트라 비전(Vigyana Bhairava Tantra: 의식 초월 방편)- 오쇼 라즈니쉬 해설

약속의 땅- 오쇼 라즈니쉬(Osho Rajneesh)

샤머니즘- 미르치아 엘리아데(Mircea Eliade)

성과 속- 미르치아 엘리아데(Mircea Eliade)

호오포노포노의 비밀- 조 바이틀, 이하레아카라 휴

자기로부터의 혁명- 지두 크리쉬나무르티(Jidu Krishnamurti)

나는 플라시보다(I am Placebo)- 조 디스펜자(Joe Dispenza)

지금 이 순간을 살아라(the Power of Now)- 엑카르트 톨레(Eckart Tolle)

삶으로 다시 떠오르기(the New Earth)- 엑카르트 톨레(Eckart Tolle)

나는 누구인가- 라마나 마하리쉬(Ramana Maharish)

의식혁명, 나의 눈, 놓아버림- 데이빗 호킨스(David Hawkins)

밀라래파(Milarepa)

1000의 얼굴을 가진 영웅- 조셉 켐벨

시크릿(the Secret)- 론다 번(Rhonda Byrne)

리액트(React)- 네빌 고다드(Neville Goddard)

부활- 네빌 고다드(Neville Goddard)

천상의 예언, 열 번째 예언, 샴발라의 비밀- 제임스 레드필드(James Redfield)

그리스인 조르바(Zorba the Greek)- 니코스 카잔차키스

아함경

참고영화

이집트 인(the Egyptian)(1954) 마이클 커티즈 감독. 에드먼트 퍼덤 빅터 마추어 진 시몬즈 피터 유스티노프 주연

성스러운 피(Holy Blood / Santa Sangre)(1994) 알레한드로 조도롭스키 감독

뻐꾸기 둥지로 날아간 새(One Flew over the Cuckoo's Nest)(1977) 밀로스 포먼 감독. 잭 니콜슨 루이스 플레처 주연

쇼생크 탈출(the Shawshank Redemption)(1995) 프랭크 다라본트 감독. 팀 로빈스 모건 프리먼 주연

야만적 침략(Invasion of the Barbarians/Les Invasions Barbares)(2003) 드니 아르캉 감독

씨 인사이드(Sea inside/Mar Adentro) 알레한드로 아메나바르 감독. 하비에르 바르뎀 주연

매트릭스(Matrix)(1999) 워쇼스키 감독. 커누 리브스 주연.
고무인간의 최후(Bad Taste)(1991) 피터 잭슨 감독
말괄량이 길들이기(the Taming of the Shrew)(1967) 셰익스피어 원작, 프랑코 제피렐리 감독.
리처드 버튼 엘리자베스 테일러 주연.
삼사라(The Samsara)(2004) 판 나린 감독. 숀 쿠, 종려시, 닐레샤 바보라 주연
검은 사제들(The Priests)(2015) 장재현 각본 감독. 김윤석, 강동원 주연
신과 함께- 죄와 벌(2017) 주호민 원작. 김용화 감독. 하정우 차태현 주지훈 김향기 주연
신과 함께- 인과 연(2018) 주호민 원작. 김용화 감독. 하정우 주지운 김향기 주연
닥터 스트레인지: 대혼돈의 멀티버스(Doctor Strange in the Multiverse of Madness)(2022)
샘 레이미 감독. 베네딕트 컴버배치, 엘리자베스 올슨 주연
개아빠(2013) 윤동환 각본 감독. 정민결, 김태윤, 윤동환 주연.
풀 매탈 자켓(Full metal Jacket)(19) 스탠리 큐브릭 감독.
바람의 계곡 나우시카, 미야자키 하야오 감독
드래곤 길들이기(How to Train Your Dragon)

참고드라마
억새바람(1992-1993) MBC. 이관희 연출. 손지창 윤동환 주연
전쟁과 사랑(1995-1996) MBC. 김정수 각본. 신호균 연출. 이창훈 배종옥 오연수 윤동환 주연
주몽(2006-2007) MBC. 최완규 정형수 각본, 이주환 김근홍 연출. 송일국 한혜진 전광렬 윤동
환 주연
쌍갑포차(2020) JTBC. 전창근 연출. 황정음 육성재 최원영 이준혁 주연
우리들의 블루스(Our Blues)(2022) 노희경 각본. 김규태 연출. 김혜자, 이병헌 주연
오징어 게임(the Squid Game)(2021) Netflix. 황동혁 각본 연출. 이정재 박해수 정호연 오영수
주연
이상한 변호사 우영우(Extraordinary Attoney Woo)(2022) 문지원 극본. 유인식 연출. 박은빈
강태오 강기영 주연

참고 유튜브
윤동환 YOON TV- #플라시보 #요가 #명상 #팡세 #ydrama #camino #dal #인간극장
석정훈의 무의식 연구소 #수호천사
홍익학당- 윤홍식 #대승불교
목탁소리- 법상스님
법륜스님
강신주
Indriya Retreat Vipassana- 안소니(Anthony)의 비파사나 강의 #anthony #vipassana

참고 이야기
원효- 해골물 마시고 깨닫는 이야기- 일체유심조(一切唯心造)

밀라래파 - 동굴에서 수행하는데 숙모가 와서 참회하는 이야기
손정웅 손흥민의 성공 이야기
영지주의 카타리 파 이야기
달마와 혜가의 만남
남악회양과 마조의 만남
아함경의 붓다와 용과의 만남
황진이의 서경덕과의 만남
새옹지마

나를 키워준 수련 도장
오쇼 아쉬람 - 인도 푸나 - 오쇼 라즈니쉬(Osho Rajneesh)
카미노 데 산티아고(Camino de Santiago) - 달 형제
ALP(Art of Life Program) - 깨어나기. 알아차리기. 살아가기 수련회 - 장길섭(아침햇살) 선생님
수안목 사원 - 태국 수라타니. 아짠 붓다다사 스님
왓 카오탐 - 태국 코팡안의 수안목 사원 말사 - 안소니(Anthony)의 비파사나 수련회
아가마 요가센터(Agama Yoga) - 태국 코팡안의 요가학원. 비베카난다(Vivekanada) 선생님
삼마 카루나(Samma Karuna) - 태국 코팡안의 요가학원
흐리다야 요가센터(Hridaya Yoga) - 멕시코 마준테. 흐리다야 요가명상 수련회 - 사하자난다
(Sahajanada)
래디언틀리 얼라이브(Radiantly Alive) - 인도네시아 발리 우붓 요가학원
요가 반(Yoga Barn) - 인도네시아 발리 우붓 요가학원
삿칫아난다 요가(Sat-Chit-Ananda Yoga) - 한국 제주도 요가학원. 한주훈 선생님
지리산 칠선계곡 - 문상희 선생님
제주도 원명선원 - 금강스님
서울 연화사 - 장명스님
음성 법화림 - 덕현스님
헝가리 원광사 - 청안스님
뉴욕 뉴스쿨(New School)
LA 리 스트라스부르그(Lee Strasburg) 연기학원

감사한 분들
예수 붓다 소크라테스 람 공자 노자 장자 에피쿠로스 프란체스코 밀라래파 파드마삼바바 플
라톤 헤라클레이토스 플로티누스 파탄잘리 상카라 아쇼카 길가메쉬 아비나바굽타 구마라집
현장 용수(나가르주나) 무착 세친 원효 의상 붓다다사 아짠짜 이세종 이현필 박중빈 빌헬름
라이히 오쇼라즈니쉬 지두크리쉬나무르티 간디 마틴루터킹 이순신 김시민 황진 세종대왕 김
구 윤동주 윤봉길 안중근 전봉준 묘청 임경업 유비 관우 제갈량 조자룡 엘시드 윌리엄월레스
스팔타쿠스 서산대사 사명대사 영규대사 달마대사 숭찬대사 육조혜능 남악회양 마조도일 임
제의현 조주 서암사언 해심 야운 성우경허 만공스님 숭산스님 허준 정약용 정약전 퇴계이황

율곡이이 마하리쉬(Ramana Maharish) 톨레(Eckart Tolle) 강가지(Gangaji) 무지(Mooji) 요가 난다 라마크리슈나 소녀 루돌프슈타이너 마이스터엑카르트 스피노자 파스칼 칸트 헷세 톨스토이 토스토옙스키 루미 월트휘트먼 조정래 노희경 자파르파나히 타비아니 형제 미야자키하야오 고레에다히로카즈 김기덕 이창동 홍상수 김지석 여균동 신수원 우디알렌 베르베르 코엘료 안톤체홉 바흐 헨델 베토벤 모차르트 라흐마니노프 포레 마틴루터(Martin Luther) 존칼빈(John Calvin) 무묘앙에오 헤암스님(원당암) 법정스님 덕현스님(법화림) 법륜스님(정토회) 미산스님 장명스님(연화사) 금강스님(제주) 무심스님(수원) 대원스님(창녕) 태원스님(법천사) 청안스님 여일님 장긴섭(아침햇살) 조디스펜자 네빌고다드(Neville Goddard) 바이런케이티(By-ron Katie) 소공자 원산스님 시명스님 법기스님 김재판 국중징(달형제) 손융정 손흥민 임윤찬 최형인 정진홍 김범준 이지나 전영원 김도원 장인두 이대건(해리) 김은형 서삼란(감포) 장학수 조은경 강신주 김선사 김흥승(럭셀) 진귀장자 장현주 장호건 장태건 이묘연 황일동(디황) 박화영 구본수(구달) 한동희 이기중(북극성) 문상희(칠선계곡) 한주훈(삿칫아난다요가) 조용헌 이관희 오종록 장용우 다릴한나 틴타란티노 비베카난다(Vivekananda) 사하자난다(Saha-jananda) 크리슈나요기(Krishna) 조도롭스키 아메나바르 Sandrine Chavenon 부모님(윤수효 황영애) 윤지언 윤정미 진도용 김성분(할머니) Susan MacDonald 정란기 김홍동 이기형 김정수 남기웅 전규환 최세영 허경진 박홍식 박상준 김종률(현곡) 허종현 김정윤 조봉문 윤정현 한영우 구본일 임대호 이영덕 정의리 윤기태 이승란 조수연 Katie Kim 안선영 김수영 고은서(주인공) 은총 이정민 백낙서(지암원) 최윤희 강수길 이승겸 최영선(부산) 하미정 호근 향미 김경희 윤상 유안 김은균 여의주(묵계사) 유희재 장정법(강릉) 천황성 노소정 홍지안 허성 조연주 시은혜 박남희 한영우 서순복 강신옥 김경숙 자용스님 동암스님(약수암) 박남희(심천) 김남수(구당) 윤홍식 법상스님 석정훈 최형식 김레오 정은수 김정자 김미영 박다원 보우법사(선림사) 오영호(경기) 김광남 한상우(경주) 송범 도원스님 정호근 박찬환 이재용 이승우 최재형 최범호 김원희 김민서 오동하 김도경 송조은 김동성 김용만 최종성 김필수 이동림 최승린 박진원 최훈배 박성관 진흥스님 이장훈 조미옥 공웅경 Stacy 야나 오대영 성희승 선저스님 양재익 김재록 시연 Jane Kim 하용수 홍기범 추경희(스완) 박제동 유시민 강기갑 한원식 윤형식 박봉춘 Rochelle 구경남 구정복 최선희(예서) 전윤찬 윤동진 선영 호원준 Katherine Kim 리스트라스버그(Lee Strasburg) 이재형 조명환 고영재 유홍영 Anthony 남경희(시인) 김은균. 저의 삶에 여러 역할을 맡으셔서 도움을 주신 분들을 기억해 보았습니다. 기억하지 못했지만 여전히 도움을 주었던 수많은 스승님들 도반님들에게 감사 드립니다.

윤동환 YOON, DONG-HWAN 배우, 연극연출가, 영화감독, 요가명상가

서울에서 태어났다. 경기고를 나와 서울대 종교학과를 졸업했다. 한양대에서 연극영화를 공부하고 미국 뉴욕 뉴스쿨에서 <16밀리 영화 워크숍>을 수료하고, 뉴욕 HB스튜디오에서 연기 수업에 참가했다. 귀국해 극단 <유> 1기 단원 연기 워크샵에 참가했고, 다시 미국 LA 리 스트라스버그 연기 학교코스를 수료하고 프랑스 몽펠리에 3대학(폴 발레리 대학) 영화과(영화 이론) 석사과정을 마쳤다. 스페인 바르셀로나에서 스페인어 연수했다. 다시 귀국해 동국대학교 영화영상학과 박사 과정 연출전공에서 1년간 공부하고 한국예술종합학교 방송 영상학과전문사 과정에서 공부를 이어갔다. 2015년부터 인도네시아 발리 우붓 래디언틀리 얼라이브 요가학원에서 공부하고 2015, 2018, 2019년 세 차례 스페인 카미노 데 산티아고 순례길을 완주했다. 태국 수안목 사원 비파사나 리트리트에 참가하고, 태국 코팡안 아가마 요가센터 요가교사 양성과정에서 수련했다. 2004년 스타게이트 아카데미 연기학원에서 연기 강사로 출강을 시작해, 서울예대 교양 과정 '예술과 대중' 강의, 한신대 문화컨텐츠학과 '영상문화학' 강의, 서울대 종교학과 '종교와 문화' 강의, 서울 간호대학 간호학과 초청 '명상' 강의, 네오파인 엔터테인먼트 연기 강사 출강, 멕시코 옥스퍼드중학교 요가 명상 강의, 서울 연화사 요가 명상 강의, 법화림 요가 명상 강의, 코롱 에코리움 요가 명상 강의, 대죽도 캠프 요가 명상 강의, 2022년 책마을해리 청소년 영화학교 지도를 통해 수많은 후학들과 만나 영화, 연극, 요가 명상에 대해 배움을 나눴다.

2011년 <우리 마을(Our Town, 2011, 손톤 와일더 원작, 윤동환 연출 출연)>을 극단 사람에서 연극으로 무대에 올렸다. 영화 연출로는, 유튜브(윤동환 YOON TV #ydrama) 운영을 비롯해, <개아빠(장편, 80분, 2015)>, <섹스토크(sex talk, HD, 20분, 2010)>, <이상과 현실(Idea and simulacre, DV, 25분, 2008)>, <The Road to Holland(HD, 15분, 2007)>, <사랑이란…(love is…, DV, 20분, 2006)>, <Beyond the sky(16mm, 10분, 1996)> 등이 있다.

1993년 <억새바람(MBC 창사 특집 미니시리즈)>를 시작으로 <결혼(SBS 월화드라마, 1994)>, <폭풍의 계절(MBC 수목드라마, 1994)>, <전쟁과 사랑(MBC 특별기획, 1996)>, <도시남녀(SBS, 1997)>, <사과꽃 향기(MBC 수목드라마, 1998)>, <진달래꽃 필 때까지(KBS 미니시리즈, 1999)>, <깁스가족(MBC, 2000)>, <꽃처럼 아름다운 그녀(MBC 특별드라마, 2001)>, <마을버스>를 비롯한 여러 편의 MBC 베스트극장, <주몽(MBC, 2005)>, <에덴의 동쪽(MBC 월화드라마, 2008)>, <돌아온 일지매(MBC, 2009)>, <추노(KBS, 2009)>, <기찰비록(tvN, 2010)>, <내 마음이 들리니(MBC, 2011)>, <할 수 있는 자가 구하라(tvN 시트콤, 2011)>, <무신(MBC, 2012)>, <정치비화(tvN 다큐드라마, 2013)>, <장옥정, 사랑에 살다(SBS, 2013)>, <맏이(JTBC, 2013)>, <좋아하면 울리는(시즌2, 3화, 2021)> 등에서 연기자로 활동했다.

영화 <선유락(1993)>, <무소의 뿔처럼 혼자서 가라(1995)>, <외투(1997)>, <클럽 버터플라이(2001)>, <해변의 여인(2006)>, <TRUTH(BMW 단편영화, 2006년)>, <약탈자들(2008, 부산영화제 초청작)>, <황금시대(2009)>, <불륜의 시대(2011)>, <바라나시(2011 부산국제영화제, 2012 베를린 영화제 파노라마 부문 선정)>, <최종병기 활(2011) >, <미조(2014)>, <개아빠(2015)> 등에서 주연과 조연으로 열연했다.

1992년 한양대 워크숍 작품인 연극 <갈매기>를 시작으로 <심바새매(1994), <파우스트(1997)>, <달의 기억력(2008), <세빌리아의 이발사 OTM(2010)>, <우리 마을(2011)>, <오셀로(2013) 등의 연극에 주연과 조연으로 참여했다.